无形

陈研一 著

INVISIBLE
BLADE

之刃

北京联合出版公司
Beijing United Publishing Co.,Ltd.

图书在版编目（CIP）数据

无形之刃 / 陈研一著 . —北京：北京联合出版公司，2021.7

ISBN 978-7-5596-4896-9

Ⅰ.①无… Ⅱ.①陈… Ⅲ.①推理小说—中国—当代

Ⅳ.①I 247.5

中国版本图书馆 CIP 数据核字（2021）第 011768 号

无形之刃

作　　者：陈研一

出 品 人：赵红仕

选题策划：雁北堂（北京）文化传媒有限公司

责任编辑：徐　樟

特约策划：施玉环

特约编辑：施玉环

封面设计：八牛·设计

版式设计：明明工作室

北京联合出版公司出版

（北京市西城区德外大街 83 号楼 9 层　100088）

北京博艺印刷包装有限公司印刷　新华书店经销

字数 305 千字　880 毫米 × 1230 毫米　1/32　10.75 印张

2021 年 7 月第 1 版　2021 年 7 月第 1 次印刷

ISBN 978-7-5596-4896-9

定价：45.00 元

目录
contents
▶▶▶▶

▶▶▶ 楔子

再往前开两公里，就到了星港市爱美丽凉席厂。

和这个老气横秋的名字很匹配，爱美丽凉席厂是在20世纪末那场波涛汹涌的改革开放大潮中，被排挤得濒临破产的老牌国企。它在经过了十来年改制、个人承包等一系列"垂死挣扎"之后，依旧顽疾难除，终于在前几年"寿终正寝"，机器全部变卖，只留下几栋空壳厂房，在沉沉夜幕之下，像一群垂垂老矣惨遭抛弃的青楼女子，矗立在这座城市的边角上，诉说着它们往日的俏丽。

已经晚上十点，这个地处偏僻的破败工业区附近往来的车辆并不多。赵清远摘下帽子，扶了扶眼镜，调大了车上收音机的声音。

正是整点播报天气的时间，播音员提醒，八号风球未来两天会路经沿海城市，可能会波及星港市，请市民们务必做好防风防涝的准备。

不过，到目前为止，赵清远还丝毫没有感觉到暴雨将至的异常——不但没有起风，月光甚至比往常还要皎洁，斜刺里杀过来，照在凉席厂车间后侧那个偌大的污水处理池上，留下一片龙纹般的波光粼粼——像极了自己六岁时，在二叔家门口的池塘前，等着那个永远不会回到自己身边的母亲时看到的场景——安静又绝望。

时间从来不给人留情面。一转眼，这么多年过去了，赵清远已经变成了一个有些佝偻的中年人，原本浓密的头发日渐稀疏。没承想，时隔多年，自己居然会在此时此刻，第一次想起母亲。

是啊，曾经他只是一个学费凑不齐，冬天连棉衣都买不起的穷保安，到今天终于混成了一个众人眼中的文化人，在这个城市勉强站住了脚，天知道他这些年经历了什么，又怎么会有闲工夫想起那个抛弃亲生儿子的女人呢？

有风从袖口灌进来，把他身上那件磨破了边的短袖 T 恤吹得鼓鼓囊囊。赵清远缩了缩脖子，熄火，把车停在了工厂车间大门右侧，侧身打开了副驾驶座上那个黑色的小米双肩包，最后检查了一遍里面放着的工具：扳手、编织袋、绳索，一应俱全。

他拿上双肩包，很快下了车。

沿着厂子围墙走了十几米，赵清远停了下来——前面就是那个破旧的工厂铁门，锈迹斑斑，像头没了牙的老虎。不过铁门上方依旧装着两个监控摄像头——这个厂子已经没什么值钱的东西了，但是几个车间厂房转租出去做了仓库，总还是需要防着贼偷的。

计划要顺利进行，就必须躲掉这两个摄像头。

此时，铁门左手边的保安室里，有微弱的灯光射出来，依稀可以听到噼里啪啦的枪击声，应该是保安那老头儿正在看电视剧。

赵清远戴上手套，从地上捡起一块鸡蛋大小的石头，猛地往围墙内扔去。

"啪！"

石头砸在了保安室的屋顶上，发出一声脆响，瞬间又归于平静，依旧只能听到屋内电视机的喧哗声。

"啪！"

又一块石头。

这一次，保安室内的灯光变亮了，十几秒以后，铁门发出了"吱呀"的声音。

"谁呀？"

手电筒的光照过来，伴随着老头儿为自己壮胆的喊话声。

赵清远靠着墙角，往暗处躲了躲，身影完全淹没在夜色中。

"哪个神经病吃饱了撑的啊！"

老头儿的脚步声越来越近，背后的身影被月光拉得老长，嘴里一直嘟嘟囔囔地骂着，很快，他就发现了那辆赵清远停在围墙边的车。

老头儿探出头，拿着手电筒往驾驶室照去："大半夜的，干吗的呀？"

就几秒钟，赵清远已经闪身到了老头儿的身后："刘建军？"

"谁呀？！"

老头儿被吓了一跳，刚要扭头，"嘣"的一声闷响，只感觉脖子一热，还没反应过来，就一头栽倒在了赵清远跟前……

赵清远发现，自己远没有第一次时那么紧张了。

第一章 ▶ 老人变坏了

▶▶▶▶▶

01
▶▶

天气预报比朋友圈的养生文还不靠谱。

已经连续预警了三天的台风还见不到半点儿影子，下午五点，依旧有稀稀疏疏的阳光不依不饶地从那辆破比亚迪警车的挡风玻璃穿透下来，晒得钟宁一阵困意。

合上手中的《犯罪学论述》，他看向了右边的沃尔玛生活广场。不断有顾客进出超市，看来生意不错，还有打扮成奶牛模样的促销员正卖力地喊着揽客口号。再往远处看，十来个早早吃完晚饭的大妈们已经摆好了音响设备，跃跃欲试准备大展身姿。头顶的大屏幕来回滚动着我国著名医学专家屠呦呦喜获"诺贝尔医学奖"的新闻。

一片岁月静好的景象。

钟宁在新民路派出所上班一年多，这是他每个周一到周五下午的固定任务——坐在这辆破警车里巡逻，用时髦点儿的话来说，也算是帮大伙"负重前行"了。

说是负重，着实不算重。新民路派出所地处星港市远郊，管辖范围就只有芝麻绿豆大点儿的地方，一支烟不到的工夫就巡完了。这个沃尔玛算是整个片区的人口集聚地，他的主要任务就是盯着这一块儿，以防突发打架斗殴、小偷小摸的情况。

今天看起来依旧天下太平，钟宁百无聊赖，只好再次打开了那本《犯罪学论述》。

> ……犯罪痕迹学从广义上分为犯罪心理痕迹学和犯罪现场痕迹学两个大类……是以案件中的物质为基础，以法庭证据作用为前提的……泛指各种物体、物品的位移和相互关系的改变，外表形象、状态的改变，物质性质的转化……

这本书是他刚进派出所的时候买的，挺贵，定价四十八元，快递费五元，差不多是他小半天的工资了。

序言是已故的星港市著名犯罪痕迹和犯罪心理学方面的权威陈山民所作，作者是陈山民的关门弟子，叫陈孟琳。

看书上的作者介绍，这陈孟琳也算青出于蓝，年纪轻轻，不仅是犯罪痕迹学博士、犯罪心理学硕士、星港大学客座教授、陈山民司法鉴定中心主任，甚至还是两家巨型保险公司的华南区司法鉴定总顾问。名头一大堆，看起来挺唬人的，书写得倒是挺一般，来来回回都是些车轱辘话，没什么干货。

"喂，宁哥……"副驾驶座上，一个二十来岁、一身古铜色腱子肉的大个子警察碰了碰钟宁，指着超市前面的台阶，眼里放着精光，兴奋道，"那妹子怎么样？"

钟宁连头都懒得抬，合上书，瞥了一眼身旁的大个子："张一明，你这一天到晚的，脑袋里就不能琢磨点儿其他事情？"

张一明不以为耻,反以为荣:"哎呀,俗话说,不会娱乐的人就不会工作。看看美女,也算是调节身心健康嘛。我们这小派出所,一天到晚就是处理些家长里短、狗屁倒灶的事情,没一点儿挑战性,不让我看看美女,生活不得枯燥死了?"

这倒是实话,来这儿一年多,钟宁处理得最多的就是婆媳矛盾。今天这家婆婆凶了媳妇,明天那家媳妇嫌婆婆做菜放多了盐,清官都难断家务事,更别说片警了。小片警的工作就跟居委会大妈干的活儿一样一样的,令钟宁不胜其烦。

"宁哥,说说,那姑娘咋样?"张一明掏出一支烟,殷勤地给钟宁点上,"帮哥们儿出个主意,拿下了,我请你洗个脚,咱就去星港最有名的'大快乐'。"

钟宁白了他一眼:"没兴趣。"

他有些搞不懂,张一明这么个一米八几的大个儿,怎么除了看美女就喜欢洗脚?不隔三岔五地让别人搓上一回就浑身难受。

"宁哥,别误会啊,是正规的,我主要是去享受一下按摩服务,不违法乱纪。"张一明嘿嘿一笑,"帮兄弟瞄一眼呗,就一眼,看看那姑娘合适不合适我。"

钟宁只好抬头瞄了一眼。也难怪张一明舍不得移开目光了,台阶上坐着的姑娘二十来岁,披肩长发,白衬衣,牛仔裙,一双匡威的帆布鞋,清纯可人。

"我怎么知道合适不合适你?我又不认识她。"

"你看人还需要认识?"张一明摆出夸张的表情,拍了个不着四六的马屁,"上次那起小区失窃案,你只看了一眼,就知道是保安监守自盗,那观察力,啧啧啧!"

张一明说的这个案子发生在一年前。那会儿,钟宁刚从警校毕业,调到新民路派出所不久,就遇到了他片警生涯中为数不多的"大案"。

案子发生在一个高档住宅区，一户做进出口贸易的居民家里晚上被小偷入室盗窃了一个皮包，皮包里只有三百多现金，但那包是爱马仕的，价值六万多，盗窃金额巨大，够得上量刑标准了。

派出所几个片警检查了小区的所有监控设备，查了两天，毫无头绪。钟宁觉得不对劲，小区这么多摄像头，却连疑犯的一根毛都没拍到，被盗的住户又刚好是这个住宅区里最有钱的一户，他推断这个贼是监守自盗。

钟宁把这个推论提出来，再顺着这个方向一查，果然，作案的正是小区保安队副队长，这人踩点踩了半年，小区里每个监控摄像头的位置已经记得滚瓜烂熟了。

这副队长还狡辩，说自己案发当晚去了武汉，根本没在星港，还拿出了当晚的火车票作为不在场证据，信誓旦旦地说警察可以去火车站查监控视频。

钟宁没去火车站查视频，就在审讯室查了查副队长的手机短信记录，结果这贼"百密一疏"，手机里有两条短信忘记删了，一条是：欢迎来到美丽的衡山；另一条是：欢迎来到美丽的星港。两条短信间隔不到一个小时。副队长只好承认自己是半路下车折回来作案。

这案子一时间在各个派出所内部传为美谈，钟宁也因此以窜天猴般的速度从派出所片警晋升成了分局刑警。

钟宁有些迷茫："难道你是想让我看看这姑娘有没有小偷小摸的习惯？"

"宁哥，你可别装傻。半年前的望城坡杀人案，当时两个嫌疑人相互抵赖，都说有不在场证据，结果你口供都没去录就锁定了嫌疑人，这又是什么可怕的洞察力？"

这是钟宁调任分局刑警支队后处理的第一起案子。案子也不复杂，一名失足妇女于去年10月8日死在自己的出租屋里。接到报警时已是第二天中午，正值"秋老虎"时节，天气酷热，尸体周围蚊子苍蝇已经围了一堆。

法医判断死亡时间是凌晨一点到三点之间。经排查，有两名可疑人员，分别为死者的男友和死者的一名老顾客，但这两个人都坚称案发当晚自己在家里睡觉，没出门。死者男友的兄弟为其做证，老顾客的老婆也证实了这一点。而出租屋附近又没有监控，案子一下就被"睡"进了死胡同。

大家愁眉不展之际，钟宁不声不响地提着一个瓶子，到现场去抓了点儿蚊子，交给法医检验，结果就从蚊子血里检验出了疑犯的 DNA，由此把真凶找了出来——是死者的男友。

这案子迅速传遍湘南，张一明更是从此对钟宁崇拜得无以复加。不过，也正是因为这起案子，在分局屁股都还没坐热，钟宁又犯了错误，从刑警队被一脚踢走，"荣归故里"，"贬回"了派出所，据说是因为上面爱才，还给了他一个副所长当，否则贬成普通小片警都算便宜了他。

"宁哥，凭借你敏锐的观察力和过人的智慧，为我指点一下迷津吧。"张一明还不死心，"哥们儿到时候请你喝喜酒。"

"你是不是想得太长远了？"钟宁又抬头看了姑娘一眼，摇头道，"你没戏了。"

"什么没戏了？"张一明一愣，"人家有男朋友了？"

"不止。"

"结婚了？！"

"离过婚。"

张一明愕然。

"又结婚了，孩子一岁多了。"

"什么？！"钟宁的三连击让张一明惊讶不已。

那姑娘只是孤身一人坐在台阶上，手里正翻着一本杂志，钟宁是怎么推测出这些结论的？半晌，张一明才问道："不可能吧，你怎么看出来的？"

"鞋子。"钟宁指了指姑娘的脚，"看那双白色的鞋子。"

"鞋子？"张一明依旧丈二和尚摸不着头脑，那姑娘穿的是一双白色的匡威帆布鞋，没啥特别的啊，"你给我解释解释，那鞋子怎么了？"

"很简单……"钟宁正要说话，一个穿着破外套的老头儿骑着一辆破旧的电动车，晃晃悠悠地向那姑娘开了过来。钟宁微微眯了眯眼睛，打开车门。

张一明正等着钟宁的答案呢，却见钟宁开门下了车，满肚子疑问没来得及开口，那辆电动车忽然"哐当"一声，在那姑娘面前摔倒了，骑车的老头儿立刻抱着自己的大腿"哎呀哎呀"地大叫起来。

这一下，一群人立刻围了过去，老头儿似乎受到了鼓励一般，抓着那姑娘的裙子不停喊着："你撞了我，赔钱！一定要赔钱！"

"靠，他是还没被关够啊！"

张一明认出来，这老头儿姓宋，六十来岁，平日里好吃懒做，喝酒打牌，没钱就出来碰瓷，光这两个月就抓了他三回，前后拘留了小半个月，但依旧狗改不了吃屎。

张一明跟着钟宁下车走了过去。

人围得越来越多，老头儿半坐在地上，手上扯着姑娘的裙子不放，嘴里喊着："你们给我做证！刚才就是她撞了我，不赔钱休想走！"

钟宁扒拉开人群，冲老头儿冷笑道："老宋，又想进去了？"

老头儿一仰头看到钟宁，脸上一白，嘴里也结巴起来："钟……钟警官，这么巧碰……碰到您了……"

"你先给我放手。"一旁的张一明拽开老头儿抓着姑娘裙角的手,半蹲了下来,故作夸张地问道,"是这姑娘撞你的?"

"不不不……"老头儿赶紧摆手,"是我自己不小心摔的,是我自己不小心摔的!"

"那还不滚蛋!又等着进去?!"钟宁怒斥一声。

老头儿吓得赶紧连滚带爬地站了起来,骑上电动车,一溜烟儿就没影了。

"都散了都散了,有什么好看的。"钟宁挥手驱赶围观群众,一扭头,看到张一明正一脸羞涩地冲着那姑娘傻乐。

姑娘倒是落落大方地伸出了手:"谢谢两位警官。"

"应该的,这人老滑头,拘留好几回了。"张一明呵呵一笑,拘谨地搓了搓双手,刚想握上去,姑娘突然冲远处挥了挥手:"老公,这边。"

来的是个三十来岁的男人,还推着婴儿车,车里一个粉嘟嘟的小宝宝吸着奶嘴,看上去也就一岁多。

"刚才这两位警官帮了我……"

"谢谢二位。"

握手的换成了姑娘的老公,张一明一脸尴尬,摆手道:"没事没事。"

两人再三道谢,这才推着婴儿车离开。

"宁哥,你厉害……"回到警车上,张一明忍不住冲钟宁比了个大拇指,"还好,还好,我差点儿就成第三者了。"

钟宁白了张一明一眼:"你是不是太看得起自己了?人家夫妻关系很好。"

就这么一会儿工夫,阳光已经隐进了云层,起风了,有零星的雨点落在挡风玻璃上,看来天气预报比养生文还是要靠谱一些的。

"宁哥，说说呗，咋看出来的？"张一明又殷勤地给钟宁点了一支烟。

"说了，白鞋。"

"具体解释解释，我这人比较蠢……"

"你确实比较蠢。"钟宁点头表示赞同，刚想解释，口袋里的手机忽然"嗡嗡"地响了起来，他拿出来看了一眼号码，脸色一沉，接通电话"嗯"了几声，很快就挂断了。

"稠的稀的？"张一明也严肃起来，看钟宁的表情，就知道电话是所里打来的。

"干饭。"钟宁回了一句。

"轰隆"一声，灰蒙蒙的天空响起了一声炸雷，紧接着，豆大的雨点狠狠地砸了下来。

02
▶▶

台风就跟案子一样不讲理，说来就来，丝毫不给人缓冲的时间。

破比亚迪刚杀到半路，这场由西太平洋生成的台风就已经波及星港。一时间，暴虐的雨水倾泻而下，整个城市变成了一只巨大的抽水马桶。

案子就发生在新民路派出所辖区内的原星港爱美丽凉席厂旧址，一个早就荒废的工业区，距离沃尔玛商业广场大概五六公里。

"我靠，这么大阵仗？！"离得老远，张一明就忍不住感叹了一句。

此时，凉席厂周边停了七八辆警车，看车牌，不但有分局的，还有几辆是总局刑侦总队的。

钟宁皱了皱眉。他也有些奇怪，刚才电话里，所长刘爱国只跟他说是一起命案，多的没讲。虽说这样的大案子派出所没资格处理，但程序上，分局也足够了，用不着总局派人来啊。

好不容易找了个方便落脚的地方停下车，一推门，刚探出身子，瓢泼大雨便把钟宁浇了个透心凉，他赶忙又缩回车里。

"宁哥，雨衣。"张一明弓着腰，从后排摸出两件雨衣，递给钟宁一件，又给自己胡乱套上，两人这才下了车。

此时，不远处临时搭建的作业棚内，法医、物证、技侦们已经在各自忙碌着，每个人的神色都十分严峻，灰蒙蒙的雨幕中，这个作业棚内透着一股压抑的气息。

"刘所！"穿过警戒线，两人差点撞在了所长刘爱国那个已经秃得看不到几根毛的光头上。

刘爱国抬头瞪了两人一眼："怎么才来？"

"刘所啊，这会儿是下班时间，这算是加班了。"张一明没个正形，"加班工资得算吧？"

"算。"刘爱国冷笑一声，指了指警戒线外的一辆依维柯，"跟你爸算去。"

"我爸也来了？"张一明吃了一惊。张一明他爸张国栋是星港市公安局副局长兼刑侦队队长，张一明当警察就是被他爸硬逼的。

"大案子吗？"钟宁的语气里有一丝明显的兴奋。副局长亲自来现场，看来真不是普通的案子。

"大。"刘爱国一脸无奈，抬了抬下巴道，"死了个老头儿。"

凉席厂二号车间后面一个废水池边，有几个穿着白色制服的技侦正在给现场拍照，法医正蹲在地上对死者进行尸检。

"就死了个老头儿？"张一明愣了愣，"什么身份的老头儿？"

"厂子的保安，叫刘建军，五十八岁，以前是凉席厂开货车的，2010年厂子破产以后，就调到这边来看仓库了，结果出了这么档子事情。"

"就一个保安，不至于吧……"张一明嘀咕了一句。也不是说保安的命不值钱，生命面前人人平等，只是从级别上来看，够不上总局亲自插手啊。

"报案的是谁？"钟宁问道。

刘爱国指了指一个还在哆嗦的胖子："就是他。这人以前是凉席厂的副总，他说厂房租给其他公司存放货物，这两天有暴雨，他来检查厂房的防漏情况，在废水池里发现一个大编织袋，他觉得不对劲，打算钩上来看一下，结果袋子戳破了，露出了一只脚。"

钟宁远远瞄了一眼，那胖子四十来岁，这会儿还抖如筛糠，看来是吓得不轻。

"也就是说，这里平时就只有死者一个人上班？"钟宁环顾四周，立刻就知道自己问了一句废话。这地方一片荒凉，根本没什么值钱的东西，用不着几个人看管。也就是说，目击证人是不用指望了。

"前两年倒是有两人轮班，后来实在发不出工资，就他一个人了。不过……"说着，刘爱国指了指八九百米外的厂房围墙道，"保安室在厂房里面，就一个出入口，铁门上有两个摄像头，死者平时就是在那里值班，总局刑技的同事去调取视频资料了……唉，麻烦啊……"

刘爱国长叹一口气，从口袋里掏出一支烟，也不点，就在手指间捏着，满面愁容。还有两个月他就满六十，可以光荣退休了，这个节骨眼儿上碰到这么一起案子，令他头疼不已。

"行了行了，别问这么多了，反正也轮不上你们。"刘爱国郁闷地把烟塞回口袋，把手里的一卷警戒带递给二人，"各人站好各人的岗，当好各人的班。"

"呵，又干这活儿？"张一明翻了个白眼，总局都下来人了，派出所的片警也只有看警戒线的份儿了。

"革命工作一块砖，哪里需要哪里搬。"刘爱国指了指警车的方向，宽慰道，"这次不但你爸来了，厅里还委派了专家顾问下来成立专案组。"他又指了指张一明，颇有几分神秘的语气，"据说这专家还是厅长亲自去请的，牌面比你爸都大……总之，都给我好好表现，千万别给所里丢脸。"

言罢，刘爱国拍了拍钟宁的肩膀道："小钟，带着他去。"说完，自己往依维柯的方向跑去，去慰问受害者家属了。

"牌面大就牌面大呗，跟我们啥关系呢？看警戒线有啥好好表现的……"张一明不满地嘟囔着，跟着钟宁拿着警戒带往外走。

这里地处偏僻，此时又暴雨如注，没有看热闹的人，只有几个不知道哪家报社的记者坚守在远处，等着警方发布最新报道。不过，他们都知道事关重大，没人敢逾越雷池。

两人用警戒带把空缺处补好后就百无聊赖无事可做了。钟宁忍不住往里面瞄了一眼，废水池那边的尸检还在进行中，他扭头问张一明："你觉得有意思吗？"

"没意思。"张一明摇头，"傻子都能干的事情，能有啥意思？"

"你说得对。"钟宁冲不远处的一个小警察挥了挥手道："小孙，过来一下。"

"钟所，什么事？"孙浩是新民路派出所的新晋辅警，也是所里资历最浅的菜鸟。

"好好看着，不要让与案件无关的人进来。"钟宁拿出了副所长的派头，指了指张一明道，"你也知道，张警官他爸也来了现场，还有省厅委派的专家，上面的意思是，想让张警官跟着观摩学习。我先带他进去，你值一下班。"

"钟所，那个……刘所长说……"孙浩还没来得及强调刘爱国交代的指令，那两人已经摸到废水池那边去了。

钟宁打头，张一明跟在后面抱怨。

"你被你爸弄到这个鸟不拉屎的派出所待了两年，现在拿他名头用一下都不行？我们又没违法乱纪。"

"行行。"张一明无奈，"那你下次可得陪我去相个亲，帮我把把关。"

"这个好说。"

交易达成，两人绕过操作棚，再往前几步，钟宁不由得眉头一皱——被害人的尸体就在距废水池十米左右的水泥地上摆着，尸体周身摆满了标记牌，池边的泥地在暴雨的侵袭下泥泞一片。

估计是在水里泡了不短的时间，尸体浮肿变形，已经看不太出来原本的长相了。旁边放着一个绿色编织袋，死者的手脚被粗绳乱七八糟地反捆着，看来应该是被绑着塞进了这个袋子里。

废水池里气味刺鼻，混合着尸臭，那刺鼻的气味让正在尸检的法医都皱着眉头。

不过，让钟宁皱眉的并不是这股难以形容的恶臭——池边的泥地上，不知道用树枝还是什么东西歪歪扭扭地写着一行大字，格外扎眼。

03
▶▶

"老子……不对，老人变坏了？"

字实在是难看，再加上泥地里一片泥泞，张一明瞪着眼睛看了半天，才好不容易把几个字认全："宁哥，这啥意思？"

"字面意思。"钟宁摸了摸下巴,有点明白这个案子为什么阵仗这么大了。凶手敢在案发现场留下字迹,这是挑衅警方了,而且,不出所料的话,这应该已经不是……

"你们是?"女法医的声音打断了钟宁的思考。她正领着几个技术员做现场勘查,抬头看到两人,觉得有些脸生。

"我是新民路派出所的所长,才赶来现场。"钟宁故意把"副"字去掉了,"我想了解一下大概情况,那个……死者有丢失财物吗?"

"哦,你好,我叫赵丹丹,法医。"赵丹丹指了指边上一堆东西,道,"死者的身份证、钱包都在口袋里,钱包里还有一千多块钱现金,基本可以排除谋财的可能性。"

这在钟宁的预料之中,他接着问:"死亡时间呢?"

尸体还没有出现巨人观的现象,说明被人扔在池子里的时间不会太久。命案发生时间越短,破案的成功率就越大。

"根据尸斑、浮肿情况等结合推算,初步估计死者死亡时间大概在二十个小时,也就是昨天晚上十点半左右,具体要等回去进行详细尸检以后才能知道。"

"指纹、皮屑、毛发、衣物纤维之类的现场痕迹,采集到了什么有用的线索吗?"

"现场痕迹,刑技那边还在努力。"赵丹丹指了指水池边还在忙碌的众警察,蹲下身,抬起了死者的双手,"死者指甲盖里还挺干净,衣服也相对完整,生前很可能没有和人发生过撕扯打斗,皮屑毛发这些基本没有发现,至于其他……尸体已经浸泡了一个晚上,今天的雨又这么大,我们也只能尽力而为了……"

说到这里,赵丹丹轻托起死者的头部,指了指尸体后颈一处瘀痕道:"你看看这个……"

钟宁抬了抬眉毛:"工具性损伤?"

赵丹丹点点头："这伤口是死者生前被钝物重击造成的。从尸表检查来看，死者面部有紫青肿胀，眼结膜和口腔黏膜无出血点，且黏膜四周和喉管内有青绿色物质，怀疑是水藻之类的漂浮物。他的手臂、双脚被绳索捆绑，且可以看到条状的擦挫伤，这都说明死者在落水以后还有呼吸，并曾试图挣扎。"

钟宁思忖片刻，道："你的意思是，疑犯先将死者砸晕，然后绑起来装进袋子里，扔到这个废水池内，导致其溺亡？"

"刚才张局他们的分析也基本是这样。"赵丹丹点头，"所以这里应该不是第一案发现场。"

"不管是不是第一现场，这案子都不算太难啊。"张一明在身后冷不丁插了一句嘴。

"这位是？"

"哦，我是新民路派出所副所长，也是来了解情况的。"反正配合打得多，张一明的瞎话随口就来。他大咧咧地看了看废水池四周，道，"这脚印一排查，疑犯不就基本锁定了吗？"

这话还真是有道理的，眼前这个废水池大概两三亩地大小，可能是当时条件有限，又或者是没啥必要，池子周围没有用水泥包边，加上雨水冲刷，整个水池周围五六米的直径距离，都是泥泞一片。

再往外才是一条已经有些坑洼的水泥路面，一直连到了工厂大门。换句话说，在这个条件下，疑犯想要把人扔进废水池，不在泥地留下脚印是不可能的。

只要有了脚印，推断出嫌疑人的身高、体重、鞋码甚至惯用手等一系列信息，基本手到擒来。一个下岗企业的保安，人际关系也复杂不到哪里去，再一一排查，这么一起很明显的仇杀，案子应该不算难破，要是监控那边还能获得一点儿线索，那就基本可以速战速决了。

就这么个案子，实在不需要又是总队又是专家参与进来。

赵丹丹抬起了头，摊手道："问题是，没发现脚印。"

"什么？"钟宁和张一明同时一愣，沿着池子再细细把地上的标记牌看了一圈，还真是——整个水池周围一圈加起来有好几十平方米，除了那一行"老人变坏了"，只剩下报案人员的脚印。

除此之外，一无所获。

赵丹丹一脸茫然："虽说今天雨有点大，但这么个泥巴地，一个正常体重的人，再背个一百四十斤左右的老头儿，脚印肯定很深，雨水不可能完全冲刷干净，很有可能形成积水，但偏偏就是什么都没有。"

难道疑犯力大无穷，能站在水泥路上，把一百多斤的人直接甩进池里？实在不合常理，张一明不死心地问道："再三搜寻过了？"

赵丹丹很肯定道："刑技已经找了五遍，这是第六遍了，一个疑犯脚印都没发现。这附近本来就没什么人，现场也没被破坏，要是真有疑犯脚印，应该是很好找的。"

"那还真是天生神力了？"张一明扭头问钟宁道，"宁哥，你说是不是？"

钟宁半晌没有接话，张一明的这个说法当然只是扯淡，但他还真没发现附近有什么设备能帮疑犯把被害人扔进池中。

"星港爱美丽凉席厂……"沉思片刻，钟宁忽然仰头看了看不远处那个已经掉漆的招牌，脑中灵光一闪，问道，"我听说，这厂子的厂房租给其他公司当仓库了？"

赵丹丹没明白钟宁为什么问这个，但还是答道："是啊，好像也是个做凉席的公司吧，是个私企。"

钟宁点点头："那就对了。"

"什么对了？"张一明越听越糊涂，"给解释解释？"

"解释了你也听不懂。"钟宁斜了张一明一眼,"走,去第一现场。"

张一明一愣:"第一现场在哪儿?"

"保安室啊!"钟宁看着这个榆木脑袋,很是无语。被害人当时在保安室值班,大概率就是在保安室被人引出来的,第一现场在哪里还用问吗?

钟宁指了指不远处的围墙,扭头问道:"认识总局刑技的人吗?"

"认识……一两个吧。"张一明思索了一阵,答道,"我爸禁止我跟他们攀关系,所以也就一两个。"

"走,去碰碰运气。"来都来了,管他认不认识呢。

两人大踏步往保安室的方向走去。

04 ▶▶

风刮得紧,伴随着忽大忽小的雨滴,噼里啪啦地往两人的雨衣上砸。云层暗黑一片,越压越低,像是快压到人的头顶了,让人分外压抑。

保安室离废水池一公里左右,沿着围墙走过一条坑坑洼洼的水泥路,进了铁门就到了。

地方不大,五六平方米,里面摆着一张高低床和一个书桌,书桌上的电视机还开着,播放着《中国好声音》,女歌手正唱着一首说不上名字的英文歌,声音是好声音,高亢婉转,只是在这么一个场合,听上去有几分聒噪。

监视器放在高低床的上层,有一个技侦正领着两个部下排查监控视频里的拍摄内容。

"哟,肖队!"运气不错,一进门,张一明就发现这人正巧认识。

"一明啊。"这位肖队长扭头冲张一明呵呵一笑,"怎么,今天没被你爸逼去相亲?"

"哈哈,你看看这话说得,我也是有工作的人好不好,又不是职业相亲运动员。"张一明指了指钟宁,"给你介绍一下,这是我们派出所副所长钟宁,我带他来了解一下案情。宁哥,这是我们市局技侦支队队长肖敏才,我爸的老部下,跟我是哥们儿,一起洗过脚的。"

肖敏才一脸尴尬,赶紧解释道:"正规的那种,正规的那种。"他似乎想起钟宁的名字来,问道,"你就是打蚊子的那个?"

"对对对,就是靠蚊子破凶杀案的那位天才警察。"张一明帮着把马屁拍上了,"这次的案子比较复杂,又刚好在我们辖区,他也想出一份力嘛。"

"行,你们跟着一起研究研究。"

正是需要人手的时候,加上张一明这层关系,钟宁又声名在外,肖敏才也没再废话,很快把监控视频的时间回调到昨晚十点左右——也就是在那个时间段,铁门口的灯被点亮,老头儿拿了手电筒,从保安室走了出去,再也没有回来。

"监控里没有看到其他人?"钟宁皱起了眉,他原本以为能从监控视频中获得一点信息,现在看来,疑犯比他想象的更聪明。

肖敏才无奈道:"没有第二个人出现过。"

"这个监控视频只有图像没有声音。"张一明分析着,"我怀疑疑犯知道这里有摄像头,所以在围墙外叫了被害人的名字,引他出来后伺机动手。我猜应该是熟人作案。"

"你觉得呢?"肖敏才看向了钟宁。这小子靠打蚊子锁定了犯罪嫌疑人的故事,他是听说的,并没有亲眼见到,总觉得有不少演绎的成分,他还真想见识见识钟宁的本事,看看是不是吹牛吹出来的。

"我觉得不太像。"钟宁摇了摇头,站到保安室的门口,抬头看了一眼铁门上的摄像头才道,"监控视频里可以看到,被害人手里拿了手电筒,并没有在门口停留,而是直接出了大门,似乎并不像是有熟人来找。"

肖敏才点头,眼神中颇有几分欣赏的意味:"你的判断和总队技术分析是一样的,我们也认为不是熟人作案。你对这案子还有什么其他看法?"

"其他看法嘛……"钟宁领着二人走出锈迹斑斑的大铁门,来到了围墙外,才接着说道,"我猜疑犯是用什么声音吸引了被害人的注意,被害人想出门察看一下情况,结果被杀害了。奇怪的是……"

他来来回回地在地上看了半晌,有些失望。铁门外都是水泥地,今天这雨实在太大,下了这么一会儿,地上早就毛都看不到一根了。

钟宁又抬头看向远处的废水池,纳闷道:"奇怪的是,为什么被害人会死在那里?"

肖敏才眼神一亮:"你具体说说。"

"宁哥,这有什么奇怪的?"张一明不以为然,脱口道,"杀人嘛,死在哪里不都是死吗?"

"对,正是因为死在哪里都是死……"钟宁指了指围墙,眉头越皱越深,"如果真是疑犯用某种声音引了被害人出来,那么他发出声音的地点就距离保安室不会太远,这一点你认同吗?"

张一明点头,这是可以肯定的,被害人当晚还在看电视,距离太远,他很有可能听不到。

"被害人的后脖颈处有瘀伤,由此可以推断,疑犯应该是埋伏在附近，趁他不注意将他打晕，再捆绑装袋，扔到了废水池里。"

"明白了！"张一明恍然大悟。是啊，这里离废水池差不多有一公里的距离，既然这是一起经过踩点跟踪的仇杀，疑犯干吗不直接杀了被害人，而是又捆绳子又装袋，还背了那么远扔进废水池里呢？

张一明问道："是不是为了隐藏尸体，干扰警方办案？"

"不可能。"钟宁和肖敏才几乎异口同声。

理由很简单，要真想隐藏尸体，这么个偏僻的厂区，随便刨个坑埋了，或者藏到哪个角落里，又或者开着车把尸体拉到更远的地方扔了，不是更能干扰警方办案吗？

但疑犯偏偏就把人扔在这么一个废水池里，甚至都没塞块石头进去。没多久尸体就会浮起来，根本不可能隐藏很久。疑犯知道要躲避摄像头，这一点他不应该没考虑到。

最显而易见的是，疑犯特意在现场留下了一行字，他一定是想传递什么信息，而绝不是为了隐藏尸体。

"也对。"张一明先点了点头，但心头的疑惑也越来越重，"疑犯大费周章多此一举，到底是为什么呢？"

钟宁没接话，扭头问肖敏才："肖队，不是第一起了？"

肖敏才笑了："猜到了？"

钟宁一摊手，心说这不明摆着是一起连环凶杀案吗？

"你小子脑袋是转得快。"肖敏才摸了摸自己钢刺一样直立的短发，夸了钟宁一句，冲张一明道，"待会儿你爸、月山区分局的吴斌副局长和省厅委派的专家顾问会一起做具体案情分析。"

他边说边领着两人往操作棚的方向走，忽然问钟宁："钟宁，废水池边没有脚印，你知道疑犯是怎么干的吗？"

"知道。"钟宁点了点头。

"呵？！"肖敏才难以置信地扭头看了钟宁一眼，"真知道了？"

"牌面上的事情。"钟宁不以为然。

就在此时，远处的依维柯打开了门，车上下来几个人，为首的正是张一明的父亲张国栋，张国栋身后还跟着一男一女，男的钟宁见过一两次，是月山区分局的吴斌副局长，那女人看上去二十七八岁模样，穿着考究的黑色套装，齐肩短发，鼻梁秀挺，眼中有神，眉宇间很有几分英气勃发的味道，却给人一种冷冰冰的感觉，看来她就是省厅委派的专家顾问了。

"哟嗬！"张一明的眼睛顿时亮了，咧嘴道，"长得可以啊！"

05
▶▶

暴雨还在下着，在操作棚的防水帆布上溅起密密麻麻的水花，发出噼里啪啦的声响，像是战场上擂起的战鼓。

棚内站了十几个刑警，个个表情严峻，如临大敌。倒是钟宁和张一明因为是混进来的，只能远远地挤在这群人的身后伸着脖子往里看，显得不太协调。

张国栋抬手示意大家安静，右手虎口上一道刺眼的疤痕，在探照灯下清晰可见。他指了指边上的月山区分局副局长吴斌，沉声道："老吴我就不介绍了，大家都熟。"

张国栋其实也就五十多岁，不过因为常年刑侦生涯的摧残，再加上有个不咋争气的儿子闹心，看起来比实际年龄要显老。为了这案子，他有一阵没休息好了，这会儿声音都有些沙哑。

张国栋接着一指身边的女人，道："这位是我们星港著名的刑侦专家陈山民教授的关门弟子，也是犯罪行为、犯罪心理方面的专家，星港大学客座教授陈孟琳女士。这次厅里特别委派她来担任我们专案组的顾问。"

一众刑警脸上露出凛然之色。陈山民作为全国首屈一指的刑侦专家，曾帮警方破获过不少大案要案，在警界有一句话：西有李昌钰，东有陈山民。这位陈孟琳女士都不用拿出其他名头来，仅一个"陈山民关门弟子"，就足够把大家镇住了。

陈孟琳淡淡向众人点头，算是打过了招呼。

"呵，还真是冷美人。"张一明嘀咕了一声，碰了碰钟宁，问道，"来头真的很大吗？那个陈山民是谁？我都没听过。"

钟宁此刻心里有点怀疑张一明到底是不是出自警察家庭了："技侦方面的泰山北斗，两年前去世了。"

陈山民生前确实是技侦方面的一座高山，可惜的是，他两年前因病去世。陈孟琳的名字钟宁倒也不陌生，对于她的本事，钟宁毫无期待——那本《犯罪痕迹学概论》就是陈孟琳写的，实在不算一本好书。

张一明丝毫不在意人家有没有本事，他上上下下打量了陈孟琳一圈："挺有气质的，长得好看，身材也不错。"

"闭嘴。"钟宁不胜其烦。

一名刑警把案件资料铺到了会议桌上。案情紧急，张国栋也没再说客套话，指了指吴斌，道："我们请吴局简单介绍一下第一起案件的案情。"

"还真是连环凶杀案啊。"张一明看了看钟宁，又被他说中了。

钟宁没理会，伸着脖子看向桌上那一堆案卷。

"第一起案子案发时间为 2 月 16 日，地点在月山湖公园，死者叫胡国秋，五十五岁，和老伴住在月山湖小区，生前在环卫局上班，前两年办理内退后，开了个茶叶铺。他每天晚饭后喜欢一个人去月山湖公园后山练太极。2 月 18 日晚，他的尸体在月山湖中被发现，法医判断死亡时间为 2 月 16 日晚八点左右。与今天这起案件一样，死者后脑勺有击打伤，肺泡与血液里有大量与月山湖湖水中成分重合的水藻和微生物物质，判断疑犯的杀人手法和这起一样。还有一点，月山湖边的泥地上也被人用树枝之类的物件写了一行字……"

吴斌说着，举起了一张照片，上面是几个写在泥地上的歪歪扭扭的大字——"老人变坏了"。

"死者的钱包还在身上，所以我们也排除了谋财，再加上这行字，分局怀疑是仇杀，但是调查死者生前的人际关系，并没有发现死者和任何人结过仇。和今天这起案子一样，也有个奇怪的地方……"

吴局指了指桌上一张案发现场的照片，面露尴尬道："当时是二月，正是月山湖的枯水期，水位不高，按理说，凶手在湖边抛尸，月山湖周围的泥地肯定会留下凶手的脚印，但我们在现场并没有发现任何痕迹……"

案情听得一众警察倒吸了一口凉气——这个废水池边没有脚印，还勉强可以说疑犯力气大，把人举着扔出去五六米，但月山湖距湖边的泥地有近二十米的距离，想要把人扔到水中而不在湖边留下脚印，就不是什么力气大可以解释的了。

"有意思啊，宁哥。"张一明碰了碰钟宁的肩膀道，"这人会飞吧？"

钟宁看了一眼桌上的照片——还真是一模一样的案子，死者也是被人用绳子捆得严严实实，也是被装进了绿色的编织袋。

"吴局，当时你们追踪了编织袋的来源吗？"一名总队的刑警问道。

"查不到。"吴斌摇了摇头，"太普通了，任何一个建材店里都有，甚至一般的工地上就能捡到。"

"那凶器呢？"又有警察问道。

"我们做了伤口比对。"吴斌摊手道，"大概率就是一个普通的扳手、棒球棍或者钢棍之类的硬物，这玩意儿就更加不好追踪来源了。"

"行了，两起案子的大概情况大家都知道了。"张国栋拍了拍手，看向陈孟琳，道，"刚才我和陈顾问也对刘建军这起案子进行了初步调查，这两名被害人的社会关系并没有重合的地方。来，我们请陈顾问讲讲……"

陈孟琳点头，微微往前一步，环顾众人，单刀直入道："我们经过讨论分析，初步的推断是……"

"同态复仇。"没等陈孟琳说完，钟宁就小声说了出来。

"什么？"张一明没听清楚。

陈孟琳指了指保安室的方向道："……初步的推断是同态复仇，疑犯专门挑选了被害人的年龄和死亡方式——两名死者都是老年人，现场都留下了同样一句话，最关键的是，疑犯明明可以在第一现场就杀死被害人，却偏要将其击晕后，捆绑装袋，再沉入水中溺毙。"

"可以啊，宁哥，心有灵犀啊。"张一明贼兮兮地看了钟宁一眼。

"少说两句。"钟宁不耐烦地皱起了眉。

一个分局刑警道："陈顾问，这一点我们也考虑过，可同态复仇也得有仇才行啊。上一起案子，我们连和胡国秋八竿子打不着关系的远方亲戚都做了排查，连一个欠钱的都找不到。今天这一起，根据我们目前的排查，死者生前也没和什么人结怨……"

"不要狭隘地看待复仇这个概念。"陈孟琳笑了笑，"从犯罪心理学上来说，狭隘的同态复仇，只包含了为血亲或挚爱报仇，但心理学上有个概念叫投射。两名死者都是五十多岁的老年人，再加上那句'老人变坏了'……"

"就是法外制裁，报复社会嘛。"钟宁摇了摇头，这学院派扯概念扯得也太多了，把一个简单的事情说得那么复杂。

果然，陈孟琳接着道："简单点来说，这其实是同态复仇和法外制裁两种表现形式的重合。"

"哟，分析得一模一样啊。"张一明看了陈孟琳一眼，又看向钟宁。

钟宁没搭理张一明，再次把目光看向了陈孟琳。虽然这女人喜欢掰扯书本知识，倒似乎还是有点真本事的，一下就抓到了这个案子的重点。

很快又有警察问道："如果这是一起针对老年人的报复社会案件，老年人那么多，为什么偏偏死的是这两个呢？"

"这个问题很好！"

陈孟琳从旁边取过一台笔记本电脑，打开来，在键盘上敲击了一会儿，接着把电脑屏幕转向一众警察："这是两个小时前，我和张局、肖队等人联合网警部门在网上找到的视频资料，大家都看看……"

电脑刚刚转过去，一众警察就齐齐低声惊呼了出来！

06
►►

电脑页面显示的是一个名为"今天看什么"的微博大 V，最新更新的内容是一条在公交车上拍摄的视频，视频里，公交车停靠在站台，一个贼眉鼠眼的老头儿上了车，猴子一样挤到了车中央，对着一个戴耳机的女孩动手动脚，接着两人发生了言语冲突，老头儿忽然"啪"地甩了女孩一个耳光，女孩捂着嘴哭了起来，然后离开了座位。

视频一共只有十来秒，播放完毕后，屏幕上显现出一行猩红的大字："坏人变老了，还是老人变坏了？"

一众警察面色凛然——视频虽然分辨率不高，但可以清晰地看出来，里面那个吃人"豆腐"还抽人耳光的老头儿，正是今天的死者刘建军。

"我记起来了。"张一明瞪大了眼睛，小声嘀咕道，"不就是几个月前在网上闹得沸沸扬扬的'公交车打人事件'吗？"

钟宁点点头，没有回话。

"那个……胡国秋也是这个原因吗？"又有警察问道。

陈孟琳又在电脑上点开了另一个视频，这个视频是在一个小型超市前的广场上拍摄的，似乎是在做特价促销活动，一群老年人正在门口排队领鸡蛋。不知道什么原因，其中一个老头儿和排在他前面的一个中年妇女起了冲突，老头儿猛地推了一下妇女，妇女一个趔趄，脑袋磕到了前面的购物车上，老头儿丝毫没有愧疚之情，领完鸡蛋，大摇大摆地离开了。

视频中的老头儿正是胡国秋。

"呵呵，这凶手还是个想替天行道的变态啊！"

"这下有意思了……法外制裁老年人？"

"我说上个案子怎么就找不到犯罪动机呢，敢情是为了几个鸡蛋？"

一众警察议论起来。能参与调查此次连环杀人案的警察，绝大部分是久经历练的老刑警，为情杀人的、为仇杀人的、为钱杀人的，大家见过不少，这种专挑老人杀，还为了两个鸡蛋的，也算是开了眼界。

"行了，先别讨论这个！"张国栋拍了拍手，示意大家安静下来，再看了一眼陈孟琳。陈孟琳很快在电脑上操作了一番，再次把屏幕转向了众人。

"我的天!"

不知是谁忍不住惊叹了一声——这次是一个星港本地论坛的页面,点开的这篇文章的标题还是《是坏人变老了,还是老人变坏了》,留言区全是网友们拍的视频,短的十几秒,长的一两分钟,内容都是一些老年人不排队、抢座、推搡、在电梯里吐口水、遛狗不牵绳子之类。

"这全是网友的投稿,而且只是单一平台上我们能找到的类似视频,虽然还不能确定这里面有多少是星港本地人,但是……"陈孟琳顿了顿,"从理论上来讲,这里面出现的每一个老年人,都面临着生命危险。"

话音一落,现场一片安静——如果真如陈孟琳分析的一样,这……这查无可查啊。且不说视频数量实在太多,要找到这些老人都不容易,即便是找到了,难道每人派个保镖二十四小时保护?

"案子就是这么个案子,目前已经发生了两起,我不想再看到第三起!"张国栋下意识地摩挲了一下右手虎口上的疤痕,面色严峻,声调都提高了几分。此时正值全国"文明城市"评比的节骨眼,省厅给他下了两个任务:一、类似案件绝不能再次发生;二、务必要在七天内破案!张国栋的压力不可谓不大。他可不想临近退休了,给自己的职业生涯留下一个不完美的收尾。

他顿了顿,沉声安排道:"目前我们大致确定了疑犯有以下几个特征:一、这是一个对中老年人有刻骨仇恨,且有报复社会倾向的成年男性;二、此人很可能曾经有至亲或挚爱因某个老年人的某种关系溺亡,所以才产生了同态复仇的想法。"

他看向肖敏才,接着说:"我们目前的破案方向是两条路线:一、肖敏才,你这边联络网警,追踪'老人变坏'这个帖子的所有信息来源，包括这个话题最开始是从哪个网站流向网络的，特别是关于刘建军和胡国秋的两个视频的拍摄者是何人，何地何时传上网络，并且要在第一时间对发帖人进行问讯，还要对视频中的相关人员进行问讯，任何细节都不能漏过；二、老吴，你这边负责调取所有星港及周边发生过的溺亡案件，进行分析和推断，尽量缩小疑犯的排查范围……"

"七天！"张国栋再次环顾部下，伸手比了一个"七"，"省厅给了我们七天时间，我们务必要破案！有没有信心？！"

"有……"一众警察下意识地答了一声，但听上去底气不足。

"这范围有点大啊，到现在连个脚印都没找到……宁哥，你说这范围怎么缩小嘛。"张一明忍不住低声吐槽，旁边听到的警察也在默默点头。

钟宁依旧在低头看着案卷，因为身在后排，距离比较远，看得有些费力。一个刑技问道："张队，我们现在连案发现场为什么没有脚印都还没弄明白，这么排查，范围是不是太大了？"

张国栋正要说话，陈孟琳接过了话头："这个不难。"

"不难？"

笃定的语气让除了钟宁以外的一众警察都扭头看向了她。

陈孟琳点了点桌上一张资料道："我看资料里说，凉席厂的厂房出租给了一家公司当仓库，那家公司是做什么业务的？"

"宁哥，你俩也太默契了吧？"张一明记得刚才钟宁问过这个问题。

钟宁心头也有些讶异，自己似乎有些小看这个专家顾问了。

边上的侦查员答道："也是做凉席的，私企。"

陈孟琳道："那么，没有脚印的情况就很好解释了。"

"宁哥，她连说话的风格都跟你很像啊。"张一明撇撇嘴，"都喜欢卖关子。"

钟宁低声说:"她要找的东西在一号仓库。"

"什么?"张一明没听清楚,脱口问道,"什么东西在一号仓库?!"

这一声没控制好音量,顿时,一棚子警察全部望向了他们。

看见他们,刘爱国一愣,他俩不是应该在外面看着警戒线吗,怎么混进来了?还没来得及帮他们开脱,张国栋一眼就瞄到了张一明,怒其不争地质问道:"你怎么在这里?你们派出所没分派任务吗?"

"有……有任务……"张一明见到他爸就像老鼠见到了猫,说话都有些结巴了。

"有任务你跑这里来干什么?看戏?"

张国栋还要呵斥,陈孟琳插嘴问道:"你刚才说什么?"

"那个……"张一明唯唯诺诺地看了他爸一眼,小声道,"我这个同事说……"话到一半,张一明给吓忘了,扭头问钟宁,"宁哥,你刚才说什么?"

钟宁看着陈孟琳,朗声道:"我说,你要找的东西在一号仓库。"

陈孟琳的眼睛微微一亮,好奇地打量了钟宁一眼:"你知道我要找什么?"

"你问租给什么公司,那肯定是问堆放的什么货物。凉席的制作材料那么长,又不能被雨淋到,那就只有在一号仓库了。"

陈孟琳笑了:"你也知道疑犯是怎么让脚印消失的?"

钟宁点了点头。

"那你讲讲?"

"懒得讲了。"钟宁拍了拍张一明的肩膀,"我请这位同事直接演示吧。"

要找的货物确实是在一号仓库里——就在围墙后面，里面还堆放着十来根没来得及加工的楠竹，根根都有十来米长，当中有几根"叛逆"的，尾巴从铁门里冒了头。

"抬吧。"

两根已经检测过没有指纹的楠竹被刑警搬到了废水池边，一头插进了水池中，另一头被张一明抬着放在了水泥地上。肖敏才招呼另一个刑警往一个编织袋里塞进一些杂物，还原成与被害人相近的重量和形态，再将编织袋放到两根竹子中间。

"起！"

钟宁一声令下，站在水泥路边的张一明猛地一起身，编织袋便在两根竹子中间"咕噜咕噜"地滚了下去，"哗"的一声落入了水中，水池边上的泥地没有留下半点痕迹。

一众警察嘴里都发出了一声"靠"。一个看似匪夷所思的谜题，就这么轻而易举地被解开，大家心头都有一种说不上来的滋味儿。虽说这就是一个简单的杠杆原理，但也能看出疑犯比想象中更不好对付。

"张局！"一个穿白色制服的技侦从一号仓库那边小跑着过来，老远就冲着张国栋摇头道，"都查了，所有竹子上都没发现指纹。"

"知道了。"结果在意料之中，但张国栋依旧有些心焦。现在唯一可以确定的是，疑犯应该是力气较大的成年男性，而且很会就地取材。

张一明气喘吁吁地把竹子从水池里抽出来，听到张国栋夸了一句"你很不错"，还没来得及高兴，却见张国栋看向钟宁，问："叫什么？"

"钟宁。"

"钟宁？"张国栋和陈孟琳同时道。

"陈顾问，你也认识他？"张国栋有些意外。

"陈年往事了，先不提这个。"陈孟琳满眼欣赏地看着钟宁，道，"这个案子，你还有什么其他看法吗？"

钟宁似笑非笑地看着陈孟琳："你们弄得太复杂了，刚才提到的那几个点都是无用功。"

"什么意思？"张国栋先是一愣，接着微微有些恼怒。这么个派出所小片警居然敢直接评价他刚才的任务布置是"无用功"？

钟宁倒也没怯场："我的判断是，现在去调查视频出处，排查类似溺亡案件，不会有什么收获，肯定是白费功夫。"

一众警察都面露不悦，这还没查呢，就断言是"无用功""白费功夫"，现在的年轻人都自大成这样了？

陈孟琳饶有兴致地看着钟宁，好奇地问："理由呢？"

"具体理由我也说不上来。"钟宁一摊手，依旧看着张国栋，不过脸上正色起来，"张局，我觉得，查案子就像是开一个放在迷宫里的俄罗斯套娃，每一层套娃都上着锁，我们的核心任务是一层一层地开套娃的锁，解到最后，自然就知道最里面的核心处藏的是什么，而不是先去想着要把放着这个套娃的整片迷宫所有的路都走个遍，这样费时费力，还不一定有效果。"

张国栋实在恼火，却也不好当众发飙，只能强压怒气，道："你具体说说。"

"我的意思是……"钟宁点了点会议桌上的一张月山湖的照片，"先开这把锁，其他的，放一放。"

"你这口气很大啊。"陈孟琳接过了话头，"你所谓的开这把锁，和我们前面的思路并不矛盾。"

"是不矛盾，但你们那是在浪费时间。"钟宁冷笑。

"行！既然你这么笃定……"陈孟琳看向张国栋，提议道，"张局，就安排他进专案组开这把锁，如何？"

"他？"张国栋一愣，他着实没想到陈孟琳会提出这个要求。

钟宁的能力他是听说过，刚才也亲眼见到了，但是这小片警似乎脾气比本事大，一身傲气不服管教，怕是成事不足败事有余。只是，陈顾问开了口，张国栋也不好拒绝，刚想答应下来，钟宁却先摆手道："我能力不够，暂时还不能胜任。"

钟宁的拒绝让所有人都吃了一惊，一个小片警有机会直接进入总局专案组，这可是求之不得的好事，这小子居然想都不想就给推了。他拒绝的理由虽说是"能力不够"，可刚才他又是"白费功夫"又是"浪费时间"的，哪里能看出来半点自认能力不够的样子？

钟宁冲张国栋呵呵一笑，指了指警戒线道："我去值班了，不打扰各位前辈办案。"说完，也没管一众警察百思不得其解的目光，径直往警戒线走去。

张一明跟了上来，抱怨道："我求都求不来呢，你怎么想都不想就给拒绝了？"

"没意思。"

"什么没意思？你不是对破案子的瘾大得很吗？"

这话不假，眼前这位钟所长，小到偷鸡摸狗，大到行凶勒索，只要是个案子，那都是勤勤恳恳兢兢业业。张一明都怀疑钟宁找不到女朋友，是因为晚上抱着案卷睡觉的，结果有这么个机会进入市局总队的专案组，他竟然拒绝了，这怎么能想得通原因？

"这是凶杀案啊！连环的！"张一明痛心疾首，"这不比派出所那些狗屁倒灶的事情有意思？"

"案子有意思，人没意思。"钟宁还是摇头。

"你是说，陈孟琳没意思？"张一明刚才就看出来了，这两人的关系似乎不是很和谐，"你们认识？"

"算认识。"

"那怎么就没意思了？"

"没什么好说的。"钟宁把手中的一卷警戒带塞给张一明，"好好看场子。"

"我就不信你真对这案子没兴趣。"张一明回头瞄了一眼身后还在忙碌的警察，"宁哥，说真的，你对这案子到底怎么看？是不是觉得太简单了，用不上你那颗高贵的头颅？"

钟宁摇了摇他"高贵的头颅"："不至于，疑犯很聪明。"

"是挺聪明的。"张一明深表赞同，"那你说为什么月山湖那边也没脚印？那里可比这边要大很多啊。"

"因为疑犯很聪明啊。"钟宁笑了。

"这不废话吗？"张一明不满钟宁的打趣，正色道，"什么聪明人能把周边地貌、现场痕迹甚至天气都考虑到，而且目标还是老年人，总不能是个科学家吧……"

钟宁见他一脸肃穆，问道："你对这案子也有兴趣？"

"废话。"张一明感叹道，"我爸要是愿意把我调入专案组，我肯定去了，人争一口气不是？"

钟宁眯起了眼睛："那我们查？"

"怎么查？"

"下了班查，先去月山湖弄清楚为什么没有脚印，一把一把地开锁。"钟宁指了指身上的警号，"再说了，案子发生在我们辖区，我们有配合调查的义务啊。"

张一明犹豫了："月山湖不是我们的辖区，我们去查，算是越界了吧。"

"谁说我们去月山湖是去查案的？"钟宁狡黠一笑，"我们去月山湖锻炼身体不行吗？"

"对对对，可以去锻炼身体。"张一明呵呵一乐，忽然想起刚才没说完的话题，问道，"你还没说呢，什么人能这么聪明？"

"记者！"钟宁刚要说话，一直在尽忠职守地看着警戒线的片警孙浩三两步跨到了警戒线的一头，冲着一个拿照相机、戴黑框眼镜的男人大喊道，"那个记者！干吗呢！警戒线没看到啊！"

"啊？对不起，对不起，没注意。"一个戴着鸭舌帽的记者赶紧停下了脚步，连声道歉。

"你这是违法行为知道吗！"孙浩上前两步，伸出手来，"哪个单位的？工作证呢？"

"对不起，真没注意。"那记者赶紧从裤子口袋里掏出证件，自我介绍道，"我是星港晚报社的，是……是正规单位。"

"《星港晚报》？"孙浩接过记者证看了看，小声念出名字，"赵清远？"

08
▶▶

"对对，是《星港晚报》社会版的记者。"赵清远赔着笑。

他原本并没打算闯进警戒线，但雨势实在太大，他有些担心自己留在现场的字迹会被冲刷干净，所以决定冒险去看看，没想到还没进去就被警察拦下了。

孙浩扭头问不远处的钟宁道："钟所，咋处理啊？"

"算了吧。"钟宁正思考着什么，看都没往这边看，只挥了挥手，"都是混口饭吃，不容易，别上纲上线的。"

"行，那别拍了，赶紧走。"孙浩也跟着一挥手，"记住，文章不要乱发，别影响我们正常办案，等警方的新闻发布会就行了。"

"好的，好的，警官，我这就走。"赵清远赶紧鞠躬，唯唯诺诺地接过递还的记者证，上了警戒线外的一辆贴着"新闻采访车"字样标贴的五菱宏光，一脚油门驶离了这个是非之地。

雨越来越大，在车灯的照耀下，雨水像是幽灵一般在茫茫夜色中跳跃着。赵清远把雨刷器开到最大，可眼前依旧灰蒙蒙一片，他只好摘下眼镜，擦了擦镜片上的白雾。

这眼镜太旧了，还用膏药胶布粘着镜腿，度数也够不上他的近视程度，早该换一副了。可一副新的眼镜动辄上千元，有这些钱，可以干好多事情，眼镜能凑合就凑合戴着吧。

把镜腿上有些脱落的胶布重新缠好，赵清远收回了思绪。

从目前的情况来分析，虽然还不能确定那几个字有没有顺利留下痕迹，起码尸体是发现得很及时的。再加上其他的共同点，赵清远相信，即便没有那几个字，警方依旧会并案调查，而自己费尽心思，无非也就是要得到这个结果。

念及至此，赵清远决定不再去想凉席厂这起案子，还有更重要的事情等着他去做。

五菱宏光一路飞驰，过了七八个交通灯，终于开上了五一路，在第二个拐角处右拐，再沿着主干道走了二十多分钟，停在了星港传媒大楼的停车场。

这是一栋集合了几十家新媒体企业的大楼，大门口，一个巨大的充气人在鼓风机的帮助下，不断地冲路人挥着手，手里还抓着一副巨长的横幅——"祝贺2015年第一届星港市互联网＋大会完美落幕！"，充气人在灰蒙蒙的雨夜中显得很是滑稽。

这会儿正是下班高峰时段，大厅里人来人往。赵清远挤进电梯，上了十三层，推开了贴着"知客传媒"LOGO的玻璃门。

他从《星港晚报》报社离职以后，在这里工作了整整八年——公司规模不大，占地三百来平方米，三十来个工位，旗下运营着七个微博账号、两个微信公众号，还有一个日活跃用户数量十来万的小论坛。公司早几年的主要项目是跟踪社会热点事件和明星宣传。不过时代变化太快，现在已经转型，主要靠所谓互联网"标题党"爆款文章带来的流量卖广告盈利。

赵清远往总编辑办公室走去，临近的工位上，一个正在加班、满脸痘痕的男人抬起头，阴阳怪气地道："哟，赵哥回来了？又采访到了什么大新闻啊？"

赵清远没有搭理他，但这番问话已经引起了其他还没下班的同事们的注意，大家语气戏谑地说了起来。

"赵哥，省省吧，现在这社会还有谁实地采访呀，都是复制、粘贴、剪辑，您费那力气干吗啊，又没点击量。"

"哎呀，你们不懂，赵哥怎么说以前也是《星港晚报》的，人家可是立志成为挖掘社会问题，为老百姓发声的优秀记者呢。"

"哈哈，我看这么弄下去，下岗倒是迫在眉睫了。"

赵清远依旧没有回话，他已经习惯了这些小青年们的调侃。这时，总编辑任平拉开办公室的门走了出来。

"都说什么呢！拿同事开玩笑很好玩吗？"

说是总编辑，任平其实年纪比赵清远还小，不过三十出头，打扮得倒是挺成熟，西装笔挺，梳着油头，一副成功商人的模样。

"没事，他们也没恶意。"赵清远讪然一笑，从口袋里掏出了那台五菱宏光的车钥匙，"今天用了公司的车，钥匙还给你。"

"哎呀，没事没事，用着呗。"任平接过车钥匙，有些哭笑不得道，"我都说多少次了，那个车你需要就随时开走，又不是什么好车。再说了，你是公司元老，不说给你配个好车，一个五菱你开出去采访还着急还我，这不是打我脸吗？"

"公事公办，私事肯定不能用公司的车嘛。"赵清远笑了笑，回到自己工位，开始收拾东西。

"对了，赵哥。"任平微微犹豫了一下，还是扭头道，"吴非凡那个《是坏人变老了，还是老人变坏了》的文章，经过几个月的发酵，在网上引起的反响不错，虽然被其他媒体抄来抄去，但我们自己公号上的转发量已经突破了十万，阅读量超了五十万，为公司新增了近八万关注，成绩不错。我想请大家吃一顿，算是庆功。你是那篇文章的……"

"你们去吧，我还有点儿事。"赵清远打断他，继续收拾着自己的双肩包，头都没抬一下。

"私人宴请呢，赵老师，又不要你出一分钱。"吴非凡正是刚才起头调侃赵清远的那个满脸痘痕的青年，看赵清远不给面子，他微微有些恼怒，"我说……您不是嫉妒吧？"

"哎呀，任总编，您叫赵老师干吗呢？"一个女同事笑道，"人均超过五毛钱的聚会，您看我们赵老师什么时候参加过？"

"话也不能这样说，赵老师也不是小气的人。"边上又有同事跟着起哄，"不过……我说赵老师，你一个月工资也不算少吧，能去买一件新衣服吗？你那袖口都破了。"

赵清远依旧没有回话。

"嘻，看看人家赵老师多么桀骜，别人买车是为了炫耀，我们赵老师是为了放在家里生锈。"

"我看呀，人家赵老师是有自己理想追求的人，跟我们这些俗人不一样。"

赵清远一棍子打不出个闷屁来，几个同事说得就更来劲了。也不能全怪这些人，他们确实不解，这世界上为什么会有这么落伍的人？自媒体时代，流量为王，标题胜过一切，什么《未婚妙龄女腹大如孕妇，就医后医生傻眼》《大妈嫁给二十六岁小伙：生活需要自己和爱……》《雄起！这件事情才爆出来美国就震惊了，不转不是中国人》，哪个不是互联网上的爆款文章？

隔壁那家互联网公司甚至直接就叫"震惊中国"，可不是气势如虹吗？

但是这位赵哥呢，偏偏反其道而行之。就说去年年底吧，自己一个人跑了十多家养老院、拘留所，调查老年人犯罪问题，公司经费花了好几万，结果写了一篇《关于社会结构老龄化的解构及成因分析》，这玩意儿能叫新闻吗？只能叫学术论文！任平看着这标题脸都绿了，当场就把选题否了。

跟不上时代还只是一方面，更重要的是，赵哥实在太抠门了。一毛不拔本来是个形容词，赵清远却是扎扎实实地做到了。公司大小聚会、同事婚丧嫁娶，他是从来不参加的，一个九十九块的小米双肩包用了多少年了没换过，一副黑框眼镜，腿坏了居然拿胶布缠着继续用，车倒是买了一辆，估计是怕费油，一年见不到他开几次，宁愿停在家里生锈。最不可理喻的是，去年公司组织团建，印了一批文化衫，本来就团建的时候穿穿，结果赵清远硬是把大家不要的收集起来，一直穿到今年夏天。

"都少说两句！"任平有些看不下去，又呵斥了一句，看着赵清远，关切道，"你没开车吧？今天雨大，反正我要去麦德龙那边买点酒水，要不我送你一程？"

"不麻烦你了。"赵清远道了声谢，没再搭理众人，背着包出了办公室。

09
▶▶

雨渐渐小了。

出了公司大门，赵清远没有直奔公交站台，而是绕到了公司右侧的一条辅路上。这里新开了一家装修得很高端的化妆品店，一个巨大的黑色招牌，此时正闪着霓虹。

第一章·老人变坏了

因为下雨，店里没什么顾客，四五个穿着小黑西装的女孩儿百无聊赖地站在门口聊天。店里正播放着一首叫不上名字的歌，女歌手的声音挺好听，正婉转地唱着：

忍不住化身一条固执的鱼，逆着洋流独自游到底；
年少时候虔诚发过的誓，沉默地沉没在深海里……

赵清远收了雨伞进店，女孩儿们往他这边瞥了瞥，很快就根据经验判断出来，应该只是个进来躲雨的，都没有搭理他，接着叽叽喳喳地聊天。

化妆品护肤品这些东西，赵清远实在不懂，在几个货架上看了一圈，那些红红绿绿的彩色瓶子，让他有些眼花缭乱。

"那个……小姑娘，可以问你们一个问题吗？"

不知道是声音太小，还是女孩儿们根本就没把他当顾客，喊了两声，倒是有两个女孩儿往这边瞄了一眼，不过并没有人愿意过来。

赵清远想了想，干脆挑了一个最贵的，往收银台走去。

收银台的女孩儿看了看瓶子，又抬头看了看赵清远，微微一愣，以为他看错了价格，尴尬道："先生……这个是海蓝之谜。"

"什么？"赵清远没明白这话什么意思。

女孩儿微微有些窘迫："这个是海蓝之谜的精华乳液，两千六一瓶。"

"我知道。"赵清远点了点头，拿起手机，"是你扫我吗？"

"哦……对。"

钱已到账，女孩儿还是有些愕然，她没有想到眼前这个衣袖都破了的男人，居然会花两千多块钱买个乳液。

"对了……"赵清远的脸居然有些红了，"有包装盒吗？"

"哦，您是要送人是吧？"女孩儿明白了赵清远的意思。

赵清远点了点头，小声道："嗯，送给我妻子的。"

女孩儿从抽屉里拿出了一大把花花绿绿的小盒子，摊开在赵清远眼前："您要什么颜色的？"

"我要那个颜色……"

"这个吗？"女孩儿拣出其中一个粉色的盒子。

赵清远点了点头，脸上更不好意思了："你再给我两根粉色的带子吧……哦，对了，帮我拿袋子装好就可以了，那个……包装我自己来。"

女孩儿的脸上露出了一丝羡慕的神情："行，您亲手给妻子包吧。"

雨还在下，赵清远道了声谢，小心翼翼地把袋子捂在怀里，小跑着往公交站台去了。

先坐到火车站，再换212路公交车，坐一个小时，再转77路公交车坐十七站，就到了杨海棠小区，一趟刚好一个小时，早晚各一趟，中午来回一趟，赵清远每天要在这条线路上耗上近四个小时。

整整八年，除非公司放假，他没有一天少坐过哪怕一趟。

其实，原本的住处离公司没有这么远，但不是一楼，而且当时妻子手术急需用钱，所以四年前赵清远就把那房子卖了，换成了如今这个小区。

进了六栋三单元的楼道，赵清远敲了敲门，系着围裙的吴妈开了门。

房子不大，两室一厅也就六十多平方米，客厅的墙上挂着一幅巨大的婚纱照，新娘坐着，赵清远站在她身后，两个人笑眯了眼睛；靠近阳台的地方摆着一个两米来长有点像跑步机的东西；左边一排书柜上整齐摆放着满满一书柜的书，全是有关残疾病人康复治疗的；还有两张小沙发、一个饭桌和一台电视机。

房子虽小，但看得出来被用心打理得清爽整洁，唯一让赵清远不满意的是，一楼实在太潮湿，比不上他们四年前在米兰春天小区的房子舒服，那边还带个露台，妻子那时候还种种菜。

"睡了吗？"赵清远蹑手蹑脚地换好了拖鞋，轻轻把门关上，生怕弄出一点声响，"没做噩梦吧？"

"睡了。"吴妈在赵清远家做了一年多保姆了，自然知道他的规矩，帮他把双肩包放到桌上，小声回道，"今天没做噩梦，吃了药睡的，有两个多小时了，都没醒。"

"那就好。"

赵清远把盖在桌上的菜罩打开来看，有些欣慰。昨天去超市买的山药熬的汤，已经吃得差不多了，青菜也没剩下多少，看来妻子今天的胃口还不错。

"白天咳得厉害吗？"赵清远边往厨房走，边麻利地给自己套上围裙，淘米、煮饭、剁鸡、洗青菜，轻车熟路，"上午熬冰糖雪梨，糖少放了吧？"

"咳嗽比昨天好多了，糖我也少放了，放心吧，你交代的我都记得的。"吴妈帮赵清远收拾着，忍不住劝道，"其实做饭配药这些事情，完全可以交给我做嘛，没必要每天这么东奔西跑，抽时间休息休息多好。"

"不是自己配药，我不放心。"赵清远憨厚一笑，黝黑的脸上浮现出几分羞涩，"上班也没心思。"

"思思真是命好，遇到你了！"吴妈又是羡慕又是嫉妒地感叹了一句，去客厅收拾餐桌去了。

前两天专门去乡下买回来的土鸡已经进了煲汤的砂锅，没多久就已经煮出了黄灿灿的鸡油，赵清远尝了尝咸淡，满意地咂巴了一下嘴，这才脱掉了围裙。接着，他从双肩包里拿出刚才买的乳液，细细擦拭了一番，再重新装回粉色的小盒子里，然后拿着那两根漂亮的彩带，两只手指灵活地一弯，手腕微微一抖动，就系成了一个复杂漂亮的蝴蝶结。赵清远心满意足，蹑手蹑脚地推开了卧室的门。

床上睡着一个女人，面容憔悴，脸色苍白，看起来比本就显老的赵清远还要大上好几岁。她的身体状况似乎不太乐观，喉咙里不时发出"吱吱"的响声，听上去像是一个破了的风箱，正在力不从心地工作着。

赵清远轻轻把亲手包装好的粉色小盒子放到床头，伸手摸了摸妻子的额头，还好，烧已经退了。

"啊！"就这么轻轻一碰，吴静思瞬间被惊醒，喊叫了出来。

"思思，我在，我在。"赵清远赶紧轻轻唤着妻子的名字。

吴静思睁开了眼睛："清远，你回了……"

"吵醒你了？"

"没，我本来就睡得浅。"吴静思挣扎着想起身，赵清远赶紧在她身后叠了两个枕头。

"今天工作挺辛苦的吧？"吴静思伸手帮赵清远擦了擦额头的汗，"你看看你，衣服都淋湿了，怎么不知道换一件呢，这么大的人了，还跟小孩儿一样。"

"就换，就换。"赵清远笑得露出一口白牙，赶紧把身上的T恤一脱，从衣柜里拿出一件一模一样的套在了身上。

"你呀，就不知道给自己买件好点儿的衣服！"吴静思扑哧一声笑了，忽而又难过起来，"清远，别对自己太小气，我心疼。"

"心疼啥呀，我能吃能睡，身体倍儿棒。"赵清远神秘兮兮地指了指床头柜，嘴里还配着音乐，"噔噔噔噔……八周年快乐！"

吴静思吃了一惊，半晌才怔怔道："我们结婚八年了？"

"嗯，八年了。"赵清远认真点头，颇有几分炫耀地指了指粉色小盒，"给你买的礼物，看看喜不喜欢。"

"喜欢，你送的都喜欢。"吴静思脸上没有一丝喜悦的表情，反而低下了头，泪水在眼眶里打转，"清远，对不起。"

赵清远佯装生气："一家人不说什么对不起的，你再这样，我就真要生气了。"

"可是……"吴静思抬起了头，眼泪终于忍不住掉了下来，"没有我，你会过得比现在好很多，我已经连累你十年了。"

"别哭别哭！"赵清远手忙脚乱地帮妻子擦眼泪，"我们结婚的时候就说好了，一家人有事一起承担。"他打开了手中的盒子，拿出那瓶乳液，"这个叫海蓝之谜，涂了皮肤会很好。"

"谢谢你，清远。"吴静思接过礼物，眼泪又不争气地掉了下来，"以后你不准买礼物了，我身体这样，一点都不能为你分担，你还老给我买这么贵的东西……"

"傻子，谁说不能分担的，这些年要是没有你，我哪里会过得这么幸福？"赵清远半开玩笑道，"你欠我的礼物我可都记着呢，你得赶紧好起来，将来也赚钱给我买礼物，好不好？"

吴静思终于止住了眼泪，认真地点了点头。

"哦，对了。"赵清远从双肩包里拿出一个巨大的文件袋，"检查结果出来了，就是有点肺炎，吃药很快就能好。"

"真的吗？"吴静思有些不信，她胸闷气短已经近两年，最近咳嗽加重，怎么会只是肺炎呢？肺炎又怎么需要专门到全市最好的三甲医院检查才能查出来呢？

"我什么时候骗过你呀？"赵清从袋子里掏出两张胸片递过去，"你自己看嘛，结论就在下面，是真菌性肺炎，不是普通肺炎，所以才这么难治。"

吴静思看了看胸片上的检查结果，丈夫没有说谎。

"难治的话……"她抬起头，小心地问道，"药费很贵吗？"

赵清远一副了然的表情，故作轻松道："贵倒是不贵，就是真菌这东西容易复发。不过你也不要担心，安心配合，我一个月工资两万多，还治不好你这么个小毛病？"

"真的不贵吗？"吴静思有些不信。

"真不贵啊，你别老不信我，上次你也担心药贵，我不都让你去网上查了价格吗？我没骗你吧，咋还不信我呢？"赵清远帮吴静思披上一件薄外套，弯腰从床下拿出那副折叠轮椅打开来，把吴静思抱起来，轻轻放上轮椅，"来，我们起床吃饭，明天公司没事，我帮你约了医生做检查，顺便把理疗也做了。"

餐厅里，吴妈已经把晚饭准备好，正边看电视边等着他俩。

赵清远调整好轮椅位子，帮吴静思盛了一小碗米饭、一些青菜和一碗鸡汤才坐下来。

吴妈的眼睛还盯着电视机，嘴里嘟囔着："你说这都叫啥事儿啊，现在这坏人怎么这么多呢！"

电视里正插播一条晚间新闻，底部横栏上是一排醒目的黑体字——

本市凉席厂旧址发生一起凶杀案，死者为凉席厂安保人员……

赵清远笑了笑，起身把电视关了，转身的时候，他不经意地把口袋里一张皱巴巴的纸揉成一个小团，扔进了餐桌下的垃圾篓中："吴妈，安心吃您的饭，说不定这些人该死呢。"

就在此时，窗外猛然一声惊雷，暴雨似乎又下大了……

第二章 ▶ 消失的脚印

01
▶▶

　　暴雨下到第二天中午还没有变小的趋势,从市局办公室的窗户向外望去,整个世界被雨幕笼罩,分不清是白天还是黑夜,路上的车灯像是划过这片混沌雨幕的匕首,溅起一片刀光血影。

　　"刘建军人还不错,我跟他同事十多年,从来没有红过脸。他当保安以前给领导开过车,很会察言观色那一套,用现在的话怎么说来着?情商很高的……除了喜欢贪点小便宜,还有点好色……仇人?那不可能有仇人吧……"

　　"建军对工作认真负责,对同事也是不错的……但是吧……不瞒你们说,这人手脚确实有点不干净,有时候报销方面,会多要那么一点点,比如四百块钱油费,他可能报个五百,但是无伤大雅,无伤大雅!再说,好色这件事情……警察同志,哪个男的不好色嘛。"

　　"胡国秋这个人咋说呢,确实小气。按道理,他一直在环卫局上班，开洒水车的，国家单位，待遇很好的，自己又开了茶叶铺子，这么些年下来也挺有钱吧，但是喜欢贪点小便宜，小区要有什么免费的活动，他保证第一个报名，也不嫌累，有一次，广场舞那边发衣服，他一个男的都去领了一套……"

"胡国秋？我倒是认识，不熟，据说人还不错，就是喜欢贪点小便宜，按道理也不会啊，他一直都是公务员退休待遇啊，对吧？"

"啪！"

区公安分局刑侦队会议室内，张国栋还没看完手中的笔录本，就烦闷地用力合上，忍不住从口袋里掏出了一根芙蓉王，犹豫了一下，还是给点上了。烟雾缭绕中，后排那个"打响一百天攻坚战，争做全国文明城市"的红色横幅格外醒目。

压力大啊！

省公安厅、市公安局各级领导高度重视，案情咨询电话打了无数个，可整整一天一夜了，案情还是一点进展也没有！

不但案发现场一无所获，更可气的是，为了防止线索遗漏，从第二起案发现场回来以后，整整二十多个小时，张国栋又安排了十多名刑警连轴转，把胡国秋和刘建军两名死者的人际关系全部摸排了一遍，可既没发现任何跟他们有仇的人，也没发现两名死者的交集。

看来，还是得从在案发现场布置的那两个方面入手。

其一，就是"报复社会"，追踪网络上那个《老人变坏了，还是坏人变老了》的帖子和相关视频。可技侦部门统计后得出了一个庞大的数据——媒体这个抄那个，那个抄这个，居然有四百多家做过这个选题，下面的跟帖总量已经过万。两个被害人的视频被转来转去，网警那边查了一天都还没查到原始上传IP。

其二，就是根据溺亡这个死法，从"同态复仇"上入手，调查这些年星港有关溺亡的刑事案件，看看能不能从中查找出端倪。调查结果依旧是一个庞大的数据——从市局有电脑建档开始，近二十年来，与溺亡有关的刑事案件一共有一千五百六十三起，牵涉的被害人亲友加起来上万。张国栋还召集了二十多个档案科民警，把这些案卷里面所有和刘建军、胡国秋这两个名字有关系的都调取出来，结果都和这两人扯不上一毛钱联系。

综上，这么多人不眠不休地查了一天一夜，还在原地打转转。

"突破口啊！"会议室里，张国栋望着堆积如山的案卷，松了一颗风纪扣，摸着虎口的伤疤，忍不住看向边上的陈孟琳。

陈孟琳依旧是一副波澜不惊的表情，似乎丝毫没有受到眼前这个棘手案件的影响，细致地翻看着案卷，甚至还有心思时不时抿上一口茶。

这让张国栋也有些佩服陈山民的这位接班人了。难怪二十四岁就能成立陈山民鉴定中心，二十五岁就成为平安和国泰两家保险公司的首席顾问，这心理素质怕是比不少警队老油条还要强。

"张局，不用着急，还有两个点没有落实。"陈孟琳也感受到了张国栋的心焦，宽慰道。

她对这个案子的信心，来自两个基础逻辑——

其一，网上有这么多关于老年人不讲道德的帖子，疑犯挑选被害者绝不是从其中随便找的。最大的可能是，这两名被害人的视频是疑犯亲自拍摄，而且在动手之前，经过了长期跟踪踩点。从犯罪心理学上来说，这属于双层投射，也就是既把自己投射成了揭露社会丑恶的正义人士，又把自己当成了替天行道的侠客。因此，只要能查出原帖的IP地址，顺藤摸瓜锁定疑犯并不算难事。

其二，即便视频不是疑犯亲自拍摄，也存在另一种可能，疑犯目睹了这两起事件，从而激发了他杀人报复的欲望。那么，只要能找到两条视频中的当事人进行问讯，也有很大可能性挖出新的线索。

"道理是这么个道理。"听完陈孟琳的分析，张国栋颇有些无可奈何。时间不够啊，七天的破案期限，眼下只剩下六天不到的时间了。

"张局，陈顾问！"会议室的门被撞开，肖敏才火急火燎地闯了进来，"查到 IP 地址了。"

张国栋激动地站起身，大腿撞到桌角也顾不上疼痛，赶紧问道："哪里？！"

肖敏才把手中的一沓资料摊到桌面上："两个原视频都是发在这个叫'震惊中国'的论坛，并且都是同一个 IP 发出来的，在鞍山路一个网吧。"

"同一个 IP？"张国栋心头一喜。两个原视频发在同一个论坛，还是同一个 ID，用户名叫"老头儿很坏！"，这基本能说明，和陈孟琳分析的一样，拍摄者就是作案者本人。

"发帖日期呢？"

"第一次发帖，是去年 11 月 20 日，也就是胡国秋案发生前一个多月；第二次是上个月 16 日，刘建军案发生前一个半月。"

"这个 ID 一共就发了这两个视频？"陈孟琳问道，"拿手机号还是身份证注册的？"

"对，一共就发了这两个视频。"肖敏才叹了口气，"不过，这个论坛不正规，注册不需要实名制，无法查到发帖人身份信息。"

"拍摄工具呢？"

"我们根据原视频做了分析，发现拍摄的手机是唯一牌手机

X23的型号，这种手机是五六年前的老款了，来源……不太好查。"

"呵！"张国栋只能苦笑。还以为来了个新线索呢，结果碰到了一只老狐狸，知道专门跑到网吧这种人流量大的地方发帖，还知道挑一个不用实名制的论坛，第二个视频发出的时间到现在一个多月了，网吧的监控视频肯定早已经清空了。

这等于又是起了个大早，赶了个晚集啊！

陈孟琳秀眉微蹙："两个视频当中的当事人联系上了吗？"

"人是都找到了。"说起这个，肖敏才的脸色更难看了，"被胡国秋插队的那个女人说，事情过去那么久，已经什么都不记得了。至于那个被刘建军猥亵的姑娘……"他一摊手，"她说这也不是什么光彩的事情，她不想回忆，现在只想好好工作正常生活，让我们不要再去打扰她。"

"这叫什么话！配合警方调查是公民应尽的义务！"张国栋气得一捶桌子，"你没有把政策跟她们讲明白？！"

"讲了，苦口婆心了都……"肖敏才尴尬道，"但这两人就是一口咬定什么都不记得了。"

陈孟琳皱起了眉。这两位如此不愿意配合，确实有点让她始料未及。她原本以为当事人绝对能提供有用线索，毕竟从视频来看，疑犯的拍摄距离也就五六米，只要稍微留意，肯定会有印象，特别是第二起才过去一个多月。但她们非说自己什么都不记得了，陈孟琳的计划便走进了死胡同。

"我觉得，查案子就像是开一个放在迷宫里的俄罗斯套娃……"陈孟琳下意识想起了钟宁的话，难道这小子还真说对了？莫非真的应该先去开一开月山湖那把"锁"？

思忖着，陈孟琳摊开桌上那摞厚厚的案卷，把月山湖案发现场的几张照片抽了出来。

因为案发时正处在枯水季，湖水已经干涸，湖边泥地龟裂，从照片上看，整片湖区像是一只趴在枯树岭中的巨大乌龟，只有龟背中心还剩下一摊水迹。

"脚印……为什么没有脚印？"陈孟琳起身走到了窗口。

此时，肆虐了一天一夜的暴雨终于显露出了疲态，雨水渐小，有气无力地落在玻璃窗上。警察局的广场上积起了大小不一的水洼。

陈孟琳不知想起了什么，微微一怔，忽然扭头看向了张国栋："张局，我想向您借个人，去一趟月山湖。"

02
▶▶

月山湖公园是一座占地面积较大的自然公园，位于城市的西南侧，因为背靠着一座月亮形状的山而得名。

最近几年，全国各地房地产事业发展得如火如荼，星港自然也不甘人后，一家名叫"星港地建"的房地产公司买下了月山湖周边一大片土地，计划以"经济搭台，文化唱戏"的路子，把月山开发成星港乃至全国有名的高端文化别墅群。结果项目开发到一半，这家公司资金链断裂，老板跑路了，留下一堆还在建设中的烂尾楼。

因此，原本热闹的月山湖公园莫名多了几分阴森恐怖的味道，游客逐渐稀少，最近两年也只有周围的居民偶尔来这里逛逛。

进门的保安亭倒是还在，一个六十多岁的老保安在打瞌睡，摄像头早就成了摆设。

"宁哥，我昨天找肖队打听了一下那个陈孟琳的来头，她可不简单啊。"

下午五点，钟宁和张一明开着那辆破比亚迪出现在了月山湖公园。不过，张一明对陈孟琳的兴趣，明显比对月山湖要大一点儿："我听说这美女不光是陈山民的关门弟子，还是他的养女。据说陈孟琳的亲爹年轻时和陈山民一起扛过枪，她也算是英雄之后了。她自己就更了不得了，年纪轻轻的，在平安和国泰两家保险公司年薪百万。之前那起很轰动的骗保案，据说就是她调查出来的。"

钟宁懒得搭理张一明，径直走过保安亭。那保安依旧睡着，头都没抬一下。

"我说，宁哥……"钟宁不搭理，张一明也不识趣，依旧说个不停，"你真不认识她？我怎么感觉你们很熟？肖队说，要不是看在省厅许厅长和她爸陈山民以前是同事的面子上，她都懒得浪费时间来帮忙。据说她上大学的时候就能把《刑法》倒背如流了！"

"你能不能歇一歇？"

说话间，两人已经进了公园。暴雨初歇，公园里没什么散步群众，再加上天气阴沉，整个月山湖笼罩着一股沉闷的气息。

"宁哥，你就跟我说说你们俩的关系呗，有啥好保密的。"张一明天生神经大条，依旧抱着他那颗八卦的心刨根问底。

"仇人。"

钟宁言简意赅地回了一句，脚步没停，很快穿过了公园门口那个荒废的烂尾别墅群。再往山上去，因为开发商还没来得及破坏，树木逐渐多了起来，道路也越来越难走。

"仇人？"张一明气喘吁吁地跟在身后，一脸愕然。

钟宁有些生气了："再提这个话题，你就先滚回所里。"

这一下，张一明总算老实闭上了嘴。

二十多分钟以后，两人已沿着小土坡上到了半山腰，向下看去，一片郁郁葱葱的绿植中，那个别墅群居然生出一种奇特的残缺美。

"这地方环境还可以啊。"张一明的嘴巴又忍不住了,"要是我有钱,把这儿买下来好好开发,也让我爸对我刮目相看一次。"

"那你还是好好当警察更现实一点,争取有一天当上你爸的领导。"钟宁继续往前走着。月山湖就在半山腰上,不远了。

"呵呵,那这辈子更不指望了。"张一明忽然忧伤了起来,"我爸这人吧,什么都好,就是对我期望太高,永远对我不满意。"

"当父母的不都这样吗?"钟宁随手捡起一根枯木,劈开面前的一堆杂草,"他觉得你有这个能力,才对你有期望。"

"我有个屁能力。"张一明苦笑,"有时候我只希望他能鼓励我一句,可从来没有。"

"你做出成绩来,他自然就会鼓励你。"

钟宁也不会安慰人。两人再度无言,脚步不停地穿过一条水泥小道,不到五分钟,月山湖便出现在了眼前。

枯水期已过,湖面比照片上看着要大一点儿,左右两面是二十多米高的悬崖,呈一个开口的峡谷状将湖面夹在中间。此时正是春天,悬崖上郁郁葱葱,倒映在湖面上,真是风景如画。谁又能想到,就在不久前,有一条鲜活的生命结束在里面。

"照片呢?"

"这儿。"

手机里的照片是张一明找一起洗过脚的战友肖敏才要的。他在手机上放大了照片,钟宁对照着当时的情形。四五百平方米的湖面在枯水期只剩下一百来平方米,周边全是潮湿的泥土,可现场没有留下一个疑犯的脚印。

"这里没法儿跟凉席厂那样弄个跷跷板了吧?"

张一明比画了一阵,放弃了这个想法。凉席厂的废水池面积小,用竹子就可以搞定,这里有二三十米,哪儿来这么长的树木？即便有，谁有这么大力气扛起来？

"难不成这个凶手会水上漂？"

"还金钟罩铁布衫呢。"钟宁翻了个白眼，也有些头大——围着湖面大半圈，除了树林就是悬崖，找不到丝毫特别之处。

"宁哥，想出来没？咋处理的？"张一明性急道。

"不知道。"钟宁老实摇头。

"连你都想不出来？"张一明无奈了，"那看来这案子……"

钟宁低头看向湖面，忽然伸出手指在嘴边比画了一下，打断了张一明："你先闭嘴。"

"咋了？"张一明顺着钟宁的目光也看向了湖面。

空山新雨后，有风吹过，树叶发出"沙沙"的响声，绿得跟宝石一般的湖面被吹起了一阵阵波光，煞是好看。

钟宁忽然道："看到没？"

"什么？"张一明一愣。

"倒影。"

"我又不瞎。"张一明无语了。

"发现没？"钟宁又问。

"发现了。"

"发现什么了？"

"发现确实挺好看的。"张一明抬头道，"难怪开发商会看中这里。"

"你跑题了。"钟宁哭笑不得，指了指湖面的两边道，"我是问你，发现这两边都有树没有？"

"发现了。"张一明点了点头，湖面两边都是悬崖，上面全是树啊。

"那明白了没？"

"明白啥了？"

钟宁兴奋得一握拳头："疑犯怎么抛尸的！"

"啥？"

"走！"张一明还在愣神，钟宁已经起身了，一挥手道，"去买点儿绳子。"

"买绳子干吗？"张一明一脑袋问号，难道是景色太美，要把自己吊死在这儿？

"重演案情！"钟宁又重重地一握拳头。

03
▶▶

半个小时以后，两人扛着一根五十多米长的绳子，带着一个绿色的编织袋再次上山，先在月山湖一面的悬崖上找了一棵地势高的树，将装了几十斤泥土的编织袋收口打了一个活结，穿到长绳内，然后将长绳牢牢系在树上。张一明拉着绳子的另一头下了山，十几分钟后，爬上了对面的山腰，冲着钟宁大喊："这个高度行了吗？"

钟宁比画了一下，张一明的高度和自己儿乎平行，这样势能不够，编织袋滑不下去。他冲张一明喊道："再矮一点儿。"

张一明跟猴儿一样往下窜了十来米，又重新找了一棵树："这样呢？"

"行了。"钟宁交代道，"系牢一点，把绳子绷直！"

"行。"张一明应了一声，很快，一根被拉得笔挺挺的绳索架设在了湖面上，"可以了！"

成败在此一举。钟宁深吸了一口气，右手扯住编织袋，猛地一推。

"滋……"

随着一阵刺耳的摩擦声，编织袋在这条滑索上慢慢往张一明的方向滑去。就在编织袋接近湖中心的时候，钟宁猛地把系在树上的活结绳头一扯。

"三、二、一、放！"

"哗！"绳索在树干上剧烈摩擦，接着像条蛇一般蹿了出去。滑到湖中心的编织袋立刻掉入了水中，"啪"的一声，激起两人高的水花。

"我的天！"此情此景令张一明在那头兴奋地大喊，"宁哥，你牛啊！这方法都被你想到了！"

"不是我想到的，是疑犯。"

钟宁纠正了张一明的说法。说实话，刚才看到激起的水花时，他内心居然对这个人产生了一丝佩服。

不过，钟宁心头的疑惑更重了——疑犯究竟为什么要费这么大力气弄得这么复杂呢？

第一把锁解开了，但随之而来的下一把锁，却更难解了。

钟宁摇了摇头，决定先解决眼前的事情。他俯身检查刚才系绳子的那棵树，果然，上面留下了好几道很明显的刮擦痕迹。他冲张一明那边喊道："你在那边找找有划痕的树。"

"行！"张一明大声应了一句，又跟猴一样蹿了出去。

安排好张一明，钟宁也没闲着。虽然陡峭的崖壁上都是树，但是粗壮得能拉动一百四十多斤被害人的大树并不多。很快，钟宁就发现一棵大腿粗细的槐树上有一道明显的刮擦痕迹。

"呵！有收获！"

钟宁细细看了看刮痕。虽然时间过去了好几个月，但刮痕上还是留下了一圈黑漆漆的东西，树下的枯草堆也有明显的掩埋痕迹，钟宁拨开新土查看了一番，疑犯果然细心，原本很明显的脚印已经看不出形状了。

钟宁掏出随身带着的一把工具刀，小心地刮下一点树干上那黑漆漆的玩意儿，再装进物证袋里。此时，张一明那边也大喊着："宁哥，找到了，有一圈黑不溜秋的玩意儿。"

"行，下面集合。"钟宁给树干拍了照，很快沿着原路往湖边而去。

张一明看了看手机里拍下的物证照片，钟宁发现和自己这边找到的差不多，也是直径二十多厘米的大树，树干被绳索磨破了表皮，留下了一道明显的划痕，划痕周围有一圈黑色不明黏稠物，比自己发现的那棵树上还要多。

"宁哥，这是啥？还有点香……"张一明掏出自己刮下来的那份闻了闻，然后递给了钟宁。

"给局里化验吧。"如果没有意外，这应该是绳子在树干上摩擦后遗留下来的，只是……钟宁反复对比了一下他和张一明拍下的照片，忽然摇头道，"不对。"

"什么不对？"

钟宁指了指照片："这东西不对。"

张一明没听明白："有什么不对的？都是从树上刮下来的啊。"

"照片不对。你看看你绑的，再看看我绑的。"

"有啥不一样的？不都是绑着吗？"张一明还是没明白。

钟宁放大了两张照片，道："你看看我们绑了多少圈？"

这一提示，张一明还真找出不一样来了。他和钟宁把绳子绑到树上的时候，为了牢固一点，一圈一圈缠绕了七八圈，自然在树干上也留下了七八道痕迹，但是眼前这两张照片上，树干上的痕迹干净利索，都只有一圈。

"这……能说明什么？"张一明纳闷道，"说不定他技术好，绑一圈就绑紧了嘛。"

"有道理。"钟宁点了点头，"但以疑犯的性格，为确保万无一失，他也应该跟我们一样，来来回回缠上好几圈吧……"

"然后呢？"张一明越听越不解。

"然后……"钟宁正要接着解释，身后忽然响起一阵脚步声。

来人是陈孟琳和肖敏才，看到钟宁，陈孟琳明显愣了愣，不过很快恢复了正常神情，微笑着道："钟宁，你不是说对案子没兴趣吗？"

"嘿，肖队，陈专家……"张一明知道陈孟琳和钟宁这两人不对付，赶紧帮钟宁解围，"宁哥是我硬拖着来的，肖队，我们来做个现场调查，没关系吧？"

肖敏才倒是不介意，反正案子走进死胡同了，能有人愿意多出一份力，他求之不得呢。再说，钟宁这小子的本事他是知道的。他哈哈一笑，摆手道："没意见，来，帮个忙……"说着，他指了指身后一个编织袋道，"帮我搬一下，刚才上来可累死我了。"

"这是啥？"张一明往后瞄了一眼，一个编织袋，里面鼓鼓囊囊塞满了东西。

"绳子。"肖敏才指了指陈孟琳，道，"陈顾问让买的。"

"绳子？！"张一明两眼一瞪，看了看陈孟琳，又回头看了看钟宁，呵呵笑道："肖队，您是不是打算在湖上架一根滑索，模仿疑犯能够不在湖边留下脚印的作案手法？"

"你怎么知道？"

肖敏才一脸愕然。来公园的路上，陈孟琳说出疑犯的作案手法时，他就对这位顾问佩服不已了，想不到连张一明这个马大哈都知道了，难道只有自己智商欠费吗？

"嘿，我们宁哥刚试过了。"张一明得意地指了指钟宁，道，"疑犯把绳子绑在哪棵树上，我们都给找出来了。"

这一下陈孟琳也吃了一惊了，她看向钟宁道："有收获吗？"

钟宁把手中刚才采集到的黑色黏稠物递给了肖敏才，道："树干上采集到的，应该是疑犯的作案工具遗留下来的，做个化验，应该有点用，只是可惜，脚印被破坏了。"

"可以啊你小子！"肖敏才举起化验袋，仰头细细看了看，像是在黑暗中看到了一丝光亮，兴奋得脸都有些涨红，"我马上就安排人去做化验。"

"那我先撤了。"钟宁冲张一明一挥手，刚想抬脚走人，陈孟琳忽然往前两步，伸出手道："要不要考虑加入专案组？"

"没兴趣。"钟宁头也没抬，绕开陈孟琳，往山下走去。

"呵，这小子！"两人走远，肖敏才扭头看向陈孟琳，有些尴尬道："这小子本事大，脾气也大，陈顾问别往心里去。"

"没事。"陈孟琳笑了笑，盯着钟宁的背影，缓缓摇了摇头，呢喃道："还没放下啊……"

04
▶▶

"我算是看出来了！我算是看出来了！"

出了月山湖公园，上了比亚迪，张一明刚发动汽车，就跟哥伦布发现新大陆一般兴奋地喊起来："你和那个陈顾问以前真有矛盾，说说，是不是她把你给甩了？"

钟宁没心思开玩笑："你以为每个人都跟你一样，以娶老婆为己任？"

"我这不也是被家里逼的吗？我爸说，我既然事业上没出息，就早点成家，两头总要顾一样……你不愿意说就不说呗。"张一明见钟宁一脸严肃，只好把话题扯回案子上，"宁哥，案子都有这么大的新线索了，怎么你还闷闷不乐的？"

比亚迪冒着黑烟驶出公园大门，钟宁透过后视镜一直盯着依旧在睡觉的保安，良久，才摇头道："总觉得不对劲。"

"等化验结果呗，想这么多干吗？"

张一明加了一脚油门，打开了收音机，一个有几分沧桑的声音正唱着"我曾经跨过山和大海也穿过人山人海"，张一明跟着一阵摇头晃脑，看上去心情颇佳。

以现在的检测技术，哪怕是一根在工地上放了两年没人管的绳子，都能从中检测出霉菌，由此推测出放置时长，再从绳子上沾上的水泥成分推测出水泥品牌，按图索骥找到是哪个楼盘用过的绳子，继而查到相关人员。所以他们发现的黑色黏稠物绝对是大线索了。

"就是这个不对……"

"什么不对？"张一明一头雾水，"难道不是疑犯留下来的？"

钟宁先是点了点头，接着又摇了摇头："但还是不对。"

张一明彻底茫然了："到底啥意思？"

钟宁没再接话，他调小了收音机音量，打开手机里刚才在现场拍下的照片——疑犯的抛尸手法只能是今天试验过的这一种可能。但直觉告诉他，事情不会这么简单。

回忆起在凉席厂看到的尸体照片，钟宁问张一明："你找肖队要了月山湖这起案子案发现场尸体的照片吗？"

"我找找。"张一明在手机里翻出照片递了过去，"宁哥，和凉席厂那起差不多啊。"

钟宁认真看了看，还真差不多，被害人同样是被反捆双手，一定要说有什么不同的话，那就是捆绑的手法似乎更加……

"更加规整……"

钟宁细细看着，越看越肯定了这个想法——照片上，绳子从被害人腋下穿过，再连着大腿部位反绑手脚，绳子在中间系起来，一共只打了两个死结一个活结，这样的绑法，被害人不但完全动弹不了，而且看上去相对整洁。

但凉席厂那一起案子的尸体绑法就要明显粗暴很多，凶手只是用绳子胡乱箍住了被害人的手脚和躯干，确保他不能动弹分毫即可。四五个死结乱七八糟地堆在一起，看上去像是乡下随处可见的牛粪堆。

钟宁把两张照片放到张一明眼前，问道："你觉得这正常吗？"

张一明边开着车，边抽空瞥了一眼："什么正不正常的？不都是给绑住了吗？"

钟宁点了点两个结绳处道："为什么捆绑手法差这么多？一个从容不迫，一个慌慌张张。"

"这有啥呀，宁哥，你是不是想多了？"张一明撇撇嘴，"说不定在凉席厂的时候，疑犯怕有人看到，着急一些，所以就瞎绑了一下。"

"不可能。"钟宁摇了摇头，"凉席厂可比月山湖荒凉得多。"

这么一分析，张一明也觉得有道理了，扭头又瞄了一眼照片道："会不会是疑犯在做第二起案子的时候紧张一些？"

"呵呵，杀第二个人比初犯还紧张？"

更重要的是，从犯罪行为学上来看，一个人的肌肉记忆，或者说生活习惯，一般来说是固定的。比如绑鞋带，你每次绑鞋带的绑法都是一样的，除非……

"除非疑犯是故意的！"张一明一拍方向盘，"他这么做是为什么啊？"

"他肯定在遮掩什么。"钟宁摇了摇头。

能遮掩什么呢？

"肯定漏掉了什么重要的点。"钟宁来回比对着照片，又翻到下一张——绑着死者的绳索已被剪开，身体被翻过来正面朝上。

"到底漏了什么？"钟宁一张一张翻看着照片。比亚迪这会儿已经驶过市区，快要进入派出所的辖区了，他依旧找不到解开心中谜团的线头。

"宁哥，要不干脆申请调去专案组得了。"

见钟宁对这案子实在上心，张一明怂恿道。他也是搞不懂，钟宁疾恶如仇、视案如命，为什么这么倔，两次拒绝进入专案组。

钟宁点了根烟，没有答话。他也知道，如果要继续查下去，进入专案组是最好的选择。但一想起陈孟琳，他还是把这个念头否决了，他实在不想跟这人共事。

很快，车到了派出所门口。钟宁就租住在派出所附近的一套一居室里。他打开车门，冲张一明一挥手道："今天累了，回去好好休息。"才伸了一条腿下去，口袋里"哗啦"一声，掉出来一串钥匙。

张一明弯腰捡起来，正准备递还过去，看到钥匙扣上挂着一个印着照片的水晶饰品，眼睛一亮，嘿嘿笑道："女朋友？"

照片很小，里面的钟宁比现在还要瘦，像根竹竿，他身边是一个二十出头的姑娘，两人站在良山高中的门口，冲着镜头傻乐着。

"不是。"钟宁一把接过钥匙扣，细心地擦了擦照片，拍拍车门道，"回去睡个好觉。"

"哦……"见钟宁似乎不想提照片里的姑娘，张一明识趣地点头，问道，"那明天呢？"

"明天？"

这一问，又回了原点——他不想进专案组，但是不进专案组，又没有权限进行下一步调查……有些头疼，现在唯一可以期待的，是肖敏才那边的化验结果。

钟宁摆了摆手道："等化验结果出来了再说。"

"行，那我今天先去洗个脚，按个摩放松放松。"张一明反正唯钟宁马首是瞻惯了，点头笑道，"宁哥你说咋办，我就跟着你办，主要负责为你加油。"

05
▶▶

"加油，思思，你肯定可以的。"

晚上九点，市一医院康复理疗中心依旧灯火通明，六楼的物理治疗室内，豆大的汗珠不停地从吴静思的额头滴落在复健器上。赵清远和一名医生一起搀扶着她，嘴里还不停鼓励着。

吴静思的腿像是灌了铅一样，每一步都用尽力气，整整十分钟才走完这五米的距离。

"思思，你今天真棒！"赵清远搀扶着吴静思坐到轮椅上，给她擦拭额头的汗。

"清远，你也累了，去坐着歇歇吧。"吴静思也帮赵清远擦着汗。从勉强可以站立到两个人搀扶下可以行走，这小小的进步耗费了他们俩整整两年的时间，这么长的时间里，病情的反复、心理上的焦虑，外人根本无法体会。

"我一点都不累。"赵清远傻笑着。

边上的医生刘振奇对赵清远道："赵老师，你跟我来一下办公室。"

"好的，刘医生，我就来。"赵清远看着妻子喝完水，把瓶子收好后，才进了医生办公室。

"先坐。"刘振奇起身把门关了，这才拿起桌上的两张片子，问道，"片子都在这里了？"

"都在这里了。"赵清远点了点头，"医生判断阴影部分的情况不乐观，建议做切片，我暂时没有同意，你也知道，我妻子的身体情况承受不了微创。"

赵清远又看了一眼身后的门，小声问道："刘医生，你认为这个情况……"

"是不太乐观。"刘振奇重重地叹了口气，放下手中的片子，道，"吴静思的身体经受过很大的创伤，还动过手术，体内的一些硬结组织一直没有消散，很容易引起病变。"

"你的意思……"赵清远的喉结动了一下，良久才挤出几个字，"不太可能是误诊？"

"也不一定。"刘振奇不知道怎么安慰赵清远。这两年，他看着赵清远对妻子的照顾有多么无微不至，由于事事亲力亲为，他对人体骨骼、穴位、残疾病人的康复理疗等都一清二楚，能顶半个医生了。

刘振奇安慰道："总之，只要有一丝希望就不要放弃。"

赵清远点了点头："我懂。我准备过几天再带她去肿瘤医院复查一下。"

刘振奇又嘱咐道："不过，因为吴静思肺部的情况，我还是建议物理治疗方面放缓，不然，我怕引起并发症。"

有风从窗户吹进来，掺杂着沙子，吹进了赵清远的眼睛。他伸手擦了擦眼睛，点头道："那我们最近就不过来了，我就陪她在家里练习。"

"那行。"刘振奇取过病历本，"上次的药还够几天？"

"还能吃一个星期。"

"那这次……"刘振奇抬头看着赵清远，"我还是给你开进口的利伐沙班片？"

"那个……"赵清远再看了一眼门口，确认门关好了，才道，

"两种都开了吧，您是知道的，她这个性格……"

"明白。"刘振奇呵呵一笑，点了点头，"你说吴静思的睡眠质量不理想，但是安眠药有药物依赖，止痛药也是，能熬还是熬一下，或者你也可以想想其他方法，总之不能让患者太依赖药物……"

"嗯，我知道的。"赵清远认真道，"其实这两年剂量也在慢慢减了。"

"知道你办事细致。哦，对了，我在肿瘤医院有个同学。"刘振奇在病历本上写了两笔，接着从办公桌的抽屉里找出一张名片，"是系主任，医术很好，我给你去打个招呼，到时候你直接去找他。"

赵清远双手接过名片，起身冲刘振奇鞠了一躬："谢谢您。"

离开理疗中心时已是晚上九点半。

连下了两天的暴雨终于停歇，城市里霓虹闪烁，人声鼎沸，又恢复了往日的喧嚣，似乎这场小小的风暴，没有给这座城市带来任何影响。

车开上了主干道，赵清远思绪纷乱，心头有一股浓墨色的阴霾，压得他喘不过气来。

命运不公啊……

六岁的时候，那个常年出海见不到人，难得回家了也只会挥舞拳头的父亲，死于海难，尸骨无存。母亲带着他改嫁，远走他乡，谁知继父酗酒，喝了酒就发疯，母亲离家出走——没有带上他。从此，赵清远就跟着没有血缘关系的二叔二婶长大，寄人篱下的日子里，他受尽两个堂哥的欺负，因为营养不良导致身材矮小，他在学校里也被同学排挤。

好不容易都熬过来了，为什么妻子又变成这样呢？

车开得慢，风很大，把赵清远的眼眶吹红了。

"喀喀……"身边吴静思的咳嗽声把赵清远拉回了现实。

"是不是有点冷？"

车是改装过的，为了方便吴静思上下车，后排的座椅全部拆了，为了不显得突兀，他还专门在前后排之间拦了一块茶色玻璃，如此改装一番，副驾驶的空间更大，成为残疾人专用座位。

赵清远关上车窗，伸手摸了摸妻子的额头，赶紧停车下车，从后备厢里取出一条毯子，盖在吴静思的胸口。

车重新开动，吴静思看出赵清远神色不对，小声问道："我看你心不在焉的，是不是医生说什么了？"

赵清远故作轻松道："医生说恢复得很好啊。他说坚持下去，再有半年你就可以站起来了。我刚才在想，你真要好了，会不会就看不上我，要离开我了。"

"说什么呢！"吴静思被逗笑了，"我怎么可能离开你。"

"我担心嘛，毕竟你当初可是晚报一枝花。"赵清远嘴上说笑着，心中涌起一阵酸楚。吴静思当年是《星港晚报》最靓丽的名片，每次去中文系给学生们上传媒课，教室里都被男同学们挤得满满当当。

虽然这些年的病痛折磨让她的皮肤失去了光泽，眼角肆意生长的皱纹也让她看上去比实际年龄衰老许多，但赵清远依旧觉得，她是世界上最漂亮的姑娘，一如初见时的模样。

"那都是多少年前的事了，还拿这个来取笑我。"吴静思笑起来，病恹恹的脸上现出一丝绯红。

赵清远压抑着心中难以言说的苦楚，笑着说："不管你是十八还是八十，在我心里都是这么好看。"

不远处是星港市刚建起来的猴子石大桥，因为天气转好，桥下广场上已经有散步的情侣、放风筝的小孩、钓鱼的老头儿了。桥洞里，还有个衣衫褴褛的拾荒客，手里拿着一个破旧的收音机，正跟着收音机里的声音哼唱无名的曲调，看上去倒是无忧无愁。

吴静思满心羡慕，握了握赵清远的手，问道："清远，我要是好了，还可以要小孩吗？也可以带着他来放风筝吗？"

"当然可以。不过医生说了，得等到你彻底康复以后才行。"

"嗯，那我努力。"赵清远有多喜欢孩子，吴静思是知道的，因为自己的身体问题没能要个孩子，一直令她心怀愧疚。

赵清远见吴静思一直盯着江边散步的情侣，笑道："要不，我们也去逛逛再回家？"

"好啊。"吴静思雀跃起来。

赵清远放慢车速，打算找个停车位，一辆黑色大众忽然斜刺里冲过来，差一点就撞上了赵清远的车尾。

赵清远一个急转，吴静思没坐稳，踉跄一下，继而剧烈地咳嗽了起来。赵清远赶紧停下车，轻轻拍着妻子的后背："呼吸，大口呼吸。"

吴静思好不容易才停下咳嗽，又忽然尖叫了一声，看着座位下一个粉色的盒子，满脸心疼："清远，这个……这个摔碎了。"

那是昨天赵清远送给吴静思的"海蓝之谜"，被吴静思偷偷揣在口袋里，这会儿已经摔了个稀碎。

"清远，对不起，我……我想着今天康复治疗，带着你送给我的礼物，可以给我多一点鼓励，但是……对不起……"

"傻子！这有什么关系！"赵清远咧嘴一笑，抽出纸巾把座位擦拭干净。他知道自己送的礼物，吴静思总是舍不得用，每次去医院都随身带着，也算是一种精神寄托。

"对不起，那么贵的东西，我那么不小心……"本来就觉得自己是个废人连累了赵清远，现在又把这么贵重的礼物打碎了，吴静思小声啜泣了起来。

就在此时，那辆黑色大众在前面掉了个头，停到了对街的停车位上，摇下了车窗。赵清远微微一愣，狠狠地咬了咬后牙槽。

"乖，不哭了，只要人没事，咱们再买就是了。"哄好妻子，赵清远一推车门，跨步下了车，"思思，你等等我，我马上就回来。"

"清远，算了，咱们不找麻烦……"吴静思急得赶紧一把扯住赵清远。

"没事的，我又不是去打架，就是去评评理。"赵清远大踏步往对面街道走去。

此时，黑色大众上的人似乎也注意到了赵清远，赶紧又把车窗摇了上去。

06
▶▶

那扇窗户，张国栋开了又关关了又开，来来回回折腾了好几趟，依旧觉得胸口发闷，有些喘不过气来。

"老了啊……"

已经深夜十一点半了，市局刑侦总队会议室里依旧灯火通明，烟雾缭绕，张国栋深吸了一口烟，坐回椅子上，摸着右手虎口上那道刺眼的疤痕，心头感叹了一句。

年轻时蹲点抓捕疑犯，一蹲就是两天两夜不合眼。如今只是这种工作强度就已深感疲累，唉，看来人不服老不行啊！可惜儿子不争气，要不然在退休前还能再为警队培养一名合格的刑警。

张国栋叹了口气，又盯向了办公桌上的案卷。其实他也知道，与其说是身体吃不消，不如说是心理压力大。刚才许厅又打来电话，语气急切。限时七天破案，已经过去两天了，不可能不急。

　　幸好陈孟琳和肖敏才把月山湖的抛尸手法研究出来了，不然他还真不知道怎么跟许厅交代。

　　"呵！这疑犯也算是'人才'了。"张国栋看着肖敏才从案发现场拍回来的照片，一阵无语。正思索着，肖敏才推开门进来，手里还抱着厚厚一叠资料。

　　"结果怎么样？"张国栋焦急地问道。

　　肖敏才把资料一放，给自己倒了一杯水一口灌下才回道："全市能买到这种绳子的五金店和建材市场，初步统计结果是一百二十家。"

　　为了加快进度，从月山湖回来以后，肖敏才和陈孟琳就分工合作，他来局里统计数据，陈顾问带着现场的证物去陈山民鉴定中心做化验。

　　"张局，陈顾问有消息了吗？"

　　"暂时没有。"张国栋摇了摇头。局里是有化验中心的，但设备不如陈山民鉴定中心先进齐全。

　　"一百二十家，没有遗漏吧？"

　　张国栋翻看了一下资料，一百多家店铺，数量不大，相对比较正规，这么长的绳子销量肯定也不多，如果疑犯真是在星港购买的，有很大概率能追溯到源头。

　　肖敏才摇头道："没有遗漏。但我担心疑犯不是最近购买，或者不是在星港购买的，那样就比较麻烦了……"

　　正说着，陈孟琳推门进来，手上拿着两页薄薄的纸。

　　"结果出来了。"陈孟琳把两页纸摊开在办公桌上，"经过化验，案发现场树干上，也就是疑犯使用的绳索上遗留的物质，主要是鞣酸、没食子酸和硫酸亚铁等成分彼此化合，生成的鞣酸亚铁和没食子酸亚铁，还有柠檬芳香剂……"

"机油?"张国栋和肖敏才同时听出了端倪。作为技侦老手，听到前面三个化学名称，他们就已经可以断定，树干上的东西，应该是某个牌子的机油。

"对。"陈孟琳很肯定地点了点头。

"绳子，机油……"张国栋眼睛一亮，"修理厂、汽车租赁公司、拖车公司，基本只有这么几个地方会同时有这两样东西。"

"我同意张局的看法。"陈孟琳笑着点头。

肖敏才立刻打开了电脑，噼里啪啦敲着键盘，很快就报出了一串数据："拖车公司一共四家，汽车租赁公司三十八家，修理厂多一点，三百多家……"

"敏才，你马上去通知专案组其他成员来会议室集合，进行具体的排查安排!"张国栋狠狠一捶桌子，他就不信了，范围已经缩小到这个程度，还不能揪出这只狐狸的尾巴来。

肖敏才正要领命，陈孟琳开口道："肖队，有个人我希望能一并通知一下，他肯定也在等我们的鉴定结果，而且，可以的话，我希望你能把他调入专案组……"

"你是说钟宁?"肖敏才明白过来。

"钟宁?"张国栋满脸不解。

"是这样的，张局……"钟宁去月湖山这事，肖敏才也没跟张国栋提，毕竟一个片警自己跑去案发现场私下调查，不是那么合规矩，但现在陈顾问主动提起，而且案子确实是因为这个有了起色，肖敏才便不再隐瞒了。

张国栋听完来龙去脉，眯了眯眼睛。看来这个小片警确实有点本事啊。只是这个脾气嘛……上次那起谋杀失足妇女的案子，确实是钟宁打了几只蚊子给破的，可疑犯招供以后，这小子居然在审讯室里操起凳子把疑犯砸得下巴脱臼，牙齿掉了三颗。要不是厅里爱才，钟宁怕是早被开除警籍了，哪里还有机会贬回派出所当副所长。

见张国栋有些犹豫，陈孟琳分析道："张局，我们的时间不多了，必须抓住一切有可能帮助破案的人才。我相信钟宁就是这样的人才。"

"我对他进专案组倒是没意见。"张国栋苦笑着摇了摇头，"但他不是拒绝了吗？"

肖敏才有些纳闷道："要说他对案子没兴趣吧，偏偏又自己跑去案发现场，搞不懂这小子的想法。"

"他对任何案子都有兴趣。"陈孟琳笑了，"他不想进专案组，是因为我。"

"因为你？"张国栋和肖敏才同时问道。

陈孟琳一摊手，无奈道："我们之间有过一点儿纠葛。"

"你们？"肖敏才上下打量着陈孟琳。难道他们两个人之间有什么情感纠葛？

"也不是因为我。"陈孟琳看肖敏才的表情不对，解释道，"主要还是因为我爸。"

"陈山民教授？"

陈孟琳点了点头："六年前，他们发生过一次不小的矛盾。"

张国栋越听越糊涂了，陈山民可是全国有名的刑侦大拿，而六年前钟宁应该还在上高中，这样的两个人，矛盾从何而来？

陈孟琳看向张国栋，道："您知道钟宁为什么当警察吗？"

"这个我知道，入籍的时候，我查过档案。"肖敏才插嘴道。每年的警员招聘会，肖敏才都会看看新警员的档案，想筛选几个好苗子重点培养，对于钟宁，他还是有印象的，"我记得好像是他姐姐被人害了，所以他才决定当警察。"

陈孟琳抬头看向了黑漆漆的窗外，像是在回忆着当年的情景，好久才道："他高中时成绩很好，是个考清北的好苗子，只是他也是个苦孩子，从小跟着姐姐钟静相依为命。在他高三那年，钟静在夜班后出了事。"

"命案？"张国栋猜到了。

陈孟琳点头："被几个喝了酒的小混混拦住了，开始估计是想抢点钱，钟静不肯给，拉扯中，为首的一个被她抓伤了，于是几个小混混恼羞成怒，把钟静绑上了面包车……后来就……"

想起当时在案卷上看到的现场照片，陈孟琳依旧心有余悸："几个小混混玷污了钟静，怕她报警，在她身上捅了七刀。"

办公室里出现了短暂的静默，张国栋似乎想起了什么，道："这案子我有点印象，当时我还在分局，听你爸提过一嘴，好像是最重的那个才被判了六年吧？"

"嗯，六年。"陈孟琳无奈一笑，"我爸是那起案子的刑技组长，当时我还在上大学，刚好放假实习，担任我爸的助手。"

张国栋了然了，难怪钟宁对陈孟琳这么大意见，看来在这小子心里，认定了陈山民是那几个凶手的"帮凶"。

"他脾气确实火暴。"陈孟琳苦笑，"庭审还没结束，就冲到证人席打掉我爸两颗牙，法警怎么拉都拉不住。"

"呵呵，性子这么烈？"他都敢在法庭上揍警察，难怪敢在审讯室揍犯人！

"他差点被判藐视法庭罪，被我爸压下去了。"陈孟琳感慨道，"他如今当了警察，我想我爸应该也会高兴的。"

"还是一个很聪明的警察。"张国栋补充了一句，又犹豫道，"你们这个结挺深，他不一定愿意一起查案。"

"我相信他是个明事理的人。"陈孟琳起身拍了拍衣袖，"把道理说通，应该可以争取过来。"

"行，那你就争取争取。"张国栋也起了身。身为警察，他太清楚钟宁的遭遇意味着什么了，心中不由得对钟宁多了几分感慨。

"行，我这就去。"陈孟琳又恢复了神采，"我一定帮您争取到一个得力干将。"

此时已是午夜十二点，天空黑沉沉的，不见星星，不见月亮，几盏昏黄的路灯力不从心地照耀着这座城市……

07
▶▶

黑沉沉的天空不见星星，不见月亮，只剩下倾泻而下的暴雨，在昏黄路灯的照耀下，噼里啪啦地砸在车前的挡风玻璃上，死无全尸。

"宁哥，等支援吗？"

钟宁把警车停到路边，车顶的一盏路灯垂死挣扎般"吱呀"了两声，冒出一股青烟，瞬间暗淡下来。

"谁报的警？"钟宁拿出手电筒，看向驾驶座上的张一明问。

"一个女的。"

"说了什么事没？"

张一明摇头："没说，就报了地址，叫我们赶紧过来，听上去很害怕。"

"别等支援了。"

两人前后脚下了车，往马路右边的一条小巷走去。

拐进去五十来米距离，就看到一片城中村。此时是凌晨时分，一大片修建得密密麻麻的低矮破败的楼房一片死寂，看不到一个人影。

巷子不宽，勉强能过两个人，再往右去十多米，赫然出现了一栋老掉牙的二层红砖小楼，斑驳的墙壁上画着一个大大的"拆"字，边上贴着一张穿着艳红色西装的男明星海报，男明星表情夸张地举着一部手机，试图叫他的粉丝去下载一个用来买机票的APP。

整栋楼没有开一盏灯，黑漆漆一片，大门倒是开着的，被呼啸的北风灌得噼里啪啦地摔打着墙壁，看起来就快要散架了。

"有人吗？"张一明高声喊了一句。

没人回答。

"跟在我身后，注意安全。"借着手电筒微弱的光，钟宁摸索着进了大门。

"啪"的一声打开灯，钟宁就因为所见的画面下意识一声惊呼——眼前不到一米远的地上躺着一个女人，面部被长发遮住，破烂的白色短袖T恤上全是血迹。

"小宁……"女人气若游丝，拼尽全力向钟宁抬了抬手，"我是姐姐。"

"不可能，你不可能是我姐！"钟宁缓缓蹲下身，双手颤抖着扒开女人脸上的头发……

"啊！"看到女人样貌的一瞬间，钟宁的喉咙像是被火燎了一样干号了一声，全身抖如筛糠。他抱起女人，嘶吼着："姐，你醒醒！姐！你别丢下我！"

女人再没回应，只剩下钟宁的哭号声响彻整个房间。

"宁哥！小心！"

就在此时，里屋的灯忽然亮了，出现了三个男人的身影，个子最高的那个手上还提着刀，猩红的血液正顺着刀尖往下滴着，在地板上画出奇怪的图案。

"人是我们杀的，你来报仇呀！"拿刀的男人挑衅地笑着，"才捅了七刀而已，不会真死了吧？"

钟宁像是一头狂怒的野兽，猛地起身，从腰间掏出枪对准了拿刀的男人："给我去死！"

"开枪啊！你开枪啊！"边上一个矮个子狞笑起来，"你要敢开枪，你早就开枪了！"

"畜生！"钟宁猛然扣动了扳机……

"咔呲"一声，枪没有响，三个男人依旧在狞笑。

"你不能杀人。"身后忽然响起了一个男人的声音。

"谁？！"钟宁猛地回头，看到阴暗的角落中站着一男一女，男的是个白发苍苍的老者，冲钟宁似笑非笑地说道："你不能杀人，钟宁，你是个警察。"

钟宁一怔，随即额头上青筋暴露，狂暴地大吼着："滚！老子就要杀了他们！"

"你不能杀人。"女人也说话了，语气平淡，"有法律制裁他们。"

说话间，两人已经拦在了三个男人身前。

"给我滚开！我要杀了他们！"钟宁依旧举着手枪怒吼着，"他们是杀人犯！他们杀了我姐！"

"放过他们！"

"凭什么！"

又是"咔呲"一声，枪里依旧没有子弹。

"你放过他们！"老者脸色平淡，伸出手来，指向了钟宁，"我最后说一遍，你放过他们！你只能放过他们！不然的话……"

说着，老者拿出了一把和钟宁一模一样的枪。

"砰！"

"嗡！"

一声闷响，钟宁只感觉后脑一疼，一个翻身，醒了过来……

"呼！"他长吁了一口气，翻身起床，发现自己后背已经湿透。他拧开一瓶水，咕噜一口灌下去大半瓶。壁钟"嘀嗒"响着，告诉他已经是凌晨一点了。

"姐，我又梦到你了……"他拿起放在床头柜上的水晶钥匙扣，一阵揪心地痛。

那是高三下学期在县城最大的"家家乐"超市拍的当时最流行的大头照，照片中，钟宁瘦得像猴子，姐姐漂亮得像仙女，两姐弟笑得像是这世上永远没有忧愁一般。

当时把大头贴做成水晶钥匙扣需要十块钱，他知道姐姐供自己读书辛苦，好几年连一件衣服都舍不得买，便不肯做那个钥匙扣浪费钱。但是姐姐说他们姐弟没拍过合照，等他考上大学去了大城市，聚少离多，要留个纪念。钟宁当时就发誓，以后一定要好好工作，赚很多钱，给姐姐买最漂亮的衣服，还要买部数码相机，这样就可以留下很多照片。

想不到，这张大头照成了姐弟俩唯一一张合照。

因此，当时极有希望考上清北的钟宁毅然报考了公安大学，成了一名警察。

"姐，我碰到陈山民的女儿了，但是我没答应她查案子。"钟宁看着照片里的姐姐，嘴里一阵发苦，"我当警察是为了多抓几个贼，不是为了和这种人合作，你能理解吗？"

没有人回答，屋子里静得连眼泪滴在地上都能听到声响。

"你要是还在，那该多好。"钟宁眼眶发酸，"我恨他们。他们都是帮凶。"他像是在说给姐姐听，也像是在说给自己听，"我一定会当一个好警察，姐，我不会让这个世界上再出现另一个你，也不会让这个世界上再出现另一个没有你的我。"

没有人回答。楼外远远传来洒水车的声音，钟宁细细地擦了擦钥匙扣，小心地放回了口袋中。

就在此时，响起了一阵敲门声。

"谁？"这么晚了，谁会突然来访？

"我。"是个女人的声音，"陈孟琳。"

08
▶▶

钟宁把门开了一条小缝，屋内的光斜着照在陈孟琳的脸上，刚好把她的脸分成明暗的两半。

"你怎么知道我住这里？"

"想知道星港市最年轻的派出所副所长住在哪里，应该并不难吧。"陈孟琳微微笑了笑，"你不打算请我进去坐坐？"

"我刚要出门。"钟宁随口说，他实在不愿意让陈孟琳踏进自己的房间。

"这么晚了还出门？"陈孟琳显然不信，"去干什么？"

楼下传来一阵热闹的喧哗，不时还飘上来一阵一阵香味。

"吃东西。"钟宁随口胡诌。

"一起？"陈孟琳似乎不打算走，"我请你？"

"不用。"钟宁摇头，"我喜欢一个人吃东西。"

陈孟琳不依不饶："行，我到你隔壁桌吃总可以吧？"

钟宁没再说什么，打开门下了楼，陈孟琳还真跟着下了楼。

小区是个老小区，门口就有一个烧烤摊，深夜正是生意好的时候，油腻腻的老板露着个大肚子站在烤炉前扇着风，炉火上一排黄灿灿的鸡排正滴着油。看到钟宁，老板大声招呼着："哟，钟警官，坐坐，哟，还带美女来了？"

"不是跟我一起的。"钟宁自顾自抽了个凳子，找了张小桌子坐下，"一碗蛋炒饭，一份鸡排，两份韭菜。"

"行嘞！"老板吆喝了一声，扭头道，"美女呢？"

"我跟他一样。"陈孟琳也抽了一个凳子坐到钟宁对面，开门见山，"还是对我爸有意见？"

"谈不上。"钟宁头都没抬。

"可以理解。"陈孟琳帮钟宁把桌上的碗筷拆开，泡上了热水，

"但你是警察，不能因为私人情绪影响工作。"

钟宁冷笑一声："就因为我是个警察，才不愿意和你这种人一起工作。"

陈孟琳并不气恼，反而笑了："我就是你拒绝进入专案组施展自己才能的原因？"

钟宁没回话。

"你知道什么比公平正义更加重要吗？"陈孟琳没头没尾地问了一句。

钟宁依旧没有回话。

"法律。"陈孟琳重重地说出了这两个字，"因为公平正义在每个人心中的标准都不一样。有人被偷了五百块钱都恨不得小偷去死，那么，为了实现他心中的公平正义，小偷就要被判死刑吗？"

钟宁面带嘲讽地看着陈孟琳："所以，你和陈山民就钻了法律漏洞，让那三个畜生轻判？"

"不，那不叫钻漏洞，那恰恰是尊重法律。"陈孟琳看着钟宁，良久才道，"你姐姐确实死于心脏病发，而不是刀伤，我相信你心里清楚这一点。"

"嗯，我记得。"钟宁冷声道，"陈山民说的嘛，我姐在被刀子捅之前就已经心脏病发死了，跟他们没有关系。"

"并不是我爸说的，是法医检验后得出的真实情况，而且也不是跟他们没有关系，他们也确实都被判刑了。"陈孟琳纠正。

"年龄呢？"钟宁反问，"那个动刀子的明明满了十八岁，被你们改成了十七岁。"

"这也不是我们改的。他母亲为了入学方便，把他的年龄改大了一岁，只是这个情况被我爸发现了而已。这一点有许多证人可以证实，我爸甚至还专门申请了骨龄测试。"

"呵呵,满了十八岁的是司机,只是在边上看着,动手的刚好没满十八?有那么巧?"

"从刀伤可以看出来,是右利手,但是满十八的那个人是左利手,而且他们三个也只有一个人会开车。"陈孟琳摇头叹息,"以你现在的能力,这些情况你心里都知道,别被仇恨蒙蔽了眼睛,好吗?"

钟宁知道陈孟琳说的都是事实,可那又怎么样呢?他姐姐已经死了,而那三个畜生坐了几年牢,现在已经出来了,又能继续祸害社会了。

"其实,知道你上了公安大学要当警察,我爸心里就挺高兴的,他一直跟我说,你不错,没有走上歧路。"陈孟琳从包里掏出两张照片放到桌子上,"这是这两起案子的死者亲属……"

钟宁瞄了一眼,一老一少两个女人,一个稚气未脱一脸纯真,另一个满头白发老态龙钟。

"这个叫刘晶晶,是刘建军的独生女,二十岁,还在上大学;这个叫蒋先萍,是胡国秋的妻子,六十一岁,有心脏病、糖尿病,医生说随时有中风的可能性。"

陈孟琳把照片推到钟宁眼前:"你对我有意见,对我爸有意见,没有关系。但是她们呢?你是警察,你有能力,为什么不愿意帮帮她们?"

"我在帮她们。"

"靠什么?靠你派出所片警的身份?你有足够的调查权限吗?"陈孟琳反问道,"你当警察不就是为了你和你姐的悲剧不再发生吗?你现在有能力反而退缩了?难道我和我爸就这么重要,能让你放弃理想?这不过是你的借口罢了!"

陈孟琳的语气越来越重,终于把钟宁惹毛了,他狠狠盯着陈孟琳,一字一顿道:"这不是借口!"

"别骗自己了，你知道你姐姐的案子判得没有问题！"陈孟琳毫不示弱，盯着钟宁，重重道，"你不原谅我爸就是借口，你姐为了你辍学打工，死于非命，其实你只是没办法原谅你自己！但是这一切不是你的错！"

钟宁暴怒："闭嘴！"

"我可以闭嘴，但是我希望你走出来，你姐姐如果在天有灵，肯定也希望你走出来！仇恨不能解决问题。"

钟宁只觉得全身无力，他喃喃着："我让你闭嘴……"

"好，以后我不会再提这个了。"陈孟琳收好照片，又从包里抽出一个信封放到桌上，"这是你大学四年的学费，所有的汇款单都在，你自己看看。"

钟宁猛然怔住了，他清楚记得，大学的学费是好心的班主任帮自己垫付的，毕业工作以后他也立刻还了："不……不是班主任吗？"

"你还的钱，我爸走之前交给我了，说等你结婚的时候，当彩礼给你。"

陈孟琳打开信封，把单据一张张摊开来，四年，八个学期，没有漏掉一期。

"本来我不想说，我爸也不让我说的。"陈孟琳苦笑，"但是，我希望你走出来，公平理性地看这件事情。你很有天赋，不应该浪费……"

"浪费？"钟宁冷笑，"你有什么资格觉得我是在浪费？你自己做着年薪百万的工作，却要求我去帮助这些受害者家属？"

"我爸需要换肝！换肝需要钱！"陈孟琳猛然站了起来，面色凝重，"我必须有高薪工作才能负担得起！"察觉到自己的失态，她很快坐下来，"我想你也知道我是收养的，这个傻老头儿，把他的工资都用来资助像我这样的孩子了，到他自己生病的时候，一点儿存款都拿不出来。"

回忆起养父，陈孟琳的脸上有微微的颤抖，像是在压抑自己的痛苦："那时候，我博士毕业，准备进入省厅刑侦总队，但是……我爸检查出肝癌，他需要换肝……"

陈孟琳的眼眶红了："我帮他联系了国外最好的医院，所有费用加起来需要四百多万，于是，我和当时想挖我的保险公司签了四年合同，答应帮他们弄一个最好的鉴定中心，唯一的要求是，必须用我爸的名字命名。"

钟宁默然。

"还是晚了……"眼泪终于还是夺眶而出，陈孟琳赶紧从包里掏出了纸巾，"我爸生前最遗憾的是我没有当警察。他是那种老派人，用他的话来说，学了本事就应该报效国家人民，拿本事去赚钱吃香喝辣的，总是不入流的……还好，今年合同就到期了……"

说到这里，陈孟琳艰难地挤出一丝笑脸："这也是我主动提出和警方合作的原因……我相信将来我们会成为同事的。"

炉火兴旺，胖老板不停地擦着汗，招呼着新来的客人们。钟宁别过头，脑中浮现出了那个老头儿的模样——永远是一套洗得发白的警服，永远是一丝不苟的板寸发型，被自己在法庭上揍得满嘴是血，爬起来以后，第一件事情就是扶正头上的警帽。

这个一根筋的老头儿，为什么会得肝癌呢？

为什么这世上，好人没好报呢？

"该说的我都说了，你可以继续恨下去，但希望你不要因为仇恨耽误了自己。"陈孟琳收拾好了情绪，又从包里掏出两张鉴定报告放到了桌上，"有空看看……我总觉得很蹊跷，但又说不出来哪里蹊跷，如果你想到了什么新线索，随时联系我。"

她又放了一张名片到桌子上，起身道："你自己好好考虑考虑。我相信只要我们合作，破案不是问题。想想她们。"她指了指桌上死者家属的照片，不再说什么。

钟宁默然无言地看着陈孟琳走远。

陈孟琳说得对，他一直不能原谅的，其实不是陈山民和陈孟琳，而是他自己……

"姐，你能原谅我吗？"钟宁又掏出水晶钥匙扣。钟静微笑着，不言不语。看着姐姐，钟宁的心头仿佛堵了一块大石头，有些喘不过气来。

"钟警官，趁热吃啊，凉了没味儿了。"烧烤出炉，老板热情地端上来，好奇道，"刚才那美女呢？"

"哦……她有事先走了。"

钟宁回过神，收好钥匙扣，看向了桌上的资料——两个家属，一个叫刘晶晶，一个叫蒋先萍，他还记得这两个名字。他又看了看检测报告——

"机油。"

又有洒水车开来，扬起一阵水雾，惹得食客们一阵躲避，嘴里发出阵阵咒骂。

钟宁没了胃口，收拾好桌上的照片和报告，起身去付钱。

"呵，妈的，就他会开车，一天到晚耀武扬威。"老板朝着洒水车的方向咒骂着。他对付洒水车可谓经验丰富，刚才他是用那把巨大的遮阳伞挡住了水，才保住了食材没受什么污染，反倒将伞上的油污冲刷下来，伞面变得干干净净。

钟宁的脑子里忽然灵光一闪，问道："老板，你动作很快啊。"

"能不快吗！不管刮风下雨，这些孙子一晚上准时准点出来两次，跟瞎子一样，看到人也不知道关一下，还喷什么喷！"胖子老板抱怨着，"我们老百姓做点小生意多难……"

"是挺难的。"钟宁嘴里答着，心头涌起了一个巨大的疑惑，微微犹豫了一下，还是掏出手机，拨了过去。

电话很快被接听，陈孟琳的语气十分欣喜："你决定帮我了？"

"不是帮你，是帮那些死者家属。"钟宁顿了顿，开口道，"我觉得，这案子和机油没有关系。"

"理由呢？"

"理由我现在也说不准。"钟宁摇头，接着道，"我打算从另外一个角度查一查。"

"什么角度？"

"我个人的角度，不过你们依旧可以跟着已知线索去查。"钟宁没有直接回答，在案情还看不清晰的时候，他不想影响到看上去更有价值的调查线索。

"那行，需要多少人手，还需要什么资料？"

"我只需要一个帮手。"想了想，钟宁道，"还有，你把所有发过那个帖子的网站给我。"

电话那头传来一阵声响，应该是陈孟琳在翻看资料："两个视频的首发论坛叫'震惊中国'，然后……"

"所有的。"钟宁强调，"我需要源头。"

"等一下就给你。专案组的证件我也会帮你去申请，还有……"停了停，陈孟琳低声道，"我先替死者家属谢谢你。"

钟宁没回话，抬头看了一眼黑漆漆的天空，似乎有星星，看起来，明天应该会是个好天气。

第三章 ▶ 双扣蝴蝶结

01
▶▶

台风过后，星港终于放晴，清亮的阳光穿透了云层，毫不吝啬地洒向了这座城市的每个角落，留下一片淡黄的光亮。

赵清远起得很早，做好了饭菜，给吴静思喂好药才出门，绕到小区后面，上了他那辆黑色的现代 SUV，往公司的方向开去。

赵清远原本已经跟任平请假，打算今天带妻子去刘振奇医生帮忙联系的肿瘤医院检查一下，但今早妻子的身体状况不太好，支撑不住一次全面检查，便也只能作罢。

"……我国十八届五中全会决定，全面实施一对夫妇可生育两个孩子政策。这是我国人口与生育政策的又一次历史性调整……'全面两孩'将自 2016 年 1 月 1 日起正式施行……"

"……沪市公布'4·30'拥挤踩踏事件调查报告……"

车上的收音机里正播报着最近的时事新闻，有好有坏，纷纷扰扰。赵清远关了收音机，把车窗开了一条小缝，让初春的风灌了进来。

阳光很好，透过挡风玻璃射下来，落在了吴静思常坐的副驾驶座位上，像是着火了一般。赵清远心烦地换了一个车道，移开那道刺目的光线。

他有些焦虑，这几天，吴静思的咳嗽更重了，再加上病痛折磨，几乎到了离开安眠药和止痛药就无法入睡的地步。这样下去，药量就得不断增加，吴静思的身体根本无法承受。

还有肺部的阴影。要确定到底是不是癌症，就必须做穿刺，但是赵清远真怕她经不起这个折腾了。

要不是那场事故，事情不会变成这样……

赵清远懊恼地打了个转向，决定先不去公司，而是绕到一条辅道上，往猴子石大桥的方向开去。

上午九点多，已经过了上班高峰期，猴子石大桥上几乎没什么车辆，二十多分钟以后，他就已经开上了桥面。

凉席厂和月山湖的两个案子，要躲避摄像头、隐藏脚印都太简单了，猴子石大桥这里的难度要大多了。上桥的时候，他注意观察过，虽然才通车不久，但两头的红绿灯和上方的监控是正常工作的，那也就意味着，只要车辆上桥，自己就会暴露无遗。另外一条通往猴子石滩头的路情况稍微好一点，但路况复杂，红绿灯和监控也不少。

车越开越慢，赵清远的思绪越来越乱——其实，自从杀掉胡国秋以后，他每天都会问自己，真的这么恨这些人吗？

恨，是肯定的，但又有另外一个声音告诉他：这些人或许罪不至死？可每每看到妻子的痛苦，赵清远的内疚之情就会消失。如果没有这些人，吴静思如今哪会受这么多的苦？！

一路边开车边观察，赵清远把目光看向了猴子石滩头。此时，空旷的滩头上，有一个五十多岁的老头儿在钓鱼。赵清远沿着辅路下来，把车停在了昨晚遇到那辆大众时的停车位。

关上车窗，他用帽子遮住大半张脸，细细观察着沿江风光带的路面，是水泥地，不用担心脚印的问题，不远处那个垂钓的老头儿正专心致志地盯着江面，丝毫没有发觉附近停了一辆陌生车辆。

很好，时候尚早，除了猴子石大桥上急行而过的车辆，四周并不担心会有什么目击证人。

赵清远打开副驾的储物盒，再次检查了一遍自己早就准备妥当的工具——扳手、编织袋、绳索。接着，他再次拉低了帽檐，轻推开了车门。

就在此时，桥洞那边忽然传来一声号叫，一个破锣嗓子扯开喉咙唱起了歌。

赵清远一个激灵，赶紧重新关上车门，把身体往下滑了滑。昨晚他就注意到了这个拾荒客，想不到这人白天也在。

"你唱个屁啊！"钓鱼的老头儿也听到了歌声，似乎是担心鱼被吓跑，朝桥洞吼道，"你个捡垃圾的，给老子闭嘴！"

拾荒客穿得破破烂烂，年纪似乎也已经五六十了，不知道是耳朵不好使还是故意装作没听到，依旧抱着个破收音机，跟着里面大声哼哼着。

"哎呀！你是个聋子吗？！"

老头儿脾气上来了，把鱼竿一放，大踏步冲桥洞走了过去，边走嘴里边骂骂咧咧着："老子让你别唱了！你听不到？是死了爹还是死了妈？号个鬼啊！"

拾荒客这才闭了嘴巴，重新窝回了他铺在桥洞里的那床破棉絮上。老头儿也气冲冲地坐回了自己的钓椅上。

赵清远死死盯着老头儿的背影，心头说不上是不甘还是失落，总之，此刻不是动手的时机了。看来，除了这一路的摄像头，还要考虑怎么躲避那个拾荒客。

思忖着，他从中控台上抽出一个笔记本，打开来，里面夹着一张折好的A4纸，上面写着一行蝇头小楷：第三个，李援朝。

赵清远在名字边上画了一个巨大的问号。看了看时间，已经九点半了，他决定先完成计划的另一部分。

他长吁一口气，发动汽车，往传媒大楼开去。

02
▶▶

早上十点。

派出所那台比亚迪，就停在传媒大楼的门口。

大楼门头，一个巨大且滑稽的充气人不断冲路人挥着手。

难得天气好，阳光劈头盖脸地照下来，晒得副驾驶座上的张一明眼睛都有些睁不开。

"宁哥，我们一大早跑这里来干吗？"张一明揉了揉眼睛，打了个大大的哈欠，看着一脸严肃的钟宁，满头雾水。一大早的，他就被钟宁一个电话从床上打起来，开车拉到了这里，却没告诉他为什么。

钟宁把昨天陈孟琳给他的资料又翻看了一遍，才递给张一明。

"鞣酸（$C_4H_{10}O_9$）和硫酸亚铁（$FeSO_4$）……没食子酸亚铁……柠檬芳香剂。"张一明看了半天，字他都认识，但是加一起就看不懂了，"宁哥，这都是些什么？"

"第一个是色素的主要成分，后面是……"

"后面是芳香剂,这我能看明白。"张一明一抬下巴问道,"加起来就看不懂了。"

"加起来是机油。"钟宁点了根烟,给张一明也扔过去一支。这小子要能看明白,还得回炉重新学几年高中化学。

"机油?"张一明张大了嘴巴,很快反应过来,"这么说,昨天那棵树上,疑犯留下的是机油?加上那么长的绳子……疑犯是修车厂的?!那我们不应该去修车厂抓人吗?"

"你爸已经安排人去排查了,我们别跟着凑热闹。"

"那我们来这里干吗?"张一明抬头看了看传媒大楼,"这里也不产机油啊。"

钟宁没有回话,转身从后排抓起昨天买的绳子递了过去:"你绑一下。"

"啥?"张一明一愣,发现绳子上已被钟宁倒上了机油。不过,钟宁发话,张一明也只能照做,他不解地拿着绳子别扭地往自己手上绑去。

钟宁无语,仰头笑骂道,"你傻吧!没让你绑自己,让你绑后面那玩意儿。"

张一明这才发现,后座上有一根树干,一米多长,碗口粗细。

"嘿,不早说,我还以为宁哥有什么新癖好。"张一明很快就把绳子绕在了树干上,还打了好几个死结。

"下车,找地儿固定下这个树干,来回拉扯一下绳子。"钟宁继续指挥着,"记住,要用力,有多大力气使多大力气。"

"哦……"张一明听从指示下了车,找了个树杈固定了树干,扯了扯确定牢固了,开始拼了命扯地绳子,黑壮的手臂青筋暴露,脸憋得通红,看上去吃奶的力气都使出来了。

"行了吗?"来回折腾了四五分钟,张一明感觉手上都快起泡了。

"行了。"钟宁瞄了一眼树干被绳子勒出的痕迹,看来张一明还是有点蛮力的,树干已经被他磨得表皮脱落,露出了一节白色的木芯。钟宁又变戏法似的从驾驶位边角里掏出一根树干,递给了张一明:"这是我昨天弄的。我搞了个跟死者差不多体重的编织袋绑在上面,从派出所二楼滑到一楼。"

"然后呢?"张一明依旧是丈二和尚摸不着头脑。

"打开照片看看,有什么不同没有?"说着,钟宁把手机扔给了张一明。

手机里正是昨天在案发现场拍下的树干照片,张一明纳闷道:"没啥不同啊,都是被绳子勒出了痕迹嘛。"

钟宁一比大拇指,忍不住感叹道:"也是服了你这观察力。"

"宁哥,有话说话,咱别讽刺呀。"张一明尴尬道。

"你仔细看看……"钟宁点了点照片道,"没发现量太多了吗?"

"什么量太多?"张一明越来越糊涂了,"这跟传媒大楼又有什么关系?"

此时已是上班时间,门口陆续有人进入大楼。钟宁决定不和这个榆木脑袋掰扯下去,从口袋里掏出一个证件扔给了张一明,道:"戴上。"

张一明定睛一看,乐得嘴都合不上了。那正是专案组成员的证件,上面清清楚楚写着"张一明"三个大字:"你进专案组了?感谢感谢,我算是借光了。"

"少说多看。"懒得再啰唆,门一推,钟宁大踏步往传媒大楼走去。

跟着人流进了电梯,两人到十三楼走了出来。钟宁的目的地,正是这一层靠右边那家叫"知客传媒"的公司。

公司不大,也没有前台之类的虚职。时间还早,再加上没穿警服，两人的到来并没有引起公司员工的好奇。

钟宁有些感叹，互联网时代，信息传播是裂变式的，这么小的公司，员工加起来可能还不到五十人，一篇不到四千字的文章，居然能传播成全国性话题，甚至疑似引发了连环杀人案。

靠近门口的工位上，一个女孩发现了他们，问："你们找谁？"

证件戴在身上，张一明的腰杆都挺直了一些，中气十足地喊道："找你们老板。"

姑娘没有多问，指着最里面的一间办公室道："老板在那边。"

道了声谢，两人走过去。看门牌上的标识，这里面的老板应该姓任。张一明敲了敲门，很快，一个穿着白衬衣的男人打开了门："两位是？"

"任总编是吧？我们是警察，想找你了解点事情。"钟宁亮了亮证件，指了指房内道，"可以进去谈谈吗？"

任平疑惑地打量了两人一阵，才侧身让两人进了办公室。

办公室不大，十来平方米，除了一套办公桌椅，进门处还放着一个风水鱼缸，里面几条金黄色的大眼泡鱼正欢快地游动着，鱼缸上挂着一幅手写的草书——任重道远，结合这公司干的事情，倒颇具讽刺意味。

"请坐……"任平给两人倒上水，一脸不解，"两位警官找我什么事情？"

钟宁掏出手机，很快打开了一个页面，递到了任平眼前："这是你们公司运营的网站吗？"

任平看了一眼，更加不解了："对啊，这……发文章也犯法吗？"

"不犯法。"钟宁低头看了一眼手机，"写这篇《老人变坏了，还是坏人变老了》的编辑，在贵公司上班吗？我们想找他聊聊。"

"在啊。"任平点头，起身出门道，"我帮你们叫进来。"

很快，一个戴着眼镜、满脸痘痕的小青年跟着任平走了进来，一脸疑惑地看着两人道："你们找我？"

钟宁上下打量着眼前这人，名字叫非凡，人倒是普普通通，一脸痘印加上啤酒瓶底厚的眼镜，看着像刚刚大学毕业。他问道："这是你写的？"

"是啊。"吴非凡点了点头，语气中带上了一点儿不服气，"写文章不犯法吧？"

"写文章当然不犯法。"钟宁抬了抬下巴，示意他坐到自己跟前那张椅子上，继续问道，"当时你为什么要写这篇文章？"

"这个……因为我关心社会嘛。"吴非凡这嘴巴明显没有长相憨厚，义正词严道，"现在老年人不文明的行为越来越多，我呼吁社会重视起来，这也有错？"

"你这叫呼吁社会重视？"张一明有些听不下去了，呵斥道，"你这叫煽风点火，叫割裂社会阶层，激发矛盾！"

"我没想那么多……"吴非凡依旧嘴硬，"况且，矛盾是客观存在的，不会因为我不写就消失，再说了，现在是二十一世纪了，难道你们还想搞文字狱吗？"

还真是搞文化事业的，这一顶"文字狱"的大帽子扣下来，让张一明忍不住一翻白眼："要真搞文字狱，还用我们上门？早把你们公司给封了！"

钟宁不想再浪费时间，一摆手，把话题扯回来："吴非凡，本月二十六号，也就是前天晚上十点到十点半，你在哪里？"

"前天晚上？"吴非凡想了想，"我……我好像在加班……"

"好像？"

"对对，我就是在加班。"吴非凡像是忽然想了起来，"那天我在采访一个医生，想写一篇关于医患关系的稿子。"

"在哪里采访？"

"办公室啊。"吴非凡一指门外自己的工位，"就在那里采访啊。"

"在办公室采访医生？"这一下轮到钟宁不解了，"你们是把采访对象请过来了？"

"哪儿呀！把医生请过来干吗呀！"吴非凡一拍脑门道，"要不你们跟我过来看看就知道了，采访记录我还留着呢。"

吴非凡的办公位在最后一排，不大的办公桌上，堆满了《自媒体如何打造爆款文章》之类的书。

吴非凡登录自己的QQ，在好友列表里拉下一长串以后，找到了一个身穿白大褂的人物头像，双击了两下，很快，页面上出现了两人的聊天记录。

"你们记者现在做采访都是这么做的？"张一明看着页面上的聊天记录，忍不住感叹道，"博大男科医院泌尿科主任……你们找个民营医院科系主任做医患关系调查，那能有好话吗？"

"我说这位警官，男科医院医生也是医生嘛，怎么就不能做医患关系调查了？"吴非凡不以为然，"再说了，三甲医院的医生也没空搭理我啊。"

"行了，都少说两句。"钟宁拉下聊天记录看了看——这小子没有撒谎，案发当时，他确实是在和这个男科主任聊天，不过聊的并不是什么医患关系，而是在咨询生殖器疱疹怎么治疗，时间从九点半一直持续到十一点。

"我没骗你们吧，我确实是在做采访……"吴非凡把页面一关，跟钟宁谈起了人权，"警官，你们到底是因为什么事情调查我，我有知情权吧？"

"你先少说两句！"任平有些听不下去了，现在这些年轻人是越来越难管了，天不怕地不怕的，警察都找上门了，态度还这么嚣张。不过他心头的疑惑也不比吴非凡少，语带讨好地问道："警官，他那晚确实是在做采访，我们有其他同事也在的。具体是什么事情，您能透露一下吗？"

"案情还在调查中，现在不方便透露。"张一明也是个暴脾气，被吴非凡这么一冲，不耐烦道，"再说了，聊天记录能证明什么？手机不也可以同步到电脑吗？对吧，宁哥……宁哥……"

钟宁没有回话。错了吗？看到聊天记录以后，这是他脑袋里唯一出现的问题。

没有错，吴非凡的聊天记录显示，案发当晚，也就是刘建军被溺死在废水池的十点半左右，吴非凡确实是在和这个医生聊天。也不存在张一明说的用手机聊天再把聊天记录同步到电脑上的可能性，理由很简单，没有谁有闲心一边杀人还一边咨询生殖器疱疹的事情。

可如果吴非凡没有作案时间，那么自己的新思路就这么被轻易推翻了？

不对……肯定还漏掉了什么……

钟宁苦苦思索着，吴非凡很不耐烦，指了指大厅入口一个摄像头，正要说什么，门口进来一个干瘦的男人，吴非凡立刻转换了目标："警官，我有人证……"说着，他上前两步把男人拖过来，"不信你们问赵哥，那天晚上赵哥看到了我在加班！"

钟宁抬头看了看，被吴非凡扯过来的男人快四十岁的样子，也是一副黑框眼镜，背着一个黑色的双肩包，稀疏的头发，和这一身打扮不协调的是，这人手里居然还拿着一个粉红色的盒子。

"赵哥，你帮我证明一下，前天晚上十点多，我是在加班吧？这些警察也不知道哪根筋搭错了，硬是怀疑我违法乱纪。"

"什么违法乱纪？"赵清远一脸茫然。因为他手里的那个粉色盒子，钟宁多看了他一眼——还是个挺浪漫的男人，估计是送给谁的礼物，盒子上还系着一个精致的蝴蝶结。

赵清远也发现钟宁正看着自己手中的盒子，有些尴尬地问道："警官，有什么问题吗？"

吴非凡又要插话："他们两个人……"

"你先闭嘴。"张一明厌烦地打断了吴非凡，扭头问道，"你好好想想，前天晚上十点到十点半，你是不是在公司？"

赵清远点了点头，茫然道："在啊，我在加班。"

"他也在吗？"

"对，他也在。"赵清远继续点头，"警官，到底是什么事情？"

"没事，做个调查。"钟宁摆了摆手，示意赵清远去忙自己的。赵清远点了点头，走到对面的工位。

"人证物证都在，现在信我了吧。"吴非凡更来劲了，指着走廊那个圆筒摄像头，"你们要是还不信，还可以去查监控录像。"

"行了，就你有嘴！"钟宁呵斥道，眉头更加紧锁——难道真的错了吗？那为什么之前所有的推断，在逻辑上都能站住脚？而且，自己也做过实验，并没有出现偏差。

"去调取视频。"钟宁不死心地对张一明安排。

就在此时，口袋里的手机响了起来，是陈孟琳打过来的，才接通，她便急匆匆道："钟宁，我给你发了新地址，赶紧过来，有重大线索……"

03
▶▶

赵清远就这么盯着电脑屏幕，听着两个警察的脚步声在门外的走廊消失不见，心头一块巨石落了地。

他低估了警察的能力，他们居然这么快就找到了自己的公司,而且这两位还有一点眼熟……难道是在案发现场自己伪装成《星港晚报》的记者,被他们发现了?这不可能,那晚的能见度那么低,自己还戴着帽子,且当时有那么多记者,那两个警察应该不会注意到自己的长相。就算真的发现了,他们的调查对象也应该是自己而不是吴非凡,这两人明显对自己没有任何印象。

那么,问题又出在哪里呢?自己并没有留下什么漏洞让他们查到公司来啊。按计划,警察现在不是应该在排查修车厂吗?

"他们问讯的是吴非凡……"

也就是"老人变坏"这个在网络上引起轩然大波的话题的始作俑者……难道,警方发现了自己的布局?

赵清远心头一惊,转念一想,又兀自摇头。他不相信这个世上有人能现在就猜出自己最终的意图和要达成的愿望。

但警察已经查过来了,看来事情比自己想象的还要紧迫,下一步计划要抓紧了。只要再死一个人,自己和"知客传媒"的嫌疑都能洗脱得一干二净了。

念及至此,赵清远起身,往任平的办公室走去。任平还在和吴非凡讨论着什么,看到赵清远,他示意吴非凡先出去,起身关了门,帮赵清远拉过椅子,道:"赵哥,有事情?"

"那个……"赵清远不好意思道,"本来我今天请了假想带思思去检查身体的,她今天不太舒服,没去成,我想明天也请一天假,趁着周末带她去医院。"

"行行,没问题。"任平连连点头,关切道:"嫂子身体还好吧?"

"还行,就是有点咳嗽,我想带她再去做个全面检查。"

"没问题。"任平挥了挥手,"以后你要带嫂子做检查,随时,不用专门跟我打招呼了。"

"谢谢。"赵清远起身出去,走了两步忽然站住,扭头道:"那个……上次找你借的钱……"

"哎呀！别说这些，虽然我也不富裕，但这点钱我还是有的。"任平爽朗一笑，不以为意，"你别往心里去，咱们都是乡下出来的，打拼起来不容易，况且你又是我的学长，你是什么样的人，我还不清楚？我又不担心你跑了。"

"行，那真的感谢了。"赵清远感激地冲任平鞠了个躬，拿起他的双肩包，往电梯走去。

他快步出了传媒大楼，边上就有一家银行，此时正是上班的时间段，人并不多，排了一小会儿队，他便坐到了柜台口。他从双肩包里掏出一张卡递过去："你好，我取十万块钱。"

柜台小姐抬头看了赵清远一眼："您预约过吗？"

"预约过，你查一下，叫赵清远。"

"那我现在帮您办理。"柜台小姐麻利地办着手续，清点好货币，很快，一叠百元大钞就被赵清远放进了双肩包里。

出银行已是中午时分，台风过后，艳阳高照，但赵清远的心里一片灰暗。

这是他最后的积蓄了，其中还有差不多两万是找任平借的。他是个脸皮薄的人，不到万不得已，绝不会开口找人借。可是，为了吴静思，他也没有其他办法。

"会好的，都会好起来的。"蓦然地，赵清远想起了这句话。他被人欺负，感觉被全世界抛弃的时候，吴静思总是这么安慰他。正是这听上去简简单单的一句话，让赵清远一直撑到了现在。只要吴静思能平安无事，自己付出再多都值得。

"会好的，都会好起来的。"赵清远给自己鼓了鼓气，伸手拦了一辆出租车。

接下来，他得进行计划的下一步了。

"去……"正当赵清远打算给司机看看地图的时候，手机忽然

"嗡嗡"振动了两声,瞥了一眼,是一个叫"震惊中国"的论坛推送的新闻,内容是一条视频。

赵清远没有打开,直接按下了删除键——这条视频够警察们再忙活一阵了。

"到底去哪里啊?"司机不耐烦地问道。

04
▶▶

中午十一点三十分。

负责管辖中南汽配城的派出所内人头攒动,小小的会议室挤满了荷枪实弹的刑警,原本这里最高官衔的所长都被挤到了门口,只能仰头盯着墙壁上的投影,看个大概。

等众人坐定,紧锁眉头的张国栋朝着边上的肖敏才示意,办公室的窗帘很快被拉上,墙壁上投影出了一个视频——同样是手持手机拍摄的,不过画质模糊,晃动得也有些厉害,拍摄地点应该是一条偏僻狭窄的街道,画面里,一个穿着花衬衣的男人站在几辆共享单车前,一直冲着镜头右边骂骂咧咧,说别人走路不长眼之类的话,顺便问候了人家祖宗十八代,对面似乎是个女孩子,只是偶尔回个嘴,声音听上去很害怕。

不知道是有意还是无意,拍摄者的镜头始终对着男人的胸口部位,离男人的位置也比较远,画面里没有出现对面的女生,也看不到男人的长相,听声音可以判断出来是个五六十岁的老头儿。

"这是网监部门四十分钟前检测到的一条视频。"张国栋点了根烟,环顾四周道,"发自'震惊中国'论坛,ID 名字……"他一指投影,上面显示出几个刺眼的大字——老人变坏了!

一众警察脸色一滞——在场每个人都清楚记得，前面两个死者的相关视频，正是这个 ID 发出来的。

"肖队那边已经追踪到了手机，和前面两个一样，还是那个老款的唯一牌手机。"张国栋深吸了一口烟，"但疑犯很狡猾，用的是没有实名的流量卡，所以最多只能追踪到是这附近的基站发出去的。"

众警察一阵窃窃私语。

"大家注意看这里……"张国栋拍了拍手，示意大家安静，接着按下了暂停键。就在十六秒的时候，手机晃动了一下，拍摄者露出了一个拇指。

接着，肖敏才放大了画面——截屏的那一帧虽然画面模糊，但可以明显看到，拍摄者露出了三分之一个拇指，拇指上贴了一个创可贴，一小片指甲盖黑黑的。

"绝对是个修车工！"一个老警察率先发表了自己的看法，大家纷纷点头赞同。指甲盖乌漆墨黑的，还有创可贴，这些特征确实非常符合修车工这个职业。

张国栋敲了敲桌子，看向一旁的陈孟琳："陈顾问，你的看法呢？"

"我赞同大家的意见。"陈孟琳起身在投影仪里换上另一张照片，正是派出所方圆三公里的地图，她分析道，"结合绳子、机油、发射基站、拍摄者特征等线索……"说着，她在平板上圈画了一下，投影仪上的地图很快被标出了一个红圈，"中南汽配城目前是疑犯最有可能躲藏的地方。"

"我同意陈顾问的看法。"张国栋摩挲了一下虎口的伤疤。中南汽配城的规模很大，商铺加起来近两千间，但也算大大缩小了排查规模。只要安排下去，他相信，要不了一两天时间，疑犯必定会被逮捕归案。

张国栋起身环顾众人："有谁还有什么要补充的？大家群策群力，畅所欲言……"

等了等，现场没有人再说话，张国栋正要布置排查行动，陈孟琳忽然看了看门口道："钟宁，你……是不是有什么看法？"

一众警察齐齐回头，都注意到才赶来不久，挤在门口的钟宁。

他进专案组的事情，本来就只有张国栋、肖敏才、陈孟琳几人知道，所以大家对这个小青年的再次出现都有些意外，也有些好奇。

钟宁眉头紧皱，盯着投影思索着，一副欲言又止的样子。见一屋子人都眼神奇怪地盯着自己，他算是被赶鸭子上架了，只能道："我觉得不对。"

"什么不对？"张国栋眉毛一挑。

"张局……"钟宁看向张国栋，摇头道，"我们是在……浪费时间。"

又是浪费时间？！

话音一落，一众警察看向钟宁的眼神由好奇转为了不满。上次说大家伙浪费时间也就算了，现在线索都摆在眼前了，还说是在浪费时间，那你倒是拿出一个不浪费时间的方案来啊。

身后的张一明赶紧扯了一把钟宁，吓得大气都不敢出。这都啥场合，真觉得浪费时间，你换个词嘛，哪怕是……"不太科学"也行啊。

"说说理由。"张国栋强按怒火。

"这应该是疑犯的一个局。"要真是娄子，反正也已经捅了，钟宁干脆朗声道，"前两次，他都是提前很久在网吧发布视频后再犯案，这一次为什么偏偏能让我们跟踪到基站？还有……"

"前两次是因为我们还没有找到疑犯的 ID，这次我们是 24

小时监控的。"肖敏才打断道，"疑犯应该并不知道我们已经盯上他了，所以没有注意。"

"上两次的视频，被害人的样貌都清晰地出现在视频中……"钟宁看向了肖敏才，"这次为什么只拍到头部以下？"

"会不会是拍摄者注意他们吵架去了，没有注意到拍摄角度？"很快就有警察猜测道。

"不对。"钟宁摊手，"我觉得疑犯就是想浪费我们的时间，先把我们引到中南汽配城，再让我们去调查被拍摄者是谁。我们不能中了他的圈套。"

"你有什么切实证据来证明这是个圈套？"张国栋沉声道，他这会儿有点后悔让钟宁进专案组了，看来这小子侥幸破过几个案子，已经膨胀得不行了。

果然，钟宁老实地摇了摇头："没有。"这个结论只是他自己的直觉和推理，没有任何切实证据。

"警察办案必须跟着证据走，而不是所谓的想当然！"张国栋加重了语气。还是嫩了点啊，上一次他说"浪费时间"还情有可原，毕竟当时案情不明朗。但这一次，疑犯定位都锁定区域了，还在说浪费时间，就有点哗众取宠了。

"吴队，你那边负责汽配城 A 区、B 区。肖敏才，你组织人手，负责 C 区、D 区，另外组织人手去交管部门调查城区所有摄像头，看看这起纠纷具体是发生在何处，尽快找出视频中这个穿花衬衣的老头儿，务必保证他的人身安全！陈顾问这边……你暂时留守所里，有任何消息，我们随时交流……"

张国栋不想再浪费时间，安排结束后，他领着专案组几个核心成员大踏步走出了会议室。其他人也跟着离开了。

05
▶▶

众人一走，会议室就只剩下了顾问陈孟琳，还有钟宁和张一明两个没有领到任务的人了。

"宁哥，别往心里去，我爸对事不对人。"张一明知道他多那脾气，来得快去得也快，除了案子，什么事情都不会往心里去。

"我没事。"钟宁笑了笑，自己确实没有证据，不被信任再正常不过了。张国栋那人也是个刚正不阿的铁汉子，要不然也不会把亲儿子扔到派出所当个片警，一扔扔三年。

陈孟琳收拾好桌上的资料，看向钟宁，问道："钟宁，你为什么觉得是在浪费时间？"

"我总觉得不对劲。"钟宁摇头，随意翻看着桌上的案卷，"甚至我认为他这半边指甲盖都是故意露出来给我们看的。"

"什么？"陈孟琳愣了愣，思考片刻，又问道，"你昨晚说有新的思路是指什么？"

"我去了传媒大楼……"

"是去'震惊中国'？"陈孟琳记得，那个叫"震惊中国"的网站，正是在传媒大楼。

"不是。"钟宁摇头，"是知客传媒。"

陈孟琳想起"知客传媒"是互联网第一家发出"老人变坏"这个帖子的媒体："可是，疑犯的注册 ID 和上传的三个视频，都和知客传媒无关啊，难道你怀疑……"说到这儿，她忽然明白了什么，讶异道，"你怀疑这整个都是疑犯的障眼法？"

钟宁点了点头。

"理由是什么？"

钟宁让张一明从车上取来上午那两根树干，扔给陈孟琳："你看看这个……"接着，他打开手机里在月山湖拍下的树干照片，问道，"能看出来有什么不一样吗？"

陈孟琳很快就发现了端倪："你是说……量太大？！"

张一明想起钟宁也说过这句话。这两个人说话怎么都没头没尾的？是为了突显他这个跟班的蠢吗？这么一想，他有些不高兴了："你们有话就不能直说吗？说一半藏一半让人猜个什么劲？"

"这里……"陈孟琳指了指两张照片，耐心地给张一明解释道，"月山湖那棵树跟你们做实验的两根树干相比，遗留的机油量太大了。"

张一明一拍脑门，恍然大悟。自己费了老力呢，都快摩擦生火了，树干上也只能依稀看到一点机油的痕迹，可是月山湖那两棵树上，可是黑漆漆一圈啊。这么明显的区别，陈孟琳一看就懂，自己确实观察力思考力都跟不上啊。

念及至此，张一明分析道："且不说时间过去了这么久，前两天还下了那么大的暴雨，即便机油再难清洗，按道理，也不会留下这么黑漆漆一圈！"

"对。"钟宁冲后知后觉的张一明比了比大拇指。这也是他在现场发现那棵树以后的第一感觉。想想烧烤摊上那把乌漆墨黑的伞都被冲刷得干干净净，那么大的暴雨，不亚于喷水车喷水，树干上怎么可能还留下那么多机油？要留下那么多机油，那绳子上原本得有多少？疑犯这么聪明，还记得破坏脚印，要不是故意的，他怎么会没有注意到这么大量的机油？

"所以，你觉得这是疑犯故意留下来的？"陈孟琳顺着钟宁的思路分析。

钟宁点头。

"按你的思路倒推，如果树干上的机油是疑犯故意留下来的，那么他有可能是在给警方设局，故意引导我们往修理厂的方向去调查，包括今天，也是故意让我们查到汽配城。"

"嗯。"钟宁点头,和聪明人聊天就是舒坦,"如果这一点也成立的话,还可以继续往前倒推……"

陈孟琳接过话头:"……就是疑犯自己制造了这个话题,并且让这个话题在网上引起争议,接着亲自拍摄了想除掉的人的视频,然后再杀人,再故意留下证据……"

"什么什么?!"张一明在一旁听呆了,"这……这不太可能吧,这也设计得太复杂了,疑犯图什么啊?"

"图什么我还不知道。"钟宁摊手道,"但如果这不是一个局,无法解释月山湖的这么个'狐狸尾巴',还有今天这个视频,连基站都被查到了,难道疑犯的智商忽然下线了?"

张一明思忖着,摇了摇头,找出了逻辑中的漏洞:"宁哥,如果你说的都成立,疑犯肯定是专门来杀这两人,而不是随便挑选的。那么疑犯又怎么会刚好能拍下他们的不文明行为呢?"

"不是碰巧,疑犯一直在跟踪两个被害人。"钟宁继续翻看着案卷,分析道。

"喜欢贪小便宜就要死吗?不至于吧。"张一明又不理解了,"再说了,疑犯费这么大力,又是跟踪又是掩盖线索,接着又故意暴露线索给我们,为什么呢?"

"我也还没想明白他为什么弄这么复杂。"钟宁尴尬一笑。

来来回回绕了一圈,问题又回到了原点,也就是犯罪动机。

陈孟琳问道:"知客传媒发帖的那人……"

"他没有嫌疑。"钟宁苦笑。单从逻辑链上来看,自己的推理无疑是成立的,但今天去知客传媒,他又着实没有查到任何疑点。这也就意味着,这一切,用张国栋的话来说,确实是自己的想当然。

会议室里出现了一阵短暂的沉默,良久,陈孟琳安慰道:"别灰心,说不定张局他们这条线是对的,等抓到疑犯,你还可以帮着审讯，总会有机会表现。"

这话让钟宁的表情微微一滞，接着摇了摇头，道："我不需要表现，我只要抓到那个畜生。"

"畜生"这两个字从钟宁嘴里说出来的时候没有带任何情绪，但依旧能让人感觉到钟宁那种发自内心的愤怒。

又是一阵短暂的静默，就连张一明都感觉到了钟宁的低气压，也跟着装模作样地看起了案卷。

陈孟琳转移话题道："对了，上次在凉席厂，你为什么说我们布置的调查方向都是'无用功'？"

钟宁翻开了两次案发现场的尸体照片，道："因为人性。"他没有抬头，"其实你一开始就猜测疑犯可能就是视频的拍摄者，所以你指望那两个视频中的当事人能给你提供一点线索，对吧？"

陈孟琳点头："你是说，你从一开始就知道，那两个人不会提供什么线索？"

钟宁从口袋里掏出一支烟点上，深吸了一口，缓缓道："我姐那起案子你还记得吗？"

"嗯。"

"她被那三个畜生拉上车时，边上还有一桌人正在消夜。"

陈孟琳有些明白钟宁说的"人性"指什么了。当年，陈山民曾把那桌消夜的人都找了出来，六个人，没有一个承认注意到路边发生了什么情况。而案发地点离这六个人不到三十米，钟静还曾经大声呼救。

"人性如此，没有人愿意给自己惹麻烦，特别是还牵扯到命案。"钟宁吐了一口烟，白色的雾气在会议室里久久不散。

"宁哥，你想开一点……"

"这种事情，一辈子都不会想开的。你这种温室中的花朵也不会明白……"钟宁一声苦笑，扭头看了一眼张一明，正要说什么，忽然眼睛一亮，盯着张一明面前的那张照片，"拿来给我！"

"什么？"

没等张一明伸手，钟宁直接起身，拽过了那张照片，放到了投影仪下，投影到了墙上——照片是在案发现场拍下的那个绿色编织袋。

"一个人的精力和注意力总是有限的。"钟宁双眼放光，瞪着照片，"越在某一处谨小慎微，越是会在其他地方露出马脚。"钟他猛地一握拳，重重地捶在了办公桌上，"他露出马脚了！"

"什么马脚？"陈孟琳盯着照片看了半天也没看出什么来。

"张一明，知客传媒那个快秃顶的男人，你记得吗？"钟宁再次看向张一明。

"啊？"张一明又愣了，摇头道，"没注意啊。"

"很瘦，头发稀疏。"钟宁在自己脑袋上比画着，"手里拿个粉色盒子，背着黑色双肩包。"

"哦……记起来了！"张一明连连点头，那个粉色盒子令人印象深刻。

"记得他手里那个盒子吗？"

"记得啊，粉色的。"

"我不是说颜色！"

"那是啥？"张一明迷茫了。

"绑法！"

"绑法？"张一明愕然道，"啥叫绑法？"

"算了……先不说这个。"钟宁无奈道，"那个保安队长的案子你总记得吧？"

"记得啊，监守自盗嘛，因为忘记删两条短信，被你给抓了。"张一明已经迷糊了，"这和这个案子也有关系？"

"有关系！"钟宁狠狠咬了咬后牙槽，"这人和他犯了一样的错误。"

"啊？"张一明彻底摸不着头脑了。

钟宁没再解释，一把抄起张一明手中的车钥匙，大踏步往门外走去。

"干吗去啊，宁哥？"

"找疑犯问讯！"说话间，钟宁已经走到了院中，打开车门，发动了汽车。

"谁是疑犯啊？"张一明还在愣着，陈孟琳已经跟着出了门："我跟你一起去。"

"哎！你们……"

说话间，比亚迪已经风驰电掣地驶出了派出所的大院，张一明吃了一嘴巴尾气，一摊手，无可奈何道："呵！夫妻双双把家还了？到底去哪儿呀？！"

06
▶▶

车停在一家叫"大力汽车修理厂"的店铺门口。

说是修理厂，其实就是个简陋得不能再简陋的棚子，搭在离开星港的国道旁，经营诸如"风暴补胎"、免费加水之类的小本营生，哪天要来了个补漆的，都已经算是大生意了。

店里的老板和员工加起来就一人，叫李大龙。据赵清远的调查，这人曾经阔过，早在二十年前，李大龙他爸就开过当时星港最大的汽修专营店，据说很多车系的配件只有他们家能弄到。可惜，老李教子无方，李大龙仗着家里有钱就不好好上学，一天到晚和一群社会青年瞎混，还染上了赌博的恶习。老李在的时候，还能压着一点儿，老李一走，李大龙就更加胡作非为，不到三十岁就把汽修店输得精光，还欠下了一屁股债。

此时已是下午，可能是没啥生意，也可能是昨晚又去打牌了，这会儿，李大龙拿条毛巾蒙在脑袋上，正躺在门口一张破藤椅上打着呼噜。

赵清远也没打招呼，径直走进店内看了看——依旧是老样子，满地都是随意堆放的扳手、千斤顶之类的工具，那辆破破烂烂的面包车靠墙停着，边上还放着一个狗笼子，几条牵引带也都还在，就是没看到狗了。

"李大龙！"赵清远走近，喊了一声。

"啊？"李大龙吓得咕噜一声滚下了藤椅，刚要开口骂人，看到赵清远，脸上立马笑成了一朵怒放的菊花。他赶紧从上衣口袋里掏出一包烟，扒拉出来一根："我说谁呢，赵记者哦！来来来，抽烟抽烟……"

"不抽。"赵清远摆了摆手，有些厌恶地打断了李大龙的殷勤，从这一嘴的酒味来判断，这人中午应该又喝了不少。

"赵记者呀……"李大龙丝毫不以为意，拖了张凳子坐到了赵清远边上，满脸堆笑道，"您看看这……也过去了这么久了，我老婆那事情，到底怎么样了？"

"说了在帮你调查，这个需要时间的嘛。"

赵清远此次来也正是为了这件事情。一年多前，李大龙的妻子王莲花，因为受不了李大龙赌博、酗酒以及时不时家暴的恶习，跟一个来店里修车的客户跑了。这种事情，警察自然是不会管的，所以赵清远出面，利用自己记者的身份和他攀上了关系，并且答应帮他调查妻子的下落，尽力争取让王莲花回归家庭。

时间实在太久了，李大龙心急，可又不好发脾气，只能拐着弯道："赵记者，我看政法频道，上面那个老公打了老婆的，那些记者一下就找到别人娘家去了，后来就和好了啊。"

"那你也可以找政法频道嘛。"赵清远挖苦道。

这些地方电视台的伎俩，赵清远再清楚不过了，所谓调节家庭矛盾，其实大部分都是请演员演出来的，你要正儿八经有事，你看他们采访不采访你？

"我确实打电话了，他们说我这个情况话题性不够。"李大龙倒是诚实，傻子似的一笑，露出一口黄牙。

"你这个情况，政法频道接了也没什么用。"赵清远苦口婆心地分析道，"你想想，政法频道是本地电视台，只能在省内看，你老婆不是已经和别人跑到外地了吗？她根本就看不到。"

"那是，那是。"李大龙赶紧附和，嘴里喷出一股酒味。

赵清远强压住内心的厌恶，接着道："可我们这个平台就不一样了，不但有公众号，还有微博和独立论坛，是面向全网的，影响力比本地电视台大很多。只要发动网友帮你找，肯定能找到。"

"那是，那是，你们是互联网媒体嘛，不一样的。"李大龙连连点头，"我还听人说，网上那个人肉什么……很厉害！"

赵清远心头一阵冷笑，就这么个文盲，居然还知道人肉搜索："我们不能用'人肉搜索'这么低级的办法。你想想，如果你老婆并不知道你是真心悔改的，即便知道她在哪儿，她会回来吗？她要是自己不愿意回来，你还能绑她回来？"

"那……那咋办啊？"李大龙皱起了眉头。赵记者来过好几次了，但老拖拖拉拉的不给解决方法。他犹豫了一下，道："赵记者，要是钱的问题……"

赵清远佯装生气道："你谈钱就没意思了！我纯粹是同情你的遭遇，觉得你不容易。"

"确实不容易。"赵清远这么一说，李大龙居然假惺惺抹泪了，"她也不知道是不是被猪油蒙了心，跟那么一个人跑了！"

"你也别太难过，这件事情是有戏的。"赵清远拍了拍他的肩膀，"你们在一起也有十几年了吧？"

"十三年了。"

"对嘛。"赵清远点头道，"夫妻相处十几年，要说没有感情是不可能的。"

"有感情，绝对有感情！"

赵清远道："一般我们这边寻亲的，都是编辑帮着写文章，但是像你这种情况，说实话，两个人都有错，对吧？"

李大龙点头："我承认，我要是不打她，她也不会跟人跑。"

"她跑了以后，你好像还威胁过她？"

"是……是威胁过。"李大龙尴尬道，"但是不能怪我嘛，那个婊……我老婆要是不跑，我咋会威胁她？对吧赵记者。"

"道理是这个道理。"赵清远继续引导李大龙，"如果你能亲笔写一封道歉信，配合着我们的文章，一起登到我们的公众号上，你老婆看到，效果肯定比只有我们编辑写的一篇文章要好很多，起码诚意到位了，是吧？"

李大龙点了点头，又摇了摇头："可我不会写文章啊。"

"这个东西不需要文采，只要真心实意就能打动人。"答应就好办了，赵清远呵呵一笑，"至于具体要写什么内容，我会给你打个草稿，到时候你照着抄一遍就好了。"

"这没问题。"李大龙赶紧问道，"那你啥时候帮我写呢？"

"不着急嘛，我们写这种东西很快的。"说着，赵清远起身，"哦，对了，我的车，刚刚来的时候，变速箱出了点儿问题……"

李大龙也不是傻子，赶紧接话道："我去看看。以后您这车坏了我包修。"

赵清远佯装生气地一挥手："你不要想歪了，车我已经找人维修了。我都说了我是看你可怜才愿意帮你，不是图你什么。"他看了看时间，"今天先这样吧，我回公司帮你拟一拟稿子，我们尽快把这件事情搞定。"

"可以可以。"李大龙小鸡啄米一样地点头。

"哦，对了。"赵清远指了指那辆锈迹斑斑的面包车，道，"这车你还用吗？我最近搬家，我的车又坏了，还真不太方便……"

"您要用就开走。"李大龙好不容易逮着表现的机会，殷勤道，"搬家差人手吗，要是差人，您叫一声，我随时有空。"

"人就不用了，不能耽误你做生意嘛。有车就可以了，一两天就还给你。"赵清远绕着车转了一圈，这么一辆破面包车后居然还贴了一张狗图案的卡通贴纸，"看不出来你还挺有童趣。"

"呵呵，见笑见笑，是我老婆喜欢，那娘们儿喜欢狗胜过喜欢我。"李大龙把一把黑漆漆的车钥匙递了过去，"能帮我把老婆找回来，您就是我哥哥，我亲哥，车您随时开！"

"那行，我搬好家，第一时间给你还回来。"赵清远接过钥匙，顺手从口袋里掏出了手套戴上，又找了个塑料薄膜，垫在了满是灰尘的驾驶座上。

刚想上车，赵清远又看了一眼那张卡通贴纸，忽然站住了："要不……你再帮我个忙？"

李大龙想都没想赶紧点头道："可以啊，我赴汤蹈火。"

"也不是什么大忙……"赵清远笑了笑，关上了车门，"抽个时间，你帮我去一个地方……"

07
▶▶

下午两点，车还是停在了传媒大楼门口。

此时，钟宁的手中多了一个粉红色的小盒子，这是路上经过化妆品店时买下的，里面是口红还是眉笔，钟宁已经忘记了。

"好了，你现在可以详细跟我说说理由了。"一旁的陈孟琳忍不住开口问道。

"看看这两张照片……"钟宁打开了手机里两个案发现场拍下的照片，指了指捆满绳索的尸体。

陈孟琳盯着看了看，没想明白照片和礼盒有什么关系："你具体一点儿……"

"注意看这里……"钟宁指着两具尸体，"这具尸体身上的结是死结、死结加蝴蝶结，这一具是死结、死结、死结……而且绑绳的手法也不太一样，这条绳子是从腋下穿过，但是这一条是从大腿根部……"

陈孟琳纳闷道："疑犯作案时很紧张，两次捆绑方法不一样也很正常啊。"

"但他其实一点儿都不紧张。"钟宁微微一握拳，"一开始我只是直觉上感到很奇怪，为什么同一个凶手，在捆绑两个身高体重都差不多的被害者时，手法会有这么大的差别。如果是因为紧张，那么应该是第二次比第一次绑的好，但从这两张照片可以明显看出来，第一次要比第二次绑的……"

"整洁。"陈孟琳用了这个词。

"对，更整洁。"钟宁点头同意。

"你的意思是……"陈孟琳听出了端倪，"你怀疑疑犯是故意的？他在隐藏他的手法，以防止自己暴露某种特征？"

"对！"和聪明人说话就是简单，钟宁点头，"一年前我办过一个案子，一个保安队长监守自盗，躲避了所有摄像头以后，还费尽心思，去高铁站做了不在场证明……"

"我听肖队说过。"陈孟琳笑了笑，"他说你都没有去高铁站查，只是看了疑犯手机里的两条短信，就知道他上了高铁又半路折回来了。"

"对，正因为他把所有的心思都用在故意买票上车以制造不在场证明这一点上，反而被我发现了一个看似非常不起眼，但是又很致命的漏洞。"钟宁细细分析着，也借此理顺自己的思路，"人的注意力是有限的，你越把心思放在一些细节上，就越会忽视掉另外一些细节。"

陈孟琳听明白了，这是一种十分普遍的思维盲区，也就是"灯下黑"。

"你再看看这个绑法……"钟宁微微有些兴奋，"正因为疑犯的精力一直放在绑人的手法上，借此遮掩自己的某种生活习惯或者行为特征，甚至还故意留下机油误导警方调查，所以……"

说着，钟宁再次指了指两张编织袋的照片："所以，他反而因此松懈，暴露了另外一个真实细节！"

陈孟琳闻言，也低头看了看那两张照片，顿时有了一种拨云见雾的感觉——照片上，那两个用来装被害人的编织袋，收口处的绑法一模一样，都是一种比普通的蝴蝶结更漂亮更复杂的绑法。

"看看这个……"钟宁在手机中操作了一会儿，浏览器中便显示出了一个黑体的标题——《舟山渔嫂巧手编出千千结》。

"双扣蝴蝶结？！"

"对。"钟宁眼睛放光道，"靠近舟山这一片的渔民捕捞后的龙虾都是用这种绑法，这样绑出来不但更加漂亮，还能卖上价钱。"顿了顿，他接着说道，"还有，月山湖那个树干上只有一道勒痕，我一开始也百思不得其解。一个一百四十斤的人，疑犯只绑了一道，就那么有自信能绑得稳当？"

"单套结？"陈孟琳看着手机愕然了。同一个页面下有一段小视频，介绍的正是当地渔民出海绑绳的十二种结绳方法，视频第十二秒说的正是单套结的绑法，一个渔民演示说，这种结绳方法只用在船桩上绑上一层，任凭多大的海风海浪，船都不会被吹走，如果家住高层，遇到火灾，还可以用窗帘以这种结绳方法绑成绳索逃生。

"你在知客传媒看到那个男人的礼盒上用的是双扣蝴蝶结的绑法？"陈孟琳这才明白钟宁刚才为什么要去买礼盒了，估计还确认过店里的工作人员会不会绑这种蝴蝶结，目前看来显然已经排除了这个可能性。

"我很肯定没有看错。"钟宁眯了眯眼睛。那个干瘦男人手中的粉色盒子实在太打眼，甚至连张一明那个马大哈都注意到了。

"你果然有天赋。"陈孟琳看着钟宁，眼里满是欣赏。因为从小跟着父亲学习刑侦知识，一直都是学霸，上大学的时候甚至很多专业老师都没有自己能力强，她因此很少遇见自己欣赏的人。她没想到，眼前这个才二十多岁的小片警，居然有这种观察力。

陈孟琳的脸上也兴奋得有些发红。她拍了拍钟宁的肩膀，道："待会儿问讯，你为主，我配合你。"

没再耽误时间，两人下车，径直进了电梯，上了十三楼。

此时似乎是午休时间，钟宁环顾四周，并没有看到目标人物，那个吴非凡也不在，任平倒是还在办公室里。

任平很快认出了钟宁："警官，又有事情？"

"上午那个手中拿礼盒的人呢？"

"啊？"任平茫然地看着钟宁。

"就是被吴非凡拖来做证明的。"钟宁比画了一下，"这么高，很瘦，头发有点秃。"

"哦，你说赵哥是吧？"任平反应过来，"他叫赵清远，刚才请假回家了。"

"请假了？"钟宁一愣。

"他老婆生病了，就回家了。你们找他有事？"

"有事。"钟宁继续道，"上午我调取过的监控视频还在吗？"

"在啊，你们不是看过了吗？"

"还有一点细节需要了解，麻烦你再调取一下。"

任平有些茫然地点了点头，拨了一个电话到大楼保安室，嘱咐那边再把监控视频送过来。电话打完，他满脸不解地道："警官，难道赵哥犯事了？不可能啊，是不是有什么误会啊？"

陈孟琳问道："听你的口气，你跟他很熟？"

"对啊，他是我大学学长，高我两届。"任平点了点头，"赵哥人很好，又老实又踏实。他从乡下出来的，家里很穷的。我家里也很穷，上学时，冬天连棉衣都没有，他还把当家教赚的钱给我买衣服。他那么好的人，不可能犯事的，肯定是误会。"

"这么帮衬你？"这一点倒是让钟宁有些意外，别说是一个杀人嫌疑犯，就算是普通人，也很少有人能做到这样。

"是啊，大学他一直在打工，做家教，虽然对自己很小气，但只要发了工资，就请我们几个穷学生吃饭。"任平说着说着，有些动情了，"我是一辈子都记得，我第一次吃肯德基就是赵哥请的，虽然只有一个汉堡，但是当时他自己都没舍得吃呢！"

钟宁和陈孟琳对视一眼，心头都更加疑惑了，一个这么好的人，真会是个连环杀人犯？

"他不但人好，还很聪明。"任平继续道，"虽然我们是中文系，但他数学也很厉害，所以那时候他做数学家教，时薪能比别人高一倍。他还经常跟我说，我们要靠自己多赚钱，减轻家里的负担。"

钟宁微微一皱眉头："他数学很厉害，为什么要读中文系？"

任平一摊手道："这个不正常吗？他每一门功课都很好啊。"

陈孟琳问道："你刚才说他老婆生病了？知道是什么病吗？"

"这个我就不清楚了。"任平摇了摇头,"我只知道他老婆比他大几岁,以前和他是报社的同事。不过……"他长叹了一口气,"应该病得挺厉害的,好像连门都出不了。"

钟宁和陈孟琳再次对视了一眼。根据前面的线索来判断,疑犯有至亲遭受过重大伤害,这一点,赵清远似乎是符合的。

陈孟琳继续问道:"他和他老婆关系如何?"

"好得不得了!赵哥出了名的疼老婆!"说起这个,任平似乎感慨良多,"赵哥自己舍不得花钱,但是对老婆可大方了,逢年过节礼物从来不会忘。他以前是《星港晚报》的记者,要不是为了距离近一些,方便他照顾他老婆,他也不会来我们这种地方上班。虽说他那套方法有点老土,跟不上时代,但是文字功底很扎实,是我们这里的年轻人比不上的。哦,对了……"

任平往外看了一眼,道:"刚才吴非凡在,我也不好意思说,我们公司近半年最火的选题,就是《老人变坏了》那个,最先提出来的人是赵哥。吴非凡只是改了一下标题,发出去就火了。说得不好听一点儿,这算是偷稿子了,换其他人肯定会有意见的,但赵哥提都没提过,你说他人品好不好?"

钟宁问道:"这个选题是他提出的?!"

说者无心,听者有意。陈孟琳看了钟宁一眼——他怀疑得没有错,这案子,似乎从一开始就是一个局!

"对啊,但是他确实对吴非凡没有一点儿意见。"任平以为是赵清远和吴非凡闹了什么矛盾才招来了警察,赶紧解释道,"我敢担保赵哥绝对不是那种小肚鸡肠的人。"

"行了,我们了解了。"钟宁问出了那个他最关心的问题,"他老家哪里的,你知道吗?"

任平摇了摇头:"不清楚。他比我高两届,我也没打听过。"

钟宁有些失望:"那你知道他的家庭住址吗?"

"这个我知道。"

正说着，保安敲了敲门，把硬盘送了过来。

没再多耽搁，视频打开，钟宁直接跳过了吴非凡那一段，把时间拉到了晚上十点半左右——果然！第一次排查视频的时候，注意力都放在吴非凡身上，没有注意赵清远，这一次，钟宁发现，赵清远根本没在视频里出现过！

也就是说，赵清远那天晚上根本没有在公司加班！

陈孟琳抽出一张纸放到任平面前："麻烦把赵清远的住址给我。"

08
▶▶

下午五点三十分，星港市，城西区，洋海塘小区。

赵清远把自己那辆现代 SUV 停在了后门，背好双肩包，下车步行进了小区。

已是傍晚，晚霞把小区染成了橘红色，隔壁那栋楼的二楼，不知道谁家的窗台上冒出的爬山虎，已经爬满了整扇窗户，远远看去，像是童话中的小屋。

在六栋三单元的家门门口，赵清远停下脚步，长吁了一声，似乎要把心头的浊气全部排尽后，才敲了敲门。

"回来啦？"开门的依旧是吴妈。她在围裙上擦干手，接过赵清远的双肩包，见他脸色阴沉，关切道，"怎么了，是不是思思的病检查结果……"

"嘘。"赵清远赶紧做了个示意她小点儿声的手势，紧张地看了卧室门一眼，"不是不是，是因为工作上的事情。"

"哦，工作哦……"吴妈有些诧异，她还以为赵清远除了老婆以外，对其他事情都不上心，怎么今天还为工作的事情发起愁来了？

"午饭吃得好吗？"换好了拖鞋，赵清远直奔厨房，开始为妻子准备饭菜。

"好呢，你不用老这么紧张兮兮的。"吴妈笑了。

"自己的老婆，怎么能不紧张。"赵清远洗了洗手，打开二层右边的一个橱柜，"我晚上约了一个省肿瘤的医生做检查，今天您就早点下班吧。"

"晚上去呢？"

"嗯，多亏市一医院的理疗医生帮忙，要不然还得等。"赵清远感激道。

"那行，我洗好这点东西就……"

话说到一半，赵清远忽然一怔，提高了声调，几乎是呵斥道："你帮思思配药了？！"

"什……什么？"吴妈从来没有见过赵清远这么高声说话，不由得一惊，赶紧小步走进厨房。

"你帮思思配药了！"赵清远打开了顶上第二个橱柜，这一次压低了声音，但语气依旧有些愤怒。

"没……没有啊。"吴妈给吓呆了，半晌才道，"我下午搞卫生的时候，看到那个柜子里面有点脏，所以就把药瓶拿出来，擦干净了柜子再放回去。"

赵清远没有回话，眼睛盯着那一堆瓶瓶罐罐，像是在清点数量。确认药没有被人动过，他的神情恢复了正常，歉意道："对不起，刚才我凶了点儿，主要是……主要是思思的药太多，容易搞混，特别是安眠药和止痛药这些，副作用很大，要是弄错了就麻烦了。"

"没事没事。"知道赵清远有多疼爱老婆，吴妈倒也不在意，局促地擦着手，尴尬道，"放心啦，你再三交代过的，药你来配，我不会动的。"

"要不您今天先回去休息吧，哦，对了，明天上午也不用来，我们应该下午才能回。"

"那行，那行。"赵清远今天心情不太好，吴妈也不想再触霉头，点了点头，很快收拾好东西离开了。

吴妈一走，赵清远就取出了两瓶绿色的小药瓶，细致地分了三颗出来。妻子喜欢喝热一点的水，而且水里要加一点点蜂蜜，增加甜度，但是泡蜂蜜的水又不能太热，不然营养会丢失，所以赵清远都是先用温水冲好蜂蜜，然后把盛着蜂蜜水的杯子放到更热一些的水中再温一下。

处理妥当，赵清远端着药盘，轻轻推门进去。就在此时，本来正在酣睡的吴静思忽然挣扎了两下，嘴里发出"呜呜"的呜咽，眉头紧锁，一脸恐惧。

赵清远赶紧放下药盘，轻轻拍着妻子的肩膀，轻声唤着："思思！"

吴静思微微睁开了眼睛，满脸惊恐地看着赵清远，好久才缓过神来。

"又做噩梦了？"最近这半年，吴静思的睡眠质量每况愈下，经常从噩梦中惊醒。赵清远为此四处求医问药，但医院跑遍了也没办法，只能靠吃安眠药撑着。

"嗯，梦到……"吴静思心有余悸，握住赵清远的手，"梦到有人把我关在房里，不让我走，还要杀了我。"

"傻瓜，别怕，我在呢，我保护你。"赵清远亲亲妻子的额头，"来，我们先把药吃了。"

吴静思配合着赵清远把药吃下，像是想起来什么，小声问道："清远，我睡得迷迷糊糊的，听到你和吴妈吵架了？"

"哪有，放电视呢，声音大了一点儿。"赵清远扶着吴静思坐了起来，在她背后叠好两个枕头，"晚上我们去医院做个检查。"

"又要检查？"吴静思面露难色，这些年做了太多检查，她实在有些抵触那些冰冷的机器。

"医生要对症下药嘛，所以得化验一下到底是哪种真菌引起了肺部感染。我保证是最后一次检查！"赵清远从口袋里掏出一瓶新买的海蓝之谜精华乳液，"你看，我又帮你买回来了。"

"又买了？"吴静思的表情有些复杂，说不出是高兴还是忧愁，"那么贵，真的不应该又买的。你自己算算嘛，这半年你都送了我多少礼物了？"

"结婚的时候我就说了，只要你不离开我，我就会让你成为世界上最幸福的公主啊。"赵清远憨厚一笑。

吴静思忧伤起来："有时候真觉得自己太连累你了，很多时候我都想一了百了……"

"说什么呢！"赵清远赫然瞪大了眼睛，又怕吓到吴静思，赶紧又冲她笑着，安慰道，"别想那么多，刘医生不是说了吗，再过一阵你就可以走路了，我们努力了这么久，眼看着要好了，怎么能说这种丧气话呢？"

"可是我真的是个废人……"

"你是废人，那我是什么？"赵清远呵呵笑着，"没有你，我一个乡下来的野孩子，怎么有动力奋斗成一个报社记者呢？"

"清远，别这么安慰我。"吴静思的情绪终于缓和了一些，"在报社的时候，你可是比我出名呀，你写的文章，哪一篇没有在社会上引起反响？特别是留守儿童那一期，我记得央视还做了专题报道。可惜……清远，你真的不后悔吗？"

"你问了我一万次了，我一点儿不后悔。"赵清远不想妻子一直陷在这种自责的情绪中，转移话题道，"思思，你还记得吗？那一年发洪水，我们一起去一线采访，当时好大的雨啊，我们住的宾馆漏水，你在隔壁叫我，说，赵清远快来啊，我这房子里进鱼了。我开始还不信呢，过去一看，何止是鱼啊，螃蟹都有了。"

"记得记得！"吴静思咯咯笑了，"后来你想了个办法，去找老板要了麻绳，绑在窗户两头，做了一个简易的吊床，我才勉强睡了一会儿。你还说，我这下成古墓派小龙女了。清远，你好聪明！"

"嘿，什么聪不聪明的，你也知道嘛，我小时候家里是打鱼的嘛，我们在船上都这么睡的，土方法，这样不容易晕船。"

"还有那一次，你记得吗？"说起以前的事，吴静思也有精神了，"我们一起去桂市采访贫困山区的小孩，路上遇到了一伙村霸，他们问我们要过路费，原本你都答应了，后来不知道怎么地，你忽然跟疯了一样，拿着地上的石头冲上去就要打他们，硬是把那三个壮汉都吓跑了，当时报社那些女孩子都因为你勇敢的行为对你芳心暗许呢！"

赵清远不好意思一笑，解释道："谁叫有个男的老是盯着你看，我看他就是不怀好意。"

"傻子！"吴静思笑骂了一句，脸上洋溢着满满的幸福。

就在此时，门外忽然响起了敲门声。

"哪位？"赵清远一愣，除了吴妈，还会有谁来自己家里？

"警察。"一个男人的声音。

赵清远心头猛地一惊，警察这么快就找上门来了？不对，自己并没有露出任何马脚，为什么会有警察上门？

"清远，怎么有警察来了？"吴静思同样一脸不解。

"应该是小区进贼了，警察想问一下情况吧。"赵清远随口答了一句，脑袋里已开始飞速运转起来——不可能，今天在公司，自己分明没有留下任何疑点！

"清远……你想什么呢?"敲门声又响了起来,吴静思纳闷地看着正在发呆的赵清远,"你去开一下门呀。"

"我就去。"赵清远起身往外走去。

他起身的时候,扯动了盖在吴静思胸口的毛毯,床头那个粉色小礼盒咕噜一下滚落到了床沿……

第四章 ▶ 不眠之夜

01
▶▶

门被一个干瘦的男人打开。

这是钟宁第一次正面认真注视自己心中的嫌疑人——文化衫，黑框眼镜，镜腿上粘着胶布，很瘦，头发稀疏就快秃顶了，看上去年近四十，与其说像个杀人犯，不如说更像一个老派知识分子。

"你好，赵清远是吧？我们是警察。"钟宁亮了亮证件。

"警察？"赵清远纳闷地问道，"两位找我什么事？"

"可以进去谈谈吗？"陈孟琳指了指房间内道。

"这个……"赵清远不太情愿，询问道，"能先告诉我什么事情吗？"

钟宁仔细观察着眼前这个男人的神态，看上去很正常。如果真是和案子无关的人，不想让警察进门也无可厚非。

都找上门了，如果凶手真的是他，钟宁觉得也没什么好隐瞒的："是一起命案，需要找你做个问讯。"

"命案？"赵清远瞪大了眼睛，"谁死了？"

"我们进门详谈。"陈孟琳带着几分不容置疑的语气，"希望你配合。"

"那行吧。"赵清远看了陈孟琳一眼，犹豫了一下，终于开了门。

房子不大，到处堆满了书籍，墙角还放着一台类似跑步机模样的东西，客厅挂着一个布谷鸟摆钟，边上就是一幅大大的婚纱照——新郎穿着笔挺的中山装，站得笔直，正是年轻时的赵清远。新娘坐在旁边的凳子上，穿一套淡蓝色女学生校服，手中抱着一捧鲜花。虽然两人都化了浓妆，但还是可以明显看出来，新娘的年龄要比赵清远大很多。

"到底谁死了？"才坐定，赵清远就焦急地问道。

"刘建军。"

"刘建军？"赵清远一愣，茫然道，"那是谁？我不认识啊。"

"真不认识吗？"钟宁看着赵清远，对方的面部肌肉松弛，双眼盯着自己，并没有躲闪，看不出来是在说谎。

"真不认识。"赵清远摇头，语气十分肯定。

"那么……"陈孟琳摊开笔录本，问道，"前天晚上十点半左右，你在哪里？"

"我在公司啊。"

"你在公……"

"不对不对，我前天晚上是在医院。"还没等钟宁质疑，赵清远就想起来了，"我记错了，对，我昨天是在公司，前天是在医院。"

钟宁皱了皱眉："哪家医院？看什么病？"

"市一医院。"赵清远摇头道，"不是我看病，是我妻子。"

钟宁下意识看了一眼挂在墙上的结婚照。

"清远……警察什么事情呀？"里面的卧室传来一个女人微弱的声音。

"哦，没事，小区里有失窃案，警察询问一下情况。"赵清远赶紧解释了一句，又冲两人小声道，"我妻子身体不太好，麻烦两位说话尽量小声点儿。"

钟宁点了点头。看得出来，这个赵清远对妻子确实关怀备至："你说去医院，是去照顾你妻子？"

"嗯，她最近不太舒服，我带她去做理疗。"

钟宁盯着赵清远的眼睛问："可以问问你妻子是什么病吗？"

"这个……也要问？"赵清远瞪了瞪眼睛，疑惑道，"和你们调查的案子有关系吗？"

"你回答就可以了。"陈孟琳语气严肃。

"车祸……"赵清远摊手道，"一直在坚持做理疗，最近康复得差不多了。"

钟宁不动声色，继续问道："市一医院的哪个医生？"

"刘医生，刘振奇医生……"回答完，赵清远似乎察觉出了问题，愕然道，"警官，你们这个样子，难道是怀疑我杀了人？我……我根本不认识那个什么军啊。"

"你确定昨天晚上你是在医院？"钟宁没有回答他的问题，反问道，"今天白天的时候，你说你在公司加班。"

"说了那是记错了，再加上吴非凡这么一问，我随口就说是了啊。"赵清远一副难为情的表情，"真是记错了，记错了不犯法吧？"

"不犯法。"钟宁摇了摇头，到现在为止，他还没有从赵清远的表情上看出任何异常，"《老人变坏了，还是坏人变老了》那个帖子，是你写的？"

"不是！"赵清远想都没想就断然否认，语气中还透着不屑，

"我写的是《关于老年人的生存状况调查报告》。那些乱七八糟的东西,我是不会写的。"

"但是我听任平说,吴非凡那文章是你写的,他只是稍微修改了一下?"

说起这个,赵清远似乎来了脾气,恨恨道:"吴非凡那小子不学无术,一天到晚除了'标题党'还会干什么?媒体为什么会越来越没有公信力?就是他这种人导致的!"

陈孟琳接过话头道:"那么,你是承认,内容和你写的大概一样,是吧?"

"是一样。"这个赵清远倒没有否认,强调道,"但是我写的文章,标题绝对不是什么《老人变坏了》!"

钟宁和陈孟琳对视一眼,两人眼中依旧有些不解,似乎赵清远对这个标题的愤怒,要远远大于警察询问他的问题。

"白天我看你手里拿了一个礼盒,那应该是送给你妻子的吧?"

钟宁把话题转到了最重要的疑点上,只要确定自己白天没有看错,那么从帖子、礼盒包装手法,以及有至亲遭受重大打击这几点,就几乎可以确定赵清远有重大作案嫌疑了。

"礼盒?"赵清远定了定神,依旧是一副茫然的表情,"你说的是什么礼盒?"

"就是……一个粉色的小盒子。"钟宁似笑非笑,"别误会,我也想给我女朋友买礼物,一直不知道送什么,想参考一下。"

"哦,你说那个哦……"赵清远像是忽然想了起来,摇头纳闷道,"你喜欢买什么就买什么吧,每个女人喜欢的东西又不一样,没什么参考价值。"

"如果我就是想看看呢?"钟宁微微倾斜身体,想给赵清远增加一点压迫感,这一招他在平时的审讯中屡试不爽。

不过赵清远没有往后躲的迹象，他犹豫了一下，还是点了点头道："可以，我找找，不记得放哪里了。"

赵清远起身，先是在客厅的沙发上找了一阵，接着又往书柜那边去了。

钟宁紧紧地盯着赵清远。他相信自己今天白天绝对没有看错，他也相信自己的推断没有漏洞，只要赵清远敢把盒子拿出来，案情几乎就可以水落石出了。

赵清远走得很快，脑袋四处转动着，像是在回忆自己到底把盒子收在了哪里。

"钟宁，要不要现在通知队里？"陈孟琳小声提醒，"他好像在故意拖延时间……"

"不用。"钟宁嘴里回答，眼睛没离开人。眼前这人骨瘦如柴，房里还有个卧病在床的妻子，他不相信赵清远能在自己眼前掀起什么波澜。

"哎，真是奇怪。"四处找了一阵，赵清远故作讶异，"我明明就放在书柜上的啊，到底去哪里了？"

钟宁微微起身，双手放到了腰间，沉声道："你是找不到，还是不想找到？"

"你这话是什么意思？"赵清远回头看了一眼钟宁，刚想说话，忽然眼睛一亮，两步跨了过来，在茶几边一蹲，恍然道："哦，在这里在这里！我说怎么找不到！"

接着，他一弯腰，双手一捧，一个系着蝴蝶结的粉色小盒出现在了钟宁和陈孟琳眼前。

钟宁猛地一怔——盒子依旧是白天那个盒子，但上面不是什么双扣蝴蝶结了，就是一个普普通通的蝴蝶结。

"要看里面的东西吗？"赵清远笨手笨脚地解开了蝴蝶结，小心翼翼地把乳液拿了出来，"就是一瓶搽脸的。"

钟宁依旧呆愣着，没有回话。

陈孟琳同样讶异，她不太相信钟宁会弄错，但眼前的事实又告诉她，确实是钟宁看错了："钟宁，你要不要再看看……"

钟宁回过神来，盯向了赵清远，一字一顿道："你老家哪里的？"

"什么？"

"你老家在哪里？"

"贵省啊。"赵清远一摊手。

"贵省？"钟宁哑然。那是一个中部山区省份，不可能靠海，更加不会有渔民。

"对啊，贵省，贾安山市的。"赵清远看着钟宁道，"要我拿身份证给你看吗？"

02
▶▶

真的是看错了吗？

离开洋海塘小区时已是晚上七点，夜幕慢腾腾地笼罩在这个城市上空，像是被盖上一层欲盖弥彰的黑纱。天气渐渐燥热，下班的归人、遛弯的老人、出摊的小老板，都出现在这层黑纱下，或行色匆匆，或悠然自得，或劳累奔波。这个不大的老旧小区门口一时间熙熙攘攘，热闹一片。

上了车，钟宁点上一支烟，感觉一阵一阵头痛。

赵清远的身份证和户口本都能证明，他的籍贯确实是贵省贾安山市，那地方听名字就知道是在山里，别说靠海，可能连大一点儿的湖都没有。而且，从进门开始，钟宁就一直观察着赵清远的表情，没有任何可疑。再加上那个粉色盒子上的蝴蝶结……

似乎除了那个帖子和他妻子的车祸，这案子确实和赵清远没有一丝关联。

"钟宁，是不是我们看错了？"陈孟琳秀眉紧皱。

"不可能。"

钟宁很肯定地摇头，他知道陈孟琳说的"我们看错了"是一种安慰，但他相信自己不可能看错。

"但那个盒子上的蝴蝶结确实就是普通的蝴蝶结啊。"

"他肯定换了一种绑法。"钟宁咬着后牙槽。

"你这么确定？"事实就摆在眼前，陈孟琳不得不分析道，"那他是怎么提前知道我们注意到了这个疑点，还知道我们晚上就会去他家里做排查？"

"我确定。"钟宁苦笑了一声，"但是我回答不了你的问题。"

"去市一医院查查有没有不在场证明。"钟宁鼓了鼓腮帮，他对自己的观察力有十足的自信。

"行。"陈孟琳发动汽车，一脚油门，轰入了车流。

"他们走了吗？"六栋三单元一楼的卧室内，传来吴静思微弱的询问声，"警察是有什么事情呀？"

"走了。"赵清远快步回了房内，细心地帮妻子盖好了被子，解释道，"前两天小区有户人家被偷了两台电脑，警察来问一下情况，看看有没有见到什么可疑人员。"

"哦。"吴静思这才安下心来，颇有些气愤道，"现在的小偷胆子也太大了，都偷到家里来了。"

"谁说不是呢？"赵清远笑了笑，小声道，"乖，你再睡一会儿，晚上要做检查，我怕你熬不住。我给你做好吃的去。"

"嗯。"吴静思听话地闭上眼睛，很快就沉沉睡去。

赵清远轻轻退出卧室，反手关上了房门。不知道是不是电压不稳，客厅的灯忽然闪了两下，赵清远的心头也跟着微微一紧。

那个粉色的盒子还一直被他抓在右手中，到了现在，一直被他强压下来的慌张终于得以释放，右手开始不由自主地颤抖起来。

差一点，只差一点点，就被这个警察抓到了把柄。

这一回是躲过去了，可问题是，那个警察会善罢甘休吗？如果不会，接下来他会去哪里查证呢？去市一医院查自己是不是有不在场证明？

"查吧。"赵清远冷冷笑了笑，他最不怕的就是警察去查这个，甚至都有点儿期待他们去查。

只是……应该加快计划了。

心绪平复以后，赵清远把那个粉色盒子放回茶几。他的黑色双肩包正静静躺在沙发的一角，今天中午取的十万块钱还在里面没有动过。

他沉凝片刻，回卧室看了看床上的妻子。她睡得正香，随着胸口的起伏，喉咙发出刺耳的呼吸声，听得他一阵阵地揪心。

"看来今晚真的要去杀了那个最该去死的人。"

看了看墙上的挂钟，已经是晚上八点四十了，赵清远握了握拳头，俯身轻轻吻了吻妻子的额头，大踏步走出了房门。

进了市一医院理疗室的病房，钟宁和陈孟琳运气不错，正好碰到刘振奇医生在给一个坐着轮椅的病人做康复治疗。

"您好，刘医生。"钟宁亮了证件，也没多废话，"我们是警察，有点事情想找您了解一下。"

"警察？哦……等等。"刘振奇拍了拍那病人的肩膀，交代了几句动作要领，便领着钟陈二人进了办公室。

"怎么，是有医闹还是车祸调查？"刘振奇抿了口茶，看着两人道。

钟宁单刀直入："有个叫赵清远的，你还记得吗？"

刘振奇不假思索地点了点头："记得啊，怎么不记得，他妻子吴静思是我的病人嘛。"

陈孟琳打开笔录本，问道："前天晚上十点半左右，他和他妻子在您这边治疗吗？"

"前天晚上啊？我想想……"刘振奇仰头看着灯光想了想，似乎记不太清楚。

"不着急，您慢慢想。"钟宁抿了抿嘴，这个答案，关乎自己的推论是否成立，这不由得让他有些紧张。

"哎呀，病人太多，我查查……"似乎没想起来，刘振奇很快打开了电脑里的一个文件，查询后终于道，"在，前天晚上十点半在的。"

"你确定？"钟宁和陈孟琳异口同声问道。

"确定啊，你们自己看嘛。"刘振奇把电脑一转，对着钟宁和陈孟琳，"你看……赵清远……吴静思，都有登记的嘛。"

没错，电脑页面是当晚患者家属签名的电子档，上面有三行，一行是时间，一行电话，一行家属签名。上面不但清清楚楚地登记着赵清远的名字，还有来医院的时间和走的时间，来的时间，正是刘建军被害当晚十点四十五分，两人一直待到第二天早上七点半才离开医院。

陈孟琳看了看眉头紧锁的钟宁，两人都没有说什么——刘建军的死亡时间是十点三十五分，赵清远无论如何不可能在十五分钟内带着妻子来到四十公里外的市一医院。

"这签名时间是准确的吗？"钟宁依旧不死心地问道。

"当然准，这个时间护士是要核实的，病人走了要负责的，没人敢拿这个开玩笑。"刘振奇摊手道，"你们不信，可以去查监控嘛。"

"钟宁，需不需要看看监控？"陈孟琳看着钟宁，其实她心里清楚，依目前这个状况来看，看不看监控，意义不大。

钟宁没回话，依旧盯着电脑屏幕，问道："二月份的资料还有吗？"

"有啊。"刘振奇点头道，"这些资料我们不敢删除的，怕医闹嘛……你们这个……这么久也要查哦？"

"2月26日。"

"那行吧。"刘振奇很快打开了另外一个文件，指了指上面一个名字。

名字映入眼帘，钟宁的脑袋"轰"的一声——错了，看来确实是自己错了，2月26日，晚上八点三十分，赵清远正好也带着妻子在做理疗。而这里离月山湖近一个小时路程，赵清远更加不可能八点三十还在医院，八点四十就在月山湖杀人。

"怎么？"看钟宁这副表情，刘振奇有些紧张道，"是不是赵清远他们两口子出什么事了？"

钟宁的眼睛依旧死死地盯着屏幕，沉默不语，一旁陈孟琳开口道："没事，一个小案子需要调查……那个……刘医生和他们很熟吗？"

刘振奇毫不避讳地点头道："熟啊，我今天还帮他们约了肿瘤医院的一个教授，给吴静思做检查呢！"

"肿瘤医院？"陈孟琳纳闷道，"您这儿不是康复治疗中心吗？怎么去肿瘤医院做检查？"

"吴静思瘫痪是车祸导致的后遗症，但是最近肺部有点感染，想去查查具体原因。"说着，刘振奇叹了口气，"算起来，他们来我这里康复治疗有几年了，两口子关系很好，很恩爱，赵清远对他妻子那真的是好得不得了……"

"车祸具体发生在哪里？"钟宁打断了刘振奇的话，抬头问道。

"好像是西子路上吧，好多年前的事情了，具体我也不确定。"刘振奇一摊手道，"这是病人的私事，我们医生只管治病。"

"西子路……"钟宁的脑袋飞快地转动着，可越转越迷茫……如果吴静思受伤致残的原因是溺水，好歹也能和两个死者的溺亡产生一丝联系，但车祸和西子路，都和水还有老头儿八竿子打不着一点关系。

"这里就有监控吗？"钟宁依旧不死心，起身来回找着摄像头。

"有啊，我们也要监控病人的治疗情况嘛。"刘振奇指了指自己的电脑道，"去年的记录，我这里已经清空了，但前天的都可以看到。"说着，他点开了一个硬盘，鼠标拖动了一下，"你看，这不就是赵清远吗？"

钟宁的脑袋再次一紧——监控显示，案发当晚十点四十五分，赵清远确实在护士站登记，手中还提着一个不锈钢保温杯饭盒，画质清晰，甚至连他左脸上的一颗痣都能看得一清二楚。

刘振奇没有注意到钟宁脸上的异样，倒是看到了赵清远有所感悟，感慨道："这个吴静思吧，也不知道说她命好还是不好，说她命好呢，又遇到车祸致残，说她命不好呢，又碰上赵清远这种老公……我给吴静思做了几年理疗，赵清远永远都很准时，需要家属陪同住宿，他从来不会提前回家。吴静思一开始走个五十米都要一个多小时，现在可进步不少了。久病床前都无孝子，更何况夫妻？"

刘振奇絮絮叨叨着，钟宁内心已经翻江倒海——自己所有的推论都已经土崩瓦解了。

"钟宁，要不我们今天就先到这里……"看到钟宁双目失神，陈孟琳赶紧扯了扯他,对刘振奇道,"今天谢谢您了,刘医生。"

03
▶▶

已经是晚上十点,夜色渐浓,有疾风吹来,停车场里不知是谁随手扔的几个塑料袋随风乱舞,看上去像张牙舞爪的幽灵。这样的深夜,让钟宁觉得浑身冰凉。

医院附近依旧车流汹涌,陈孟琳发动了汽车,上了主干道以后,车速就慢了下来。她看着默不作声的钟宁,轻声道:"赵清远没有作案时间,可能我们真的弄错了。"

"我不可能看错。"钟宁看着后视镜里越来越远的理疗部大楼,心头疑惑渐深。

"那为什么他完全没有作案时间?"案子查到现在,赵清远身上的疑点已经全都不成立了,这让陈孟琳不得不怀疑真是钟宁看错了,"他家里那个礼盒上的蝴蝶结绑法,确实跟你说的不一样。"

"这就是奇怪的地方。"钟宁掏出一根烟点上,狠狠吸了一口,咬牙切齿道,"我非常肯定我没有看错。如果凶手不是他,他为什么换了礼盒上的丝带?这不是欲盖弥彰吗?"

可如果凶手是他,为什么他又完全没有作案时间?两个无解的疑问相互交缠,钟宁的脑袋里像是被倒了几桶糨糊一般,理不出一丝头绪。

"钟宁,是不是案子让你压力有些大了?"陈孟琳打了个转向,把车汇入车流,宽慰道,"你也别太着急,有时候心急了反而容易走入误区。"

"这和压力没有关系。"钟宁苦笑着摇头,他知道陈孟琳已经不相信自己了，这也正常，毕竟证据比相信人更可靠，而现在的证据指向，都证明是他看错了。何况，即便确定了赵清远绑礼盒的手法和疑犯绑编织袋的手法一致，又有什么用呢？两起命案，他都有充分的不在场证明啊！况且，赵清远毫无作案动机。

"要不要我先送你回去休息？"陈孟琳小声道，"养养精神，明天才有力气接着查。"

"不用。"钟宁摇了摇头，狠狠地握了握拳头，"我肯定能抓住这个畜生，不管他有多狡猾。"

"钟宁……"陈孟琳的脸上掠过一丝不解的神色，她缓缓摇头道，"你有没有想过，月山湖的机油可能并不是疑犯故意布局？万一……我是说万一，真是疑犯不小心留下的，那么你的整个推理逻辑是不是从源头上就站不住脚了？那么我们查到赵清远身上，不就是一场乌龙吗？"

"不可能。"钟宁依旧摇头，反问道，"即便机油不是布局，那礼盒带的事情怎么解释？还有……赵清远的妻子确实遭受过重大打击，这一点和我们开始的判断也是一致的。"

"钟宁！"又绕回来了，陈孟琳提高了声调，"我没有不相信你，但是这些问题我们已经反复说过很多次了，你怎么绕在里面出不去呢？！"她意识到语气有些重了，放轻声音道，"钟宁，警察办案要跟着证据走，这一点你应该清楚。"

"还有……"微微停顿了一下，陈孟琳接着说道，"说句实话，你觉得赵清远像个坏人吗？"

"什么意思？"钟宁愣了愣，没明白陈孟琳想表达什么。

"以我们目前了解到的情况，特别是他对他妻子的无微不至……"陈孟琳摇头道，"或许这是我出于女性的第六感吧，我不觉得赵清远是个坏人。"

是啊，赵清远对自己生病的妻子体贴入微，关怀备至，但这能说明什么？对妻子好的人，就不可能是杀人犯？

钟宁回忆着赵清远那张干瘦的脸，喃喃道："就是因为他对他老婆好，才更可疑。"

"什么意思？"

"他的眼镜你看到了吗？"钟宁比画了一下，"烂得用胶布缠着眼镜腿。"

陈孟琳不解道："这说明什么？"

钟宁没有直接回答，接着道："但是，他给他老婆买的乳液很贵，还有……"

"这不正印证了我的观点吗？"

钟宁还想说什么，陈孟琳笑了笑，打断道："总之，我们对赵清远的怀疑只能到此为止了。"

"可问题是……"话到一半，钟宁闭上了嘴。他明白陈孟琳的意思，但他对自己的观察力和推理也有充分的自信。他需要的，是更多的证据，真正的证据。

沉默良久，钟宁看了一眼陈孟琳，开口道："可以帮我申请入户搜查吗？"

或许是因为警察去了知客传媒，令赵清远有了警觉，所以临时更换了绑礼盒的手法，但是钟宁相信，一个人的生活习惯是体现在方方面面的，只要能够入户搜查，自己绝对可以从其他方面找出线索。

"入户搜查？"陈孟琳愕然片刻，很快就摇头道，"且不说现在根本没有任何实质性的证据指向赵清远，即便有，那也必须根据程序到法院申请，被批准后才可以入户搜查。"

"我知道，但只要能入户搜查，我一定能找出他的马脚，拖久了，我担心还会……"

"不可能的，钟宁。"陈孟琳断然道，"你曾在审讯疑犯时有过不良记录，以目前的情况看来，且不说法院，局里都很难批准。"

钟宁一声苦笑，不好再说什么。

"你要是不想回去休息，我们就归队，跟着张局那边查一查。"像是在宽慰钟宁，也像是要给他一个台阶下，陈孟琳提议道，"我们把新发现的线索报上去，但是赵清远这边先放放？"

钟宁打开了车窗，又点上了一支烟，没有同意也没有拒绝。这已经是没有办法的办法了，也容不得他再拒绝。

车走走停停，已经是深夜十一点。

街道两旁依旧人声鼎沸，刺眼的广告牌附着在鳞次栉比的楼宇上，闪烁着的绚烂霓虹，时不时在车窗上划过，像是电影中的一幕幕快进。

应该是有警察在执行"扫黄打非"，不远处的路旁，一群低头垂胸的年轻女孩儿被戴上了手铐，鱼贯带出了一家叫"大快乐"的洗浴中心，引得行人和车辆纷纷驻足观看，让这辆破比亚迪有些寸步难行。

见钟宁依旧默不作声，陈孟琳安慰道："你还年轻，一次失误不要紧，有的是机会破案。"

"我就是想抓到那个杀人的畜生而已。"依旧是那句话，依旧是钟宁内心所想，但这一次，他遇到了从警以来最大的难题。

车内再次静下来，道路更加拥堵，红绿灯前面有个剐蹭事故，看上去像是司机实线变道，被后面的 SUV 撞到了车屁股上。这会儿两人正面红耳赤地争吵着，后面的车辆自然等得不耐烦，一时间"嘀嘀嘀"的喇叭声和司机们的咒骂声响彻了整条街道。

"我理解你的想法，但是太自我的话，容易走入误区。"陈孟琳苦笑一声，问了一句她很久以前就想问的话，"跟我说句实话，你虽然是个警察，但内心深处是不是对警方的办案手法不太信任，甚至……有些鄙视？"

钟宁没有否认，也没有承认，他知道陈孟琳指的是他上次在监控室殴打嫌疑人的事，况且他平时也不怎么遵守警队的各种规章制度。鄙视谈不上，但他从警的初衷是让犯法的畜生付出代价，而不是升职加薪。

陈孟琳摇头叹气，她能理解钟宁，却也无可奈何。

"那你呢？"钟宁再次掏出一支烟，不过没有点上，"你为什么帮我？要我进专案组真是因为觉得我能干？"

陈孟琳笑了："因为我和你一样啊。"

"和我一样？"钟宁第一次发现，这个看起来冰冷的女人，笑起来居然有两颗虎牙。

陈孟琳收起了笑容，望着前方拥挤的路面，苦涩道："你应该听说过，我并不是陈山民的亲生女儿。"

钟宁点头，他确实听张一明提过，陈孟琳的亲生父亲是陈山民的战友。

"我们一样的地方是……"陈孟琳看向钟宁，欲言又止，半晌才道，"你被害的是姐姐，我被害的是父亲。"

"什么？"钟宁脸色一滞。

"十二岁那年，我的亲生父亲被人勒死在家中……尸体是我发现的。"陈孟琳眼中闪过一丝痛苦。随即，她像是想起了自己养父，语气中充满了温情，"因为怕给我造成心理创伤，也担心我会被人看不起，所以这件事养父从来没有跟任何人提过。幸运的是，一年以后，凶手就被养父抓到了，再后来，我就被他收养了。"

说到这里，陈孟琳挤出一丝笑容，再次看向了钟宁："我养父经常说，我们这种从小失去了家人的小孩，能顺利长大不走上歪路就很不容易了。所以，他临走前再三交代，你要是有什么困难，我一定要帮你，他对你其实一直很内疚……"

"谢了。"钟宁淡淡道，对于陈山民，他内心说不上来是仇恨还是感激，又或者两者皆有。

"他生前常对我说，比所谓公平和正义更重要的，是法律。"陈孟琳的脸色凝重起来，慎重道，"你是个警察，应该是规则的捍卫者，如果被仇恨蒙蔽双眼而破坏规则，有时候造成的不幸，甚至会比违反者更大……"

车堵在了路口，动弹不得，钟宁打开车窗，抽了一口烟，依旧不言——又是这些老生常谈的话。钟宁知道每一句都是对的，他对陈山民、对那个被自己狠揍的罪犯、对任何有犯罪嫌疑的人，甚至对自己，似乎都心存偏见。或许是他心里的那个坎没有跨过去吧。

钟宁从口袋里掏出水晶钥匙扣，细细地看着照片里的姐姐，姐姐依旧冲他笑着，永远像是在安慰着他，鼓励着他。

"姐，你说我是不是应该去看看陈山民……"钟宁在心里问着。

钟静没有回话，依旧只是笑着。

"你恨他吗？我是不是也不应该恨他了？"

钟静依旧没有回话。只有车窗外喧闹的车流声，辅道上，一辆洒水车由远及近，嘀嘀响着配乐。

"钟宁，快关上车窗！"陈孟琳的话音未落，洒水车人挡喷人，佛挡喷佛，溅起的泥沙已经喷了钟宁一脸，还有一些泥沙溅在了水晶相框上，惹得钟宁一阵恼火。

"喏，擦擦……"陈孟琳笑了，掏出纸巾递过去，"你看你这一脸的泥。"

钟宁细细擦好了钥匙扣，放回口袋，又尴尬地抹了一把脸，结果把整张脸抹得更脏了，陈孟琳又是扑哧一笑，又递了纸巾过去。

气氛轻松起来。钟宁好不容易擦干净脸，讪讪道："难怪我们小区门口那个烧烤摊老板最烦的就是洒水车。"

"人家也挺辛苦的,每天早出晚归,多担待。"陈孟琳又笑出了两颗虎牙,伸手帮钟宁把胸口上乌黑黑的沙粒给擦干净。

此时,洒水车也被堵在了辅道上,不过司机依旧没有关掉喷水设备,把边上一个送外卖的小哥后座上的快递箱都冲掉了。

"喂!"钟宁这次有些忍不住了,打开车窗冲着司机喊道,"关了你那个喷水的,没看到把人家的东西都冲掉了吗?"

司机骂骂咧咧了两声,但还真把开关关掉了。

"果然是挺有正义感。"陈孟琳看着钟宁,半开玩笑道,"这么多人,只有你出口相助。"

"洒水车早出晚归,送外卖的不也早出晚归?"钟宁呵呵一笑,"谁都不容易,谁也别……"

话到一半,钟宁扭头看了一眼陈孟琳,脸上忽然一滞。

"看我干吗?"陈孟琳被看得脸上绯红。

"你……刚才说洒水车早出晚归?"

"对啊。"陈孟琳愣了愣,"怎么了?"

猛然间,钟宁产生了一种怪异的联想,回过神,他严肃地问道:"有两个被害人家属的问讯笔录吗?"

"有。"陈孟琳指了指后排一个文件袋,"都在里面……"

钟宁转身拿了过来,才翻了两张,双手忽然狠狠一捏,手背上的青筋都暴了起来。

"怎么了?"

"是赵清远。"

"什么?!"

"就是赵清远!"

陈孟琳愕然,怎么又绕回来了?

"你……是发现了什么?"

"想想办法！"钟宁的牙齿咬得咯咯作响，"帮我申请入户搜查！"

"我刚才不是跟你解释过了，除非你能掌握更多证据，不然这是不可能的。"

钟宁狠狠点头："我可以！但……我想先入户搜查，确认一下！"

"你怎么这么固执……"

话还只开了个头，陈孟琳的手机忽然响了起来。接起来听了两句，她脸色一变，挂了电话道："不用了，局里来消息说，人已经抓到了。"

04 ▶▶

注定是个不眠夜。

已是深夜十一点，汽配城派出所大院内依旧灯火通明，巨大的探照灯把整个院落照得透亮，连角落里的苍蝇蚊子都无所遁形。

一排警车鱼贯进入，车一停，张国栋领头，身后肖敏才等人领着乌泱泱一大群荷枪实弹的刑警快步走进了所内，众人神色肃穆，但脸上都是掩饰不住的兴奋。

抓到人的消息，张国栋也是刚刚收到的，据说还是派出所几名普通民警立下的功劳，还有同志光荣负伤了。

"张局！"一进大门，分局吴斌就在门口激动道，"人被关在拘留室了，我让几个同事严加看管着。"

"带路。"张国栋一挥手，吴斌领头，一群人便鱼贯往后面那栋办公楼走去。

此时，二楼那间本来用来关关酒驾、小偷、打老婆的渣男的拘留室门口，第一次扎扎实实站了四个刑警，个个如临大敌，死死盯着里面，生怕疑犯会凭空消失了一般。

"就是这人，查过身份证，叫郑平。"

"郑平？"张国栋被这名字给逗笑了，可真是人不如其名啊！

他往门里面瞥了一眼，是个二十八九岁的男人，剃着青皮，手臂上还文着一个龙不像龙凤不像凤的玩意儿，右手不光大拇指贴着创可贴，其他四根手指一根也没落下。他这会儿正满不在乎地躺在石凳上，闭着眼睛，像是睡着了一样。

"先晾他一下。"张国栋扭头冲吴斌问道，"说说过程。"

"我当时领着大熊还有浩子……刘浩几人正排查一个轮胎店呢。"虽然事情过去有一会儿了，但吴斌此时还是激动得满脸通红，"我看到这人正在给一辆车打蜡，一手臂的文身引起了我的注意，张局，你也知道，不是我对文身有偏见，只是……"

"说重点！"

"好的，好的。"吴斌赶紧点头，"我盯着这人一看，发现他大拇指上和视频里面一样，贴了好几个创可贴，然后我发现他也很紧张地看着我，于是我就耍了个诈，冲他吼了一句：'终于把你给逮到了！'结果他撒腿就跑，我们就在后面追，从D区一直追到A区，这小子也是体力好，一丈高的墙都敢往上蹿，我们一同事还受伤了……"

"不严重吧？"张国栋最不愿意看到的就是同事受伤。

"不是啥大事。"吴斌呵呵一笑，"就是崴到脚了。"

"行，嘱咐他好好养伤。"张国栋叮嘱了一句，重新领着众人到了拘留室门外，抬了抬下巴。

肖敏才心领神会，一敲铁门，威严喊道："郑平！"

"啊？"文身男仰头看了一眼门口，估计也是被这么大阵仗给吓到了，一骨碌坐了起来，吃惊道，"各位警察大哥，这是干吗呀？这么多人！你们抓我啥呀？我又没犯法。"

一听就是个二皮脸了，肖敏才冷笑一声："没犯法你跑什么？"

"我……"

没人搭理他，趁着说话这会儿，张国栋细细看了看，这人不但大拇指上有创可贴，指甲盖还乌漆墨黑，和今天视频上的线索基本吻合。

"郑平，为什么要杀那两个老头儿？"肖敏才怒喝一声。

"什么？"郑平吓了一跳，很快又恢复了那副死皮赖脸的模样，一挠后脑勺，茫然道，"谁杀人了？警官，您可别使诈！咱不吃那一套。"

"演，接着演。"吴斌呵斥道，"等下带你到局里，你会慢慢交代的！"

"警官，别开玩笑。"郑平这才感觉事情不对劲，眼睛一瞪，吃惊道，"什么局里呀？你们还真把我当杀人犯呢？警官，误会！真真儿是一场误会。"

"带回局里审。"张国栋一挥手，"采集指纹做一下比对，看看以前还犯过什么案子。"

此时，派出所大院内传来一阵急刹车的声音，一直跟在一群人屁股后面的张一明像见到救星一样，赶紧迎了上去："宁哥，干吗去了？下次可别丢下我呀，我一个人都无聊死了，什么都轮不上我。"

"人抓到了？"钟宁赶紧问道。

"抓到了，呵，一口京片子。"张一明不忿道，"真是丢了首都人民的脸。"

"京片子？"钟宁和陈孟琳同时一愣。

"对呀，真真儿啊儿的，都要曲项向天歌了。"

"人呢？"

张一明一指拘留室那边道："被关在那边。"

钟宁和陈孟琳对视一眼，陈孟琳打头，钟宁跟在后面，张一明在最后，三人穿过一群神色严峻的刑警，很快就到了拘留室门口。

"陈顾问。"张国栋虽然有些不解为什么陈孟琳没打招呼就和这个叫钟宁的小片警私自外出了，但人家毕竟是省厅委派下来的，也不好多说什么，还是一指拘留室，介绍道，"人抓到了，技侦那边已经去核实身份了。"

"辛苦张局了。"陈孟琳点了点头，往里面看了看，眉头微微一皱，问道，"你叫什么？"

"刚才说了呀，叫郑平，平凡人生的平……"还真是一口京片子。

"行了，我们先不在这边啰唆了。"人都到齐了，张国栋挥手冲吴斌道，"押运小队做好准备，先带回局里进行审问。"

"真真儿是误会呀。警官，你们借我几个胆子我也不敢杀人啊！"眼看事态不对，郑平终于急了，"噌"的一下站了起来，扒着铁门道，"我真没杀过人呀！你们不能冤枉好人呀！"

"好人？"吴斌手中拿着开铁门的钥匙，冷笑一声，刚要开门，边上忽然有个声音响起来："不是他。"

"什么？！"

几人齐齐扭头看向钟宁，眼神复杂，怎么这小子每次都要唱反调？

"什么不是他？你是参与抓捕还是参与审讯了？！"张国栋呵斥了一声。本来白天没安排任务的人，按照规矩要留守所里，这小子莫名其妙不见了，一回来又开始唱反调，他还真是有点后悔让这刺头进了专案组。

"张局。"陈孟琳也跟着道，"不是他杀的。"

"还没审，你就……"

"您看看这个……"陈孟琳赶紧掏出平板，点开那段今天白天截取到的疑犯和人发生口角的视频，比画了一下，接着又指了指郑平，"您比对一下……"

"这！"张国栋看了看视频，又往门里面一看，顿时明白了陈孟琳的意思——这个郑平站起来以后，目测都快超过一米八五了！

"还有他的口音。"

"口音？"

"对。"陈孟琳滑了屏幕两下，很快找到了两张在案发现场拍摄的绿色编织袋的照片，递给了张国栋，"这是钟宁发现的最新线索……来，钟宁，你跟张局说说……钟宁？"

一扭头，身后哪里还有钟宁的影子？

"人呢？"张国栋也跟着回头，刚才不还在吗，怎么一转眼就不见了？

"那个……张局，他们已经开车走了。"后排一个派出所警员指了指门口，小心翼翼汇报道，"还有……"

"还有什么？"

"您儿子也跟着一起去了……"

05
▶▶

还是那辆破比亚迪，此时早就驶入派出所门前的大马路，汇进了车流。

钟宁死死把着方向盘，眉头皱成了一个"川"字。

凶手不是郑平，他太高了。而已知的几段疑犯拍下的视频，拍摄角度都是平拍，今天的视频就更明显了，只拍到了花衬衣老头儿的胸部，而以老头儿身后的共享单车作参照物，老头儿的身高不会超过一米七。但郑平身高超过一米八五，如果真是他拍摄的，角度应该是俯视而不是平视。

"宁哥，我承认你很牛，你分析得也很有道理。"已经过了第一个红绿灯，副驾驶上的张一明心里依旧有些打鼓，这么不听指挥就跑了，他倒不是真怕坏了警队规矩，主要还是怕他爸找他麻烦，"我们还是通知一下局里吧，这么擅自调查，不太合规矩啊。"

"通知个屁，你觉得还有人相信我吗？"钟宁掏出根烟点上，郁闷地抽了一口。他倒是也想走程序入户搜查赵清远家，但包括陈孟琳在内，没有人相信自己。

张一明挠了挠脑袋，尴尬道："问题是，咱们也确实没证据啊。"

"现在不就是去找证据吗？"张一明是自己兄弟，说起话来没什么好顾忌的，这也是钟宁内心的想法——提审赵清远，你们不是都要证据吗？那我就找出来，让你们无话可说。

"找证据？"张一明滞了一下，"你是说，我们是去赵清远家做问讯？"

"不是。"钟宁看了看时间，已经是午夜十二点多，如果刘振奇医生没有撒谎的话，这会儿赵清远应该带着妻子去肿瘤医院做检查了。

"那我们是？"

"入户搜查。"

"什么?!"张一明惊得下巴都要掉下来了。入户搜查可是要法院批了条子，警察才有资格进入的。这直接就往别人家里冲，且不说能不能搜出什么，即便真找到了证据，算不算合法证据先不提，最关键的是，自己这身警服还能不能继续穿下去都成问题了啊！

"是不是怕了？"钟宁笑了笑，"人命和警服，你觉得哪个重要？"

"怕倒是不怕……"张一明犹疑了一下，问道，"宁哥，你后面这话什么意思？"

钟宁又是一脚油门，笃定道："如果不赶紧抓到他，很快还会有人丧命。"

这也是钟宁担心的第二个点——理由再明显不过了，死者都是在视频发布后不久被杀害的，从发布时间来看，第一起案子和第二个视频间隔了几个月，但是第二起案子和第三个视频只相差几天，这预示着，很快就会再次发生命案。

而且，疑犯还费尽心思把警方的注意力引导到中南汽配城，这就只能是一个理由了……

"疑犯是在偷梁换柱？"张一明脱口而出，又觉得不妥，改口道，"声东击西？"

"对。"钟宁点头，"他想尽快再度作案，所以故意引开警方的排查视线和警力布控，方便自己进行下一步计划。"

钟宁几乎可以肯定，如果命案再发，疑犯甚至会故意露出更多马脚来干扰警方调查。

"行，那我听你安排。"张一明点头，他平时看着大大咧咧，脑子不转弯，但在大是大非面前，还是挺有定力的。

道路空旷，警车风驰电掣，半个小时后就进入了洋海塘小区露天停车场。

"脱掉警服。"

毕竟干的是违规的事情，钟宁不想节外生枝，下了车才交代了一句，回头一看，不由得一乐，张一明这小子早就把外套脱了，扔到了后座。

小区绿化不错，绕过一排郁郁葱葱的林荫小道，两人很快就到了赵清远家门口。

果然，刘振奇没有撒谎，屋里的灯是关着的，赵清远似乎真的带着妻子去医院了。

还好就在一楼，而且单元门年久失修，并没有上锁。走进了过道，钟宁这才一阵头大，下午来的时候没注意，赵清远家的门锁，是最近两年流行起来的指纹锁。这玩意儿和普通锁不同，钟宁可不懂得开。

正一阵头大，张一明发现了什么，指了指外墙那边道："宁哥，那边窗户没关。"

钟宁仰头看了看，还真是，不知道因为走得太急还是没有注意，赵清远家客厅的窗户，有半边没有关。

"扯一根树枝。"钟宁一跃上了窗台，把窗户往里面一推，"吱呀"一声，缝变大了，不过还是被一排不锈钢栏杆拦着，想挤进去不太可能。

"宁哥，怎么感觉咱们不像警察，有点像做贼啊？"张一明把地上捡来的树枝递给了钟宁，心头一阵一阵打鼓，抓贼的时候都没这么紧张呢。

"那你就当是做贼吧。"钟宁接过树枝，扒拉了一下里面的窗帘，借着昏暗的路灯，客厅里的全貌便展现在了他眼前。接着，他掏出手电筒往房内照去——理疗机，书籍，沙发，挂钟，婚纱照……一样一样扫过去，忽然间，他浑身一怔，不由得咒骂道："妈的，瞎了。"

"什么？"张一明一边帮着盯梢，一边纳闷道，"谁瞎了？"

"我瞎了！"钟宁满脸懊恼，掏出手机，打开闪光灯，猛地按了几下。

"干吗的？！"就在此时，两人身后传来一声怒喝，一扭头，一个四十来岁的胖子保安正如临大敌地瞪着他们，一边还在用对讲机呼喊同伴支援。

"别紧张，我们是警察。"张一明赶紧解释。

"警察？"保安一打手电筒，往张一明脸上扫了扫，又照了照还趴在窗台上的钟宁，眼里满是怀疑，"证件呢？"

"证件……"张一明往口袋一摸，心说坏了，证件放在上衣口袋里，刚才脱了放在车上了，"证件在车上，我给你去拿。"

"别动！"张一明刚想抬腿，胖子保安大喝一声，"我说小区里最近怎么连垃圾桶都有人偷，呵，你们两个被我给逮住了吧！"

"真是警察，你看我的皮带！"没办法，张一明只好把肚子一挺，露出了皮带上面的警徽。

"耍流氓不是！耍流氓不是！"胖子保安以为碰到了变态，赶紧摸着腰间的防卫棍，怒斥道，"都给我站好！墙上那个，给我下来！"喊了两声，保安更紧张了——窗台上那个像没听到一样，还拿着手机往房里照着呢！

"宁哥，先下来吧。"这下是跳进黄河也洗不清了，张一明赶紧扯了扯钟宁，和保安商量道，"大哥，我们的警车就停在外面停车场，证件都在车里，要不我待在这里，你让我们所长去拿一下，我保证不跑。"

"忽悠鬼是吧！还所长呢！"保安一副"我又不傻"的表情，又对着对讲机喊了两句，一分钟不到，又跑来两个保安，身后还跟着两个穿制服的警察。

"妈的，李逵遇到李鬼了。"张一明一脸苦瓜相，嘴里骂了一句。看来今天晚上要待在派出所，明天等亲多派人来领了。

"你们是干吗的！"为首的黑脸警察一声呵斥，气势比保安足多了。

"说了是警察。"钟宁终于看够了，跳下了窗台，"我们正在跨区域调查一起案子。"

"跨区域调查案子？"黑脸警察瞪了两人一眼，明显不信，"我没接到上头的命令！"

"保密守则你总知道吧？"钟宁呵呵一笑，自我介绍道，"我是新民路派出所的副所长钟宁，喏……"说着，他在手机上敲了一排数字，递到了黑脸警察眼前，"这是张国栋局长的电话，不信你可以亲自打电话问问。你最好不要耽误我们办案，不然这个责任你担不起！"

"宁哥，你这！"张一明心头一阵叫苦，这是吹牛皮不打草稿，上赶着把自己往"虎口"送啊。按他爸那脾气，自己这么瞎来，被扒掉这身制服还是轻的，弄不好还要关几个月禁闭。

"张国栋局长？"黑脸警察也是个派出所小片警，张一明他不认识，张国栋还是听说过的，看眼前这小子这么笃定的样子，也不太像骗人。

"我们的警车就停在外面，证件全部在车上，不信我们马上可以去拿。"钟宁环顾儿人，嗤笑道，"你们这么多人跟着，难道还怕我们跑了？"

身后有个保安在黑脸警察耳边嘀咕了几句，似乎还真在外面看到一辆警车。

"那你们都老实点儿！"黑脸警察语气依旧不善，不过态度倒是松动了，一挥手道，"走前面带路！要是骗我，看我怎么收拾你们！"

"行。"钟宁领头，张一明跟在后面，一群人往停车场走去。

警车果然就停在停车场里，这让众人都松了一口气。

"我给你找找证件。"钟宁冲张一明使了个眼色，两人一左一右上了车。

"宁哥，完了，我估计我们得被关禁闭了。"张一明心头一阵绝望。

"完个屁，案子都没查完。"钟宁低喝了一句，交代道，"你去知客传媒的官网上搜一下赵清远的照片。"

张一明没听明白，这都啥时候了，还去搜照片干吗？

"记住他的样子，等下去肿瘤医院，给我把人盯住了。我怀疑他很快就会再杀人，说不定就是今晚。"钟宁小声安排着，同时拿着手机给陈孟琳发了一条信息。

"咱们现在不是等着关禁闭吗？"张一明两眼一瞪。

"猪脑袋啊。"钟宁压低声音道，"现在最坏的结果是什么？"

"这……"张一明茫然道，"最坏的结果是，今晚上报到局里，我们被定个非法搜查罪，运气不好被关个禁闭，顺便把这身虎皮给扒了。运气好……不用关禁闭，也是虎皮给扒了。"

"那如果我们跑了呢？"

"什么?！"张一明的嘴巴张得能塞进去一个鸡蛋了，"跑了就还要加一条拒捕了。"

"不对。"钟宁咬了咬牙，"跑了，我们就多了一个晚上的调查时间！"

张一明眼睛瞪得铜铃大了，他光知道宁哥破案成痴，疾恶如仇，但是万万没想到，都这会儿了，居然还在想着抓捕嫌疑人。他的嘴巴翕动了半天，才道："你真确定就是赵清远了？"

"确定！"钟宁眯了眯眼睛，"而且，我很肯定他很快就会再次犯案！"

张一明算是明白了，现在不跑，被扒皮是一定的，但是现在跑了，起码还能再查下去，要是赵清远真的是凶手，说不准还能将功补过，戴罪立功。

黑脸警察打完了电话，两步向前，语气不善道："我刚才问了分局，根本没有接到跨区办案的通知，你们到底怎么回事？！"

"说了有保密守则。"钟宁不耐烦地一挥手，把自己的警官证递了过去，"你自己查查，这又没有假。"

黑脸警察一脸狐疑地接过证件，刚拿手电筒一照。

"坐稳！"钟宁喊了一句，一脚油门，"轰"的一声，在一众警察和保安目瞪口呆地注视中，警车飞一般地驶出了停车场，迅速消失在夜色中……

06
▶▶

车在夜色中往肿瘤医院慢慢驶去。

晚上十一点半，车道上没什么车了，街铺大部分也关了门。不过赵清远依旧开得很慢，像是一个并不急着到达目的地的旅人。

夜风拂过，带着一丝凉意，从窗户缝中钻进车内。赵清远赶紧帮妻子掖了掖小毛毯，道："冷吗？"

"不冷。"吴静思挤出一丝笑意，本来就没什么血色的脸，在月光下更显惨白。

赵清远摸了摸妻子的额头，把车停在路边："有点凉，我给你拿条毯子。"

"不用麻烦了。"吴静思拉住了赵清远的手，"我不想离开你。"

因为车是改装过的，轮椅、水壶、药瓶、小毯子、纸尿裤等吴静思需要的物品都放在后面，要去取毛毯，只能开门下车绕到后面，打开后备厢。但吴静思显然不想丈夫离开自己的视线。

"行，我不去，陪着你。"赵清远点了点头，握着妻子的手，重新发动了汽车。

车依旧开得慢慢悠悠，吴静思看着路边的霓虹灯有些入神，喃喃道："真好看呀。"

平日里，除了偶尔去医院，吴静思已经多年没见过这么美的夜景了。一想到妻子过了许多年这种困在牢笼里一般的生活，赵清远心中一阵不忍，宽慰道："等你病好了，我天天带你看。"

吴静思笑着点头，忽然用左手撑着座椅支起了上半身，右手指着远处："清远，你看那边！"

赵清远扭头望去，远处，几栋高耸的居民楼出现在月色中，楼顶上立着"米兰春天"四个红彤彤的大字。

"我们的家。"吴静思笑起来，"我们结婚以后的第一个家。清远，你还记得我们是哪一户吗？"

"当然记得。"赵清远的心头荡漾起一阵暖意，"A4栋402。"他当然记得，他们一起在那里生活了四年，一千四百多个日日夜夜。

"嗯，A4栋402。"吴静思高兴地点头，"那套房子带个小露台，那时候我的病也还没这么严重，还能拄着拐杖去阳台种种菜呢……可惜……"回忆着，吴静思的神色暗淡下来。

赵清远的嗓子像是被什么东西堵住了似的，良久，他才自责道："都怪我，那时候不应该让你做手术……太冒风险了……知道你喜欢那个房子，还为了凑手术费把它卖了。"

吴静思摇了摇头道，心头又是苦涩又是甜蜜："哪里能怪你嘛，你是为了我好，我知道的。"那时候做手术，是有机会痊愈的，如果不做，时间久了，就永远都没有机会了。与其一辈子靠着一根拐杖过日子，谁不想搏一下呢？

吴静思宽慰道："其实我也不是很喜欢那个房子，冬天太冷，夏天又太晒，而且你不是说过吗，那里楼间距离太近了，对面人家做什么都看得一清二楚的，一点隐私也没有。"

赵清远狠狠握了握吴静思的手，发誓道："思思，等把你的病治好了，老公一定努力挣钱，给你买个大房子。"

"嗯，我相信你。"吴静思的眼睛笑成了一轮弯月。她能活到今天，都是靠的眼前这个男人，又有什么理由不相信他呢？

车一直不紧不慢地前进着，像是生怕到了目的地一样。

吴静思就这么呆呆地盯着赵清远，忽然想起了什么，笑意逐渐消失，她扭头看向了车窗外，好久才鼓起勇气道："清远，要是这次检查结果不好……"

"不会不好的！"赵清远猛然打断她，眼神中涌出了恐惧。

"你听我说，清远……"吴静思重重地抓住丈夫的手，"你答应我，万一要是不好，你也要好好活下去。"

这句话像是针一样刺进了赵清远的胸膛，他一下双眼通红，强忍泪水道："没事的，你肯定会好起来的。无论怎样，我都不会让你离开我！"

"好不好的，我已经无所谓了，只是……"吴静思也红了眼眶，"是我连累你，连累你好多年。"

赵清远抹了把眼角，安慰道："是车祸造成的，怎么能怪你呢？"

"但是……"

"没有但是……别去想了。"赵清远摇了摇头，喉咙里像是被人灌满苦药，"要怪也只能怪我没有照顾好你。"他的双手狠狠抓着方向盘，像是想把它拧出水来。

可惜，再慢的车速，始终都会到达目的地。二十分钟后，这辆现代还是开进了肿瘤医院的停车场。

刘振奇医生帮忙约好的老教授已经在办公室等着了。简单寒暄几句后，吴静思便被推进了一楼一扇厚重的钢化门内。因为有辐射，家属不能陪同，赵清远便在病房外等候。

窗外黑漆漆一片，时不时有病人痛苦的哀号在走廊回荡，听得赵清远心中憋闷，鼻头一酸。

车祸！那场可恶的车祸！

为什么思思要在副驾驶座上？！

为什么当年撞死的不是那些早该去死的人？

为什么要让思思承受如今这种痛苦？

喉咙咕噜了两声，赵清远咬牙把眼泪忍了回去。

"或许，当时我能再早那么一点点，这一切根本就不会发生……"赵清远望着漆黑的夜空，痛苦地回忆着，手中的烟烧到了手指都毫无知觉。

就在此时，赵清远口袋里的手机"嗡嗡"振动了两下，把他从回忆中惊醒。

再一抬头，医院门口停下了一辆出租车，车门一开，一个二十出头的小青年机敏地蹿了下来。

这人……似乎看着有点眼熟？

赵清远一个激灵，仔细在脑中搜寻了一遍。他想起来了，这是当时在凉席厂看警戒线的一个小警察，虽然没穿警服，但是那一身腱子肉，赵清远相信自己不会认错。

"呵呵，都跟到医院来了？"

已是半夜，即便是医院，人也已经不多。赵清远心头冷笑两声，看来今天来家里调查的那个警察并没有打算放过自己。

"该死的，终究要死了。"他拿出另外一部手机拨了个号码。

没几秒电话就被人接了起来："是我。"

"哟，是赵记者啊？"手机里传来一个讨好的寒暄，"怎么用这么个号码给我打过来的？这么晚了还没睡呢？"

"没呢。"赵清远笑了笑,"白天不是跟你说了,想请你帮个忙吗,现在有时间吗?"

"赵记者开口,我怎么会没有时间。"李大龙答应得很爽快。

"行,那我就麻烦你一次了……"

交代完毕,赵清远很快挂了电话,此时,那个精壮的小警察已经进了住院部大楼,不见踪影。

天快亮吧。

赵清远看着灰蒙蒙的天空,长叹了一口气。

到了明天,妻子的检查结束后,该死的人,也就可以全部都死了……

第五章 ▶ 花衬衣老头儿

01
▶▶

东方才露出鱼肚白。

市局刑侦总队办公室内，张国栋眼前的烟灰缸已经满了。他一夜未眠，原本就饱经风霜的脸上更显倦容，看上去一晚上苍老了好几岁。

七天限期已经过去了四天，可案子依旧毫无头绪。

经连夜审讯，那个叫郑平的确实是个逃犯，不过没杀过人，就抢过两个出租车司机，一共抢了现金八百来块钱。更滑稽的是，他因为在手指上新文了几个文身，怕洗车遇水发炎，这才贴上了创可贴。

分局吴斌那边在汽配市场排查了一整夜，也不是完全没有收获，又抓到了两个疑犯——一个是五年前涉嫌诈骗的金融惯犯，一个是两年前犯过一次伤人罪的涉黑团伙打手。

至于技侦肖敏才那边，也排查了一晚上，不过范围实在太大，依旧没能确认穿花衬衣吵架的老头儿到底是谁，事情是发生在哪条街道。

总之，忙活了一晚上，乱七八糟的人抓了一堆，正儿八经的线索是一个没有。

"张局，要不您先去休息一下，我这边有新线索马上通知您。"看着这个年过半百的上司，肖敏才于心不忍，安慰道，"起码我们现在又掌握了一个新线索，疑犯肯定是沿海渔民，或者曾经当过水员。"

"呵呵，双扣蝴蝶结！大意了！"张国栋懊悔地拍了拍面前的两张编织袋的照片，不禁摇头苦叹。他们一直把调查重心都放在"老人变坏了"的视频上，拼命去追查视频地点，却忽视了这么大一个线索！这简直是专案组所有人的重大失误！

"也不能怪我们，尸体被捞上来的时候，袋子就已经被弄烂了，谁也没有注意到这么一个细节……"

"那钟宁怎么就能注意到？！"提起钟宁，又想到自己的儿子，张国栋是又气又恼，"那两个兔崽子还没找到吗？！"

昨晚他就接到了分局电话，说下面派出所报上来有两个民警私闯民宅，原本以为是冒充的，结果一查，不但真是警察，还都进入了专案组，下面不敢兜着，一层一层报到了张国栋这里。好嘛，居然敢非法搜查加拒捕了！

"没有。"肖敏才摇头，他也有些搞不懂钟宁为什么就是盯着赵清远不放，昨天陈顾问汇报的情况是，赵清远一没有作案时间，二没有作案动机。

"这小子是个人才，但是也要敲打啊！"张国栋点上一支烟，细细抽了一口。这两年，他真是觉得自己老了，不但体能不行，思维也跟不上年轻人的节奏了。破了这个案子，他真的想退居二线了，亲生儿子又不成器，倒是这个钟宁是个接班的好苗子，可就他这个脾气，怕是闯的祸要比破的案子还多。

"张局，您是不是对钟宁有点意见？"肖敏才想了半天，还是开口问道。上次在分局，钟宁暴力审讯违反了规定，分局那边的意见是敲打敲打就可以了，人还是留在刑警队，但是报到张局这边，硬是把钟宁发配回了原派出所，一点情面也没讲。还有这回让钟宁进专案组，张国栋一直不太乐意。这让肖敏才怀疑，张局对钟宁一直是有意见的。

"意见谈不上。"张国栋下意识低头瞄看一眼右手虎口上的疤痕，在白炽灯的灯光下，那道疤痕看着像是一条支离破碎的蜈蚣。他掏出一支烟，深吸了一口，问道："吴亮，你认识吗？"

"吴亮？"肖敏才想了想，似乎有点印象，"名字听过，人不认识。听说他当年是分局刑侦队最年轻的刑侦队长？"

遥想往事，张国栋黯然摇头："当年我还在分局当局长，这小子是我最得力的干将，我看那性格啊……和钟宁这小子很像。"

肖敏才似乎记起来什么，犹豫了一下，问道："我听说，当年他为了破获星港一中的一起案子……后来就……"

"我上次见他的时候，已经……"张国栋摩挲着虎口上的疤，欲言又止，满脸可惜，"当年的情况和现在很像，我是那起案子的专案组组长，顾问是陈孟琳的父亲陈山民教授，吴亮那小子是我破格提拔起来的。所以……"

"所以你不想钟宁走他的老路？"肖敏才这下了然了。

张国栋没有说是，也没有说不是，当年的教训太过深刻，他眼睁睁看着一个极有天赋的警队明日之星，因为一次失误，从此以肉眼可见的速度堕落，到后来别说当警察，甚至连自己正常的生活都照顾不好。千里马难寻，但揠苗助长更要不得，他实在不愿见到这种情况再发生。

不想再提这段往事，张国栋扯开话题："陈顾问没联系你？"

陈孟琳一大早也没打招呼就不见人了。这也是张国栋觉得有些奇怪的地方，单是钟宁和自己那个不争气的儿子不守纪律也就罢了，这风气居然还传染到省厅委派下来的陈顾问身上了。

"没有。"肖敏才摇头纳闷道，"昨天晚上还在一起研究案情呢，到凌晨她接了个电话，我依稀听到里面的人说想请她帮个忙，然后陈顾问就走了。"

"我看给他打电话的也是这个钟宁……"

"嘭！"话音未落，会议室的门被人推开，张国栋和肖敏才愕然——进来的正是钟宁，这小子双眼红得像头发怒的水牛，额头上满是汗珠，警服没穿，胸口还解开了三颗扣子，活脱脱一个刚打完架的小流氓。

"可以啊！无法无天了！"张国栋噌一下起身，重重拍了下桌子，"你知不知道私闯民宅是犯法的！你即便采集到了证据，也是非法的！"

"我知道，但是不能再死人了。"钟宁"啪"的一下把手中厚厚一摞资料扔到了办公桌上，"张局，我申请逮捕赵清远！"

"又是赵清远？！"张国栋和肖敏才齐声问道。

"昨天陈顾问不是说……"肖敏才犹豫地没问下去。

钟宁掏出手机，眼中透着精光："看看这个……"

手机里的照片，正是昨晚他在窗台上拍到的客厅墙上的婚纱照——女的坐着，男的站着，女的手中还捧着一捧鲜花。

"虽然赵清远换了礼盒上的包装丝带，但他忘记了这个。"钟宁放大了照片，两人看到，照片中，新娘手中那捧鲜花打着双扣蝴蝶结！毫无疑问，这应该也是当时赵清远亲手给妻子包装的。

"只有这个？"张国栋心头一动，不过嘴里依旧反问道。仅凭这一点就要提审，实在不算证据。

钟宁狠狠盯着婚纱照里的赵清远："我查到了他的杀人动机！"

张国栋和肖敏才对视一眼，接着齐齐看向钟宁。看来，这小子应该是忙活了一晚上啊！

"昨天我和陈孟琳顾问去医院做问讯，得知赵清远的妻子吴静思是在西子路发生车祸致残的。"钟宁一边说着，一边从口袋里掏出一张皱皱巴巴的报纸，"这是我在图书馆查到的车祸当天的报纸……"

这是一份已经发黄的《法制日报》，日期是 2005 年 10 月 26 日，在第二版的右下角有一个豆腐块，被钟宁圈了出来：

酒后驾驶，害人害己！

本报讯，今天早晨七点左右，本市河东区发生一起严重交通事故，一辆起亚四轮小车，因司机疲劳驾驶，在躲避一辆送水产的农用三轮车时，引发自身车辆失控，导致司机和副驾驶座上女子重伤。据悉，两人目前在医院抢救中，两位伤者为夫妻关系，同为《星港晚报》记者……

"这能说明什么？"张国栋敲击着桌面，眉头紧锁。这一点昨天陈顾问提过，这场车祸和案子扯不上半点关系。

"两个被害者家属的问讯笔录还有吗？"钟宁问道。

"有。"肖敏才点头，很快从桌面上拣出两份报告。

钟宁拿起桌上的一支红笔，直接在报告上画了几个圈："看看这个……"

"刘建军人还不错，我跟他同事十多年，从来没有红过脸，你也知道，他当保安以前给领导开过车，很会察言观色那一套……"

"胡国秋这个人咋说呢，小气，确实小气。按道理，他一直在环卫局上班，开洒水车的，国家单位，待遇很好的……但是喜欢贪点小便宜……"

两人低头看去，被圈出来的是已经被专案组翻看过无数次的内容了，好像也没什么出奇的。

"你到底想说什么？"张国栋继续皱眉。

钟宁抬头，用布满血丝的双眼看了一眼张国栋，一字一顿道："两个被害者不是没有交集。"

肖敏才盯着问讯记录来回看着，实在想不出来从这上面怎么看出来两个人的交集："交集在哪里？"

"刘建军以前是给凉席厂开车的，而胡国秋以前是……"钟宁在案卷上画了两个红圈。

"环卫局上班的。"张国栋接话道。

"是环卫局开洒水车的。"钟宁从口袋里掏出一张地图摊开来，上面已经被他标出了两条红色路线，"我昨晚去环卫局查了胡国秋当年的当班记录，发现他当年正是负责西子路这一条线，早上六点半一次，晚上十一点半一次，整整六年！"

说着，钟宁点了点另外一条红线："这是刘建军的家庭住址，这是星港爱美丽凉席厂领导的住址，凉席厂每天是八点上班，也就是说，刘建军当年给领导开车，每天大概也是六点半左右经过西子路，接领导上班……"

"这里是……"钟宁点了点两个红线的交会处。

"是赵清远当年发生车祸的地方？！"张国栋和肖敏才同时惊道。

"对！"钟宁再次点头。

这正是昨天陈孟琳那句"洒水车司机早出晚归"，再加上小区门口烧烤摊老板的抱怨,给了钟宁启发。两人的职业都是定时定点的司机,那么有没有可能他们每天会在某一个时间段偶遇?他顺着这个方向一查,结果还真不出所料,三人真的有交会点!

张国栋目不转睛地盯着桌上的地图,敛气屏息沉思良久才道:"光凭两个司机在路线上有交集就能判定嫌疑?我以前在分局上班,每天早上也经过这条路,难道我也有嫌疑?"

"这是我昨晚在市一医院刘振奇医生那里要来的前段时间赵清远的妻子吴静思的体检报告。"钟宁再次拿出一份资料,"报告显示,吴静思很有可能患上了肺癌,而且应该是当年车祸后遗症引起的病变。"

"你的意思是,赵清远因为妻子病情的刺激,杀害了两个被害者?"肖敏才抹了一把两天没洗的油腻腻的头发,惊讶道,"难道当年的车祸,真是两名被害者导致的?"

"不是。"钟宁很肯定地摇头,当年的车祸是一场意外,并不是人为,这一点不成立。

"既然他们不是肇事者,赵清远为什么要杀了他们?"

钟宁狠狠咬了咬牙道:"他们不是肇事者,但比肇事者更加可恶!"

"那是什么?"两人齐声问道。

钟宁拳头一攥:"见死不救的旁观者!"

这也是昨晚他让洒水车司机关掉设备,陈孟琳说他"很有正义感"时,钟宁心里涌出的想法——姐姐那起案子,当年那六个消夜的人哪怕有一个人有那么一点正义感,姐姐的惨剧就有可能不会发生。

"你的意思是……"肖敏才跟着钟宁的思路推理道,"十年前,也就是2005年10月26日,早上六点多,赵清远和吴静思一起去上班,半路发生了车祸,赵清远伤得比较轻,吴静思伤得比较重。赵清远向路人求助，这时候，胡国秋和刘建军刚好开车路过，但两人并没有停下来帮忙。因为救治不及时，吴静思落下了残疾，于是赵清远记恨在心。而他隐忍到现在才开始杀人的原因是，车祸留下的后遗症令瘫痪多年的吴静思病情恶化，还有可能是绝症，这刺激了赵清远，让他有了鱼死网破的想法？"

钟宁点头。

"不对。"张国栋摇了摇头，"车祸发生在十年前，要找到当时的'旁观者'，除非能够记住他们的车牌号码，然后通过一些方式查到他们的住址。要在车祸发生的当下记住过路车辆的车牌号，这个人对于数字得多敏感，记忆力又得多好？"

"赵清远是个记者，要查几个车牌号有很多门路。至于对数字的敏感……"钟宁掏出手机操作一番，放到张国栋眼前，"赵清远的大学学弟跟我说，他的数学很好。"

手机上显示的是赵清远当年的高考成绩，任平没有说谎，满分 150 分，赵清远考了 149 分。

张国栋和肖敏才对视一眼，彼此的眼神中都有一种说不上来是惊叹还是欣赏的神色。只是一晚上工夫，这小子居然把所有线索全部找到，几乎就要形成闭合的证据链了。

"张局、肖队，昨天的事情，我知道我违规了，但是，在处罚我之前，我希望你们能给我一次机会。我请求亲自审讯赵清远，我相信我能识破他的不在场证明到底是怎么回事！如果你们同意，二十分钟内我就可以把他带来警局。"

"你……让人跟踪他了？"张国栋刚才还满是欣赏的表情一下子又不淡定了，私自安排人盯梢也是违规操作啊！这小子把组织纪律放哪里了。

钟宁尴尬一笑："昨天专案组的大部分精力都在中南汽配，我怕他会再次行凶杀人，所以让张一明通宵在肿瘤医院守着呢。"

"呵呵，倒是面面俱到！"张国栋有些哭笑不得了。行嘛，一个查案一个盯梢，分工合作，一起违法乱纪。

"还是有漏洞。"肖敏才又摇了摇头，"就算动机分析得没有问题，从绳子的绑法上来看也有一个疑点，两名死者都是溺水而亡，可是车祸和水没有任何关系……"

"西子路……"话音未落，张国栋就接过了话头，"以前这条路好像不叫这个名字。"

"对，不叫这个名字。"钟宁重重一点头。

这时，门再次被人推开，进来的是陈孟琳。

02
▶▶

和钟宁一样，此时，陈孟琳的额头上布满了细细的汗珠，似乎也是一路小跑而来。

"张局、肖队……"

"查到了吗？"钟宁眼里放着精光。昨晚从赵清远家出来，他就请求陈孟琳再帮自己一个忙，只要她查到自己推测中的那个线索，那么整个证据链就可以完美闭合了。

"这是我在城建局查到的十年前西子路的市政施工图，这是以前的西子路……"陈孟琳很快铺开了一张地图，点了点上面一个小圆圈道，"当年这边是一片农田……这个地方以前有个湖，2008年被开发商填平，建了现在的西子小区。以前西子路其实是叫西子湖路。"

说着，陈孟琳把这张施工图和钟宁的那张地图慢慢重合，纸张摩擦出一阵清亮的声音，两张地图完美贴合——西子湖的位置，正是当年赵清远发生车祸的地点，分毫不差。

钟宁兴奋得一握拳："张局,我申请马上逮捕赵清远……"

"但是有件事情……"话音未落,陈孟琳脸上浮现出一丝犹豫。

"怎么?"这表情让钟宁心头涌起一种不祥的预感。

"你先看看这个……"陈孟琳把当年的车祸伤情报告递到钟宁眼前。

> ……驾驶员余文杰疲劳驾驶,且未系安全带,入水后,脑部撞击侧方车窗玻璃,头盖骨碎裂,伤口面积为5×5平方厘米,系当场死亡……副驾驶吴静思,入水时经车门甩出车外,左大腿内侧瘀伤,右小腿外侧挫伤,右前胸以及左右后背均有多处淤血及烫伤疤,面积为1~7平方厘米不等;左眼视网膜脱落,右耳鼓膜有出血症状,并伴有视力下降,听力受损;耻骨十二节处,粉碎性骨折……

"嗡!"

钟宁只感觉一盆凉水劈头盖脸浇了下来——这是一份再详细不过的伤情报告,但里面根本就没有出现过赵清远的名字!

陈孟琳看向钟宁:"这上面显示,车祸发生的时候,赵清远根本不在现场。"

"什么?!"这一下,边上没来得及看伤情报告的张国栋和肖敏才也同时惊呼。

"车祸发生时,和吴静思一起的是她的前夫,余文杰。"陈孟琳再次抽出一个档案袋,指了指,低声道,"根据民政局的资料显示,赵清远和吴静思是车祸发生两年后才成为夫妻的。"

钟宁一脸木然,赵清远当时不在现场,那也就意味着,他根本不可能知道当时有什么人和车辆经过。绕来绕去一圈，难道是个大乌龙？

"还有……"陈孟琳有些尴尬地看了钟宁一眼，"你昨天发给我的那张婚纱照，我根据上面的信息查到了那个工作室。这是那个工作室拍摄的其他照片……"说着，陈孟琳铺开了几张婚纱照，"我昨天半夜联系到了老板，他说他偶然在电视上看到过一次这种双扣蝴蝶结，觉得很好看，所以专门去学的。"

钟宁彻底哑然——桌上的照片里，不同的新娘手里捧着不同的花束，每一束花上的蝴蝶结，都是双扣蝴蝶结。

"但是……他真的换了那个礼盒的蝴蝶结绑法，如果不是他，他没必要换掉。"钟宁无力地辩解着。

三人都看向钟宁，欲言又止。大家都知道，他为这案子拼尽了全力，张国栋也有些不忍批评他了。他拍了拍钟宁的肩膀，说道："钟宁，我看你有点累了，回去好好休息休息。昨晚违规的事情，等这个案子结束了再处理。"

"你们辛苦了，昨晚的事我会出面的。"肖敏才掏出了手机。

都不是重话，甚至连张局也不打算追究自己入室搜查的事情，但钟宁依旧恍惚着——为什么自己基于正确线索推理出的结论，会和事实产生如此大的偏差？

"但是赵清远确实很小气，他连眼镜都舍不得换新的。"钟宁不死心地喃喃着。

"这和案子有什么关系？"张国栋摇了摇头，"不要老是钻到赵清远这个牛角尖里面，从而影响自己的判断。"

"但是他真的很小气，那么小气的人，居然……"

"钟宁！"陈孟琳打断钟宁，想安慰他两句，又有些欲言又止，"其实，你的发现也不是完全没有意义，只是……"

"嗡！"就在此时，肖敏才的手机响了起来，接起来听了两句，他脸色一沉，扭头问钟宁道："一明昨晚整晚都跟着赵清远吗？"

"嗯？"钟宁回神，旋即点头，"对，十二点左右发现目标，我就一直让他跟着了。"

"让他撤吧。"肖敏才为难地看了一眼张国栋，又看了看钟宁，"不是赵清远。"

"怎么了？"三人齐声问道。

"猴子石派出所来的电话。"肖敏才摇头，颓然道，"又死了一个……"

03
►►

穿花衬衣的老头儿，死在了猴子石大桥下的河里。

早上八点不到，没到早高峰，车辆行人都不算多，案发现场暂时还没有围观群众，就连平日里那个喜欢唱歌的拾荒客，此时也不见踪影。发现尸体的是一个来钓鱼的，正絮絮叨叨跟警察说着什么。

赵清远把车停在了江对面，隔着湍急的江水，盯着远处警察们手忙脚乱地拉起警戒线。

此时，天空忽然闪过一道刺目的闪电，把眼前照得透亮，过了几秒，"轰"的一声雷鸣，重重地砸在了赵清远的心底。

终于……终于又死了一个。

计划只剩最后两步了，要除掉的人也只剩下最后一个替死鬼。

雷声过后，并没有下雨，只是天色愈加阴沉。

赵清远有些后怕，昨天那个警察追到了医院，他就一直有些担心会影响他杀第三个人的计划，连带整个布局满盘皆输。

不过，尸体此刻已经被人发现，那个警察也早在半小时以前，也就是自己带着妻子出院时被叫走，这样看来，自己不但计划成功，那警察甚至还可以帮自己做个不在场证明。

念及至此，赵清远摸出一个破旧的手机，拨了一个号码出去。

可能因为时间尚早，电话那头的人不知道是在睡觉还是打牌没散场，响了好几声都没人接听，赵清远只能挂掉，把头转向了副驾驶座。

妻子的麻药药劲还没有完全过去，她依旧在昏睡，虽然脸色惨白，但还是那么好看。

收音机里，有个破锣嗓音的男人正吟唱着：

> 不是你亲手点燃的，那就不能叫作火焰……
> 不是你亲手摸过的，那就不能叫作宝石……

赵清远从中控台上取了一条半湿的毛巾，帮吴静思拭去了额头上的汗珠。

吴静思的喉咙里一直发出呼噜的声音，似乎每一次呼吸都用尽了全身力气。

"思思，对不起。"

这些年，让妻子受了太多苦，他无比内疚，又无能为力。这让他十来年没有一天活得轻松。

收音机里，男人的声音近乎癫狂：

> 你呀你，终于出现了，
> 我们只是打了个照面，这颗心就稀巴烂……
> 这个世界就整个崩溃……

这歌像是唱在了赵清远的心坎儿上，他的脸痛苦地扭曲着——为什么事情会变成今天这样？为什么不能让我们好好在一起？为什么非要逼我杀他们呢？

赵清远轻声呢喃着："思思，都是我不好，如果当年……"

"啊！"吴静思忽然惊呼一声，上身不自主地抽搐了一下，搭在腿上的毛毯滑落下来。

赵清远赶紧给妻子重新盖好。

吴静思睁开了眼睛，喘着粗气，眼里满是恐惧："清远，我梦见有人要杀我。"

赵清远的心陡然一沉，这已经不是妻子第一次做这种梦了。他很快调整好情绪，换上一副笑脸，道："傻瓜，不怕，有我在，我会保护你的。"

吴静思依旧隐隐感到不安，向四周看了看，问道："清远，我们不是出院回家了吗？怎么停在这里了？"

"我看前面路段堵车，就想着等下再走，不然一路走走停停的，你容易晕车。"赵清远笑着解释。

他瞥了一眼江对面，警车又多了几辆，不过都是辖区派出所的，暂时还没有看到法医和市警察局的车辆。

吴静思点了点头。收音机里那个男歌手还在唱：

要死就一定要死在你手里……
就一定要死在你手里……

她关了收音机，小声问道："清远，检查结果几天出来？"

"三天就出来了。"赵清远把车窗开了一条小缝，"放心，医生都跟我说了，不是什么大毛病，能治好的。"

吴静思没有回话，扭头望了望窗外，脸上不见任何喜色。

隔了好久，她才艰难地挤出一丝笑："清远，要是这次的检查结果……"

"不准说这个。"赵清远打断她，他知道妻子要说什么，扯开话题，"思思，我们说点高兴的，别老提病，老惦记着不容易好。"

"高兴的？"吴静思愣了愣，并没有想起这些年来有什么值得高兴的事情。

此时，路边一家珠宝店的大门被一个穿着保安制服的人拉开了。

赵清远感到一阵亲切，摩挲着妻子的头发，小声道："思思，你还记得我们是在哪里认识的吗？"

吴静思的脸上果然露出了一丝笑意："当然记得啊，还不是你在小区当保安的时候。"

"对咯。"赵清远呵呵笑着，"都多少年了？十五年还是十六年？那时候我才十七八岁呀……"

"对呀，瘦得跟竹竿一样。"回忆起当年，吴静思笑得开心，"你呀，看到我就叫姐，嘴巴甜得哦，我还开玩笑说，我比你大这么多，你应该叫我姨啦。"

"那时候啊，我每天就想看到你，上班想看到你，下班想看到你，放假也想看到你，不知道为什么，看到你我才心安。"提起以前，赵清远也笑得灿烂，"那时候的冬天可真冷啊……我没有棉衣穿，冻得不停地抖，是你看我可怜，给我买了一件棉衣，我觉得你是这个世界上最善良的人……"

"哈哈，又说这个了。"吴静思抿了抿嘴，"清远，这个你要说一辈子呢。"

"你对我好，我当然要记得嘛。"赵清远腼腆一笑，"还有，当年我老是吃物业食堂五毛钱一餐的白菜，你说我年纪小，营养不够会长不高，有时候你在家里做了好吃的，还会给我带一些……"

忆起当年，赵清远心头涌出一股股暖流。是因为他的妻子，他才能一直坚持，努力地活着。

会好起来的，一切都会好起来的……

赵清远抹了一把通红的眼眶，问道："思思，要是当年我没有考上星港大学，我们还能结婚吗？思思……"

没人回答，似乎麻醉的药效还没完全过去，吴静思再次闭上了眼睛，喉咙里又发出了"咕噜"的呼吸声。

"唉……"

赵清远长叹了一口气。

就在此时，几辆市局牌照的警车飞快奔上了猴子石大桥。

"终于来了。"

赵清远定睛确认，接着一脚油门，往家里开去……

04
▶▶

穿花衬衣的老头儿，死在了猴子石大桥下的河里。

张国栋领着几人下车，在法医临时搭建起来的操作台旁，眉头皱得都快能夹死苍蝇了——一样的绿色编织袋，一样的绳索，甚至编织袋上那个双扣蝴蝶结的绑法都一模一样。水泥河堤边的泥地上，依旧是一行歪七扭八的大字："老人变坏了"。

老头儿应该是来夜钓的时候遇害的，滩头边还放着一把帆布椅子，只是鱼竿已经不见踪影。他身上那件红红绿绿的衬衣，在被人钩上岸的时候，已经弄了个稀烂。

法医托起死者的后颈，苦笑道："张局，和之前的情况一样，又是被击打了这个部位，击晕以后装进袋子，溺毙。"

张国栋闷哼一声，感觉心头那块千钧巨石又被人重重踏上了一脚。自己可是向省厅拍着胸脯保证过，七天破案，绝对不会再死人！

"死亡时间呢？"

"初步估计死亡已经超过七个小时，死亡时间应该是凌晨一点左右。"

"身份查到了吗？"陈孟琳观察着四周，开口问道。

"根据死者口袋里的身份证显示……"吴斌也是一副苦瓜脸，"死者叫李援朝，五十二岁，星港本地人，以前是一所职业院校的老师，教艺术概论，还是什么星港书法家协会秘书长、摄影协会副秘书长。"

"呵呵，艺术家啊！"张国栋怒极反笑。三个死者，一个保安，一个个体户，一个艺术家，怎么找共通之处？

"驾照有吗？"一直跟在身后的钟宁问道。

"驾照？"吴斌一愣，没明白钟宁问这个干吗，不过还是很快在随身带的警用 PDA（Personal Digital Assistant 的缩写，即警用手持终端，集通讯、视频于一体的信息化指挥系统，用于联网传输数据，可扫描身份证、驾驶证等证件，可做执法记录等）上查了查，"有驾照，七年前考的，但是名下没有车。"

钟宁怅然若失——吴静思遭遇的车祸发生在十年前，而这个死者七年前才考驾照，这样看来，自己的推断确实不成立了。

"宁哥，看来还真不是赵清远。"张一明也是一个头两个大。

"凌晨一点左右，你已经跟着赵清远了？"张国栋回头看了一眼儿子，语气不善，"没有发现什么异常？"

"没有没有，我一直盯着。"张一明赶紧拿出一个小本子，上面详细记录着他昨晚的盯梢情况，"夜里十二点多，赵清远陪吴静思做完了造影，回病房休息，我就一直在病房外的走廊守着，眼睛都没敢眨一下。"

小本子记录得还挺详细：十二点零三分，赵清远带着吴静思做造影，十二点四十五做完，五十五分回到病房，一直休息到早晨六点半，又做了穿刺，七点二十做完，然后再次回病房，出去买了早餐，买早餐张一明都是跟着的。

张国栋没再说什么，仰头看了一眼猴子石大桥，又瞄了瞄过来的那条辅道，这次案发现场的监控设备比之前两起多了不少："摄像头的分布情况怎么样？"

吴斌兴奋道："猴子石大桥上，这边的芙蓉路，基本每个岔路口都有摄像头，我看这次绝对能拍到疑犯。"

总算是个好消息，张国栋振奋起精神，吩咐道："赶紧给我调取出来！陈顾问，我看这次……"

正说着，一回头，发现陈孟琳正望着不远处的桥洞，再一看，钟宁那小子已经站到了桥墩边上，似乎是发现了什么线索。

几人走了过去，此时，只能勉强站三四个人的桥洞内就剩下一堆散乱摆放的破旧棉絮、掉了漆的暖水瓶、几个黑不拉唧的锅子，角落里还堆着不知道从哪里捡来的瓶瓶罐罐，从洞壁上被烧水煮饭熏黑的情况来看，这里应该寄居着一个拾荒客，且寄居在这里的时间不短。

"不会是被疑犯灭口了吧？"吴斌小心地问了一句。

"不会。"陈孟琳很肯定地摇了摇头。锅子里还剩下半锅米饭，看新鲜程度，应该是今天早上煮的，疑犯没理由昨晚在这里杀了人，今天又折回来再杀一个。

"应该是昨晚案发时间段，这人发现了什么动静，但没有意识到是在杀人。"肖敏才翻检着破棉絮，分析道，"今早有人发现了尸体，他才意识到问题的严重性，胆子小，跑了。肯定是个目击证人，只是……"

肖敏才看向张国栋和陈孟琳两人，摊手道："这种拾荒客，一没有办法核查身份，二没固定工作单位，跑了实在是不好找啊。"

"星港大学。"一直没有开口的钟宁忽然说道。

"星港大学？"几人回头看着钟宁，发现他正盯着拾荒客留下的瓶瓶罐罐，神色复杂。

"对，星港大学。"

陈孟琳瞬间明白过来钟宁的话是什么意思，指了指一地的瓶瓶罐罐，分析道："这些基本都是红牛、脉动之类的功能性饮料，有两个最大的可能性，这人要不就是在健身房周围活动，要不就是在体育场，但是……"

"健身房不会让这种人进。"张国栋点头，"那么，星港大学的可能性最大……"

当一个人遇到一件让他恐惧的事情，又身无分文无家可归的时候，会躲到自己最熟悉最有安全感的地方，如果这个拾荒客平时主要在离桥洞最近的星港大学附近活动，那么无疑他目前最有可能躲藏在星港大学。

这一次不但有监控，还有目击证人，张国栋似乎看到了曙光。他安排道："吴斌，你马上安排人手去星港大学排查，务必把人找到！肖敏才，你去交管那边调取附近所有监控资料，案发时间段飞过的一只蚊子都别给我漏过！"

"是！"两人领命，分别去忙碌起来。

"陈顾问，看来这次疑犯要原形毕露了！"张国栋长吁了一口气，这次要是还抓不到人，他也只能把自己身上这身制服给扒下来了。

"但愿吧……"陈孟琳远远看了一眼桥头的红绿灯，脸上并没有轻松之色，再一回头，钟宁也已经到了警戒线外，落寞地站在那辆破比亚迪旁，盯着江面川流不息的水，眼中满是迷茫。

"怎么？"张国栋纳闷道，"你觉得还有问题？"

"那个……张局。"陈孟琳皱了皱眉，道，"我级别不够，所以想请你帮个忙，帮我查一下赵清远的档案，要最详细的，籍贯、婚姻状况、所有工作单位，还有当年那起车祸最详尽的车检记录。如果有可能的话，再帮我联系一下当年处理那起车祸的交警……"

"又是赵清远？"张国栋眉头一皱，也瞄了一眼远处的钟宁，还有自己那个不争气的儿子，"这人不是完全没有作案嫌疑了吗？"

"但是，根据钟宁找到的线索，赵清远身上也不是完全没有疑点……而且，钟宁的推理逻辑没有什么漏洞……"

"孟琳！"张国栋挥手打断陈孟琳，"这次我就不叫你陈顾问了……"

他摇了摇头，肃然道："虽然你不在体制内，但是你跟你父亲这么多年，应该知道，他这个人，最讲究的就是程序正义，这也是我们警方办案的底线。就目前我们掌握的线索来看，我们没有权力对一个完全没有作案嫌疑的公民无端进行调查，这在程序上是不合规的。"

"我明白。"陈孟琳为难地点头。

"我相信你明白，毕竟你是陈山民的女儿。"张国栋又瞄了一眼钟宁的方向，"不是我针对你们，只是……我不能让他再犯非法搜查这种错误了，不然我也保不了他。"

"可是张叔……"陈孟琳犹豫了一下，还是开口道，"钟宁的本事，您也看到了，如果能让他继续查，我也能看着他，保证不让他再犯错。而且，我也只需要您提供刚才我说的那些资料，能不能帮我一次，算是……算是看在我爸的面子上？"

"唉！"张国栋叹了口气，拍了拍肩膀上的烟灰，大踏步走向了操作台，才两步，他回头道："我叫吴斌给你去弄，但是记住，绝不能再违规操作！"

"一定！"陈孟琳重重点头，"谢谢张叔。"

钟宁依旧靠着那辆比亚迪，眼睛盯着猴子石大桥下奔流不息的水，一口一口地抽着烟，似乎在思索着什么。

陈孟琳抬脚往那边走去。

05
▶▶

天色越来越暗，雨要下不下，江面上雾蒙蒙一片，像是笼罩上了一层黑纱。

看着钟宁一脸愁容的样子，张一明掏出一根烟，帮钟宁点上，塞到了钟宁唇间，道："别想那么多了，我们也算是尽力了，要不我请你去洗个脚，放松放松？"

"松不了。"钟宁扭头看着案发现场，依旧有些茫然——不对劲，太不对劲了……开始是机油，接着是视频，然后是中南汽配城，现在的监控和目击证人更加印证自己的判断是准确的——这些都是疑犯故意留下的假破绽。可凶手不是赵清远，会是谁呢？

"你确定昨天夜里一点左右，你一直跟着赵清远？"

"我确定啊。"张一明把小本子递给了钟宁，指着上面自己标记出来的记号道："喏，除了今天早上六点多做穿刺不让家属以外的人进手术室，我只能在门口守着以外，其他时间，赵清远没有离开过我的视线。"

好歹也在派出所干过这么久，基本的盯梢张一明还是懂的，这起案子发生的时候，赵清远是在肿瘤医院的病房里，也就是张一明的眼前。

钟宁自顾自地分析道:"也就是说,人要是赵清远杀的,他只有可能是这个时间段偷跑出医院行凶?"

张一明一翻白眼,无语道:"宁哥,这人死亡时间是夜里一点,做穿刺是六点多,赵清远总不可能六点多去杀一个一点已经死了的人啊。"

"死法。"钟宁低头看着灰蒙蒙的江面,没头没尾地说了一句。

"什么死法?"

"你有没有想过……"钟宁吸了一口烟,扭头看着张一明,"如果疑犯单纯追求'同态复仇',一定要让受害者溺毙,猴子石大桥边就是江水,为什么不直接敲晕了往水里一推,非要多此一举,也捆绑装袋呢?"

"也对哈。"张一明点点头,又摇头道,"可能是怕被害人醒来,水性好,游跑了嘛。"

"呵,有这个可能。"钟宁揉了揉太阳穴,通宵没睡,让他脑袋运转有些慢,"但我觉得……如果疑犯根本不是为了追求同态复仇,那么他非要让受害者溺毙,会不会存在一种可能……"

"什么可能?"张一明丈二和尚摸不着头脑,但也听出一点端倪,"所以……你还是怀疑赵清远?"

"怀疑归怀疑啊,可惜我还只想明白了半截。"想起那张干瘦的脸,钟宁脑袋里更乱了。

此时,法医的尸检工作已经基本完成,张国栋领着一干刑警离开案发现场,准备下一步侦查工作。

钟宁依旧想不出所以然来,他重重地在张一明肩膀上拍了一下:"辛苦你了,兄弟。"

"咱俩谁跟谁啊。"头一次被钟宁叫"兄弟",张一明心头一阵感动,拍着胸脯道,"宁哥,先别想案子了,还是先跟我去洗个脚放松放松再说。"

"洗脚就不用了，先去派出所吧。哦，对了……"虽然刚才张局没说什么，但钟宁依旧自责，还连累了张一明，"昨晚的事，你把责任都推我身上就行了。"

"说啥呢，我是那种出卖兄弟的人吗？"张一明帮钟宁把车门打开。

"钟宁。"这边一只脚才踏上去，陈孟琳就从身后赶来，"你干什么去？"

"我去派出所那边解释一下，顺便把警官证拿回来上缴。"钟宁讪然一笑，"也辛苦你了，实在是对不起，白忙活一场。"

陈孟琳听出钟宁话里有话，愕然道："上缴？你是打算退出专案组还是打算不干警察了？张局不是跟你说了，一切等案子破了再说。"

"自己过意不去。"钟宁挤出一丝笑脸。他可以不计后果，但张一明是他拖下水的，张局又向来喜欢拿亲儿子开刀，他要是不一个人全背了，张一明就更不好收拾了。

陈孟琳板起了脸，语气严厉道："你这是想当逃兵了？"

这个刺耳的词语，像是一把匕首，猛地在钟宁心头扎了一下。他呆杵了好久，茫然地摇了摇头道："可能真的是我的能力不匹配。"

看着陈孟琳，钟宁忽然想起当年在法庭上被自己揍掉了两颗牙的陈山民。上次是陈山民，这次是张一明，都是因为自己的冲动而让别人去承担后果。

钟宁有些理解陈孟琳那天说的那句话：警察应该是规则的捍卫者，如果破坏规则，造成的不幸甚至会比违反者更大……自己只是稍微不守规矩，就让自己和兄弟的饭碗都要砸了。

"你是真觉得自己能力不够？"陈孟琳的语气有些咄咄逼人起来，"还是感觉自己遇到了强敌，所以想打退堂鼓？"

钟宁依旧没有回话，这是这个女人第二次像姐姐一样训斥自己了，但这一次他一点儿也不反感，或者说，连反感的资格都没有。

"你让我有些失望。"陈孟琳失望地摇头，指着张一明道，"如果你就这么甩手不干了，不光我失望，他也会失望，毕竟昨天他想都没想就跟着你去了。后果你应该早就想到了，你现在放弃，那你昨晚算是在干吗？拍拍屁股走人是负责任的表现？"

"我……我确实没有证据。"钟宁无力地回答。

"但你的推理过程都是对的！"陈孟琳指着远处的摄像头道，"你说疑犯会声东击西，你说把我们引到中南汽配城是他的障眼法，这些都对了，况且，疑犯确实像是在故意暴露更多线索，依旧在引导我们往错误的路上调查。"

"他已经找好了替死鬼，甚至有可能很快就杀了这个替死鬼。"钟宁被陈孟琳咄咄逼人的态度压得没办法，终于再次说出了自己的推断。

如果疑犯只是单纯想干扰警方的视线，他大可以把范围再扩大一些，让警方更加分散警力，更不好查，但是他偏偏一直沿着修车厂这个线索来布局，机油、视频里的黑指甲盖、目击证人、监控……这些线索越布越细，就只有一种可能，他不但还要杀人，甚至连替死鬼都找好了，这个替死鬼，一定是个和这些线索能够完全吻合的人。

可事到如今，自己查证的一切都走进了死胡同，说不定还会给张局那边拖后腿。又或许，陈孟琳说得对，自己是在逃避再见到下一场无能为力的死亡。

"既然你也怀疑他已经找好了替死鬼，就别急着否定自己。"陈孟琳的语气缓和下来，换了别的话题，"跟我说说，你为什么几次强调赵清远很小气？难道他自己舍不得换眼镜，却给他妻子买很贵的乳液,也是你怀疑他的理由?"

钟宁把手中的烟头狠狠踩灭,抬起头来:"我姐那案子你还记得吗?"

陈孟琳更加疑惑了:"这和你姐的案子有关?"

钟宁又掏出了一支烟,点燃,深吸一了口。此时乌云压顶,似乎马上要下雨了。

"那几个畜生抢劫我姐的时候,她刚发了工资,但她舍不得给,因为那是给我交学费的。所以我在想,赵清远这么一个靠写字为生的人,眼镜都舍不得换,但是能给吴静思买那么贵的礼物,还对她那么好……"

陈孟琳接过话头:"你是根据犯罪行为学判断出他的性格相对比较极端,觉得他跟你姐姐一样,能为了自己爱的人做任何事情,甚至包括……杀人?"

钟宁点头:"你怎么忽然问起这个?"

"我也跟你说说,我曾经办理过的一起杀妻骗保的案子……当时那案子是误打误撞破的。那男人根本不知道自己老婆买了保险,他也一直没有去办理相关业务。"

钟宁愕然,这案子他听张一明提过一嘴,但原委确实不知:"那他为什么杀人?"

此时,天色愈加阴暗,有江风吹过,把几人的外套吹得猎猎作响。

"那男的有了小三,他想和小三结婚,但他老婆不同意离婚,所以,他只是单纯地想杀了这个拦路虎,并不是想骗保。"

钟宁哑然:"那和这起案子有什么关系?"

陈孟琳从包里掏出一份文件递了过去:"其实赵清远的嫌疑并没有完全洗脱。"

"什么?"钟宁一愣。

"刚才案子来得急，在会议室我没机会说，昨晚我们查出来的东西，不是全然没有疑点的，有三个地方，我已经标记上了……"

正说着，远处有警察在叫陈孟琳的名字，似乎有事情让她拿主意。她摆了摆手，道："你先去拿证件吧，路上看看这些疑点，我觉得你可以跟进这条线……不过记住，别乱来，按照规章制度走。"

说罢，陈孟琳帮钟宁关上了车门，转身往案发现场走去，才走两步，她又回过头慎重地说："钟宁，希望你能在下一个被害者出现之前，找到抓捕赵清远的证据！"

06
▶▶

已经九点，正是上班高峰期。

张一明的车开得晃晃悠悠，比亚迪的收音机里正播放着一条喜讯："……今天早上，我国首颗暗物质量子探测卫星发射成功，并且在卫星和地面之间成功实现量子通信……这标志我国自主研发的……"

"呵，都能探测暗物质了，这人性咋就研究不透呢？"张一明发了一嘴牢骚。

钟宁烦闷地关掉收音机，低头看着陈孟琳给他的资料，依旧想不出所以然来——都是早上在会议室里的那几张东西：自己从图书馆找来的那张车祸报纸，陈孟琳从民政局弄来的赵清远和吴静思的结婚证明，还有当年的车祸伤情报告，不过上面的日期被陈孟琳圈了出来。

来来回回确认了几遍也没看明白陈孟琳的意思，钟宁郁闷地开了窗，想透透气，一阵疾风吹过，"哗啦"一声，文件散落一地。

"宁哥，咋啦，心情还是不好呢？"张一明从后视镜里看着愁眉不展的钟宁道。

钟宁没回话，心中翻江倒海着。太多的问号让他头痛欲裂。

"宁哥，要真是赵清远……"张一明忽然一拍大腿，"不会是集体作案吧？"

"绑架案有集体作案的，这种连环杀人案你见过吗？"钟宁想都没想就否定了。

干过刑警的都知道，几个人能团结一致违法乱纪多数都是为财，这种协作的连环杀人案极其少见。况且从几个被害人的被害细节上基本能够判定，嫌疑人的特征基本一致。

张一明想让钟宁放松一些，开了个玩笑："难道是那个叫余文杰的死而复生回来报仇？"

"你拍鬼片呢？"钟宁苦笑。

云层压得越来越低，似乎随时都会有雨下。

"嘿，别想这么多，放松放松先。"说着，张一明加大油门，变了一个车道，十多分钟后停下了车。

钟宁这才发现，这小子根本没有往派出所方向去，倒是开到了一家叫"大快乐"的足浴城。不过，估计是因为最近扫黄打非，足浴城大门紧闭，卷闸门上还贴了几个大大的封条。

"你不是说这是健康足浴吗？"钟宁白了张一明一眼。

"真健康啊，我都洗多少回了，没见过失足妇女。"张一明悻悻然解释道，"可能被人举报了吧，文明城市呢，被举报不就得被查吗？"

说着，张一明重新发动汽车，刚打算掉头，无意间瞥了一眼被风吹到中控台的案卷，忽然来了灵感，惊叹道："宁哥，不对啊。"

"什么不对？"

"那起车祸发生在 2005 年，但是……"张一明干脆又熄了火，"赵清远和吴静思的结婚日期是 2007 年。"

"这说明什么？"钟宁不解。

"两人是二婚啊！"张一明一脸吃惊。

"二婚怎么了？"钟宁茫然，"那天我们遇到的那对被碰瓷的夫妻，不也是二婚吗？"

"不不不，这个二婚有点不一样。"张一明指着伤情报告。

"这……和二婚有关系？"钟宁也有被张一明弄得摸不着头脑的时候。

"怎么没关系？！你想想啊！"张一明一副过来人的派头，"吴静思当时基本已经半身不遂了。"

"然后呢？"钟宁依旧茫然，人家都残疾了还愿意跟人家结婚，这不更加证明了赵清远对吴静思不离不弃的爱吗？

"你……"张一明有些无语，没想到强如钟宁也有知识盲区，"你是不是没有谈过恋爱？"

钟宁一愣，尴尬摇头："没……没有。"

"那你有没有相过亲？"

钟宁更尴尬了："也没有。"

"难怪你不懂了。"张一明呵呵一笑，"那我给你解释一下。赵清远和吴静思是八年前结婚的，也就是说，赵清远当年还只是一个二十多岁的小青年，人生才刚刚开始，还有大好前途！"

"然后呢？"

张一明更加无语了："这你还不明白？当年赵清远在婚恋市场上就是个香饽饽，反观吴静思呢？"他停顿了一下，接着说，"吴静思遭遇车祸的时候是已婚的，已经三十出头了，车祸还令她落下了残疾。年纪不小、二婚、残疾，现实中这种女孩子找对象肯定特别难。"

"你的意思是……"钟宁终于有些听明白了，"但是赵清远还是娶了吴静思，而且他对吴静思好得太过分了，这种爱里似乎透着一种……"

"诡异!"张一明语气夸张道，"就是诡异!我就不信二十来岁的小伙子能看上一个比自己大了十来岁的半身不遂的残疾人，除非……"

"轰"的一声，天空响起了一个炸雷。

钟宁猛然间明白了陈孟琳刚才为什么要说起骗保案，"除非赵清远在吴静思出车祸之前就已经爱上了她……"

他又看了一眼陈孟琳圈出来的另一个数字，一咬牙："掉头!"

又是"轰"的一声，雷声再起。

07
▶▶

"轰"的一个炸雷，整个房间骤然亮起，又瞬间恢复如常，客厅墙上挂的电视机被震出了一片雪花点，旋即又恢复如初。电视里正在播放一则新闻——

> ……今天凌晨，本市猴子石大桥发生一起凶杀案……死者为李姓男子……警察正在侦查中，欢迎广大市民提供线索……

此时距发现李援朝的尸体已过去了一个小时，赵清远半闭着眼睛，仰躺在客厅的沙发上。

累……太累了。他今天还得再杀掉一个人，才能确保整个计划的稳妥。

不过，相比这个计划，赵清远更担心妻子的病。检查结果要三天以后才能拿到，这三天对于他来说，简直就像炼狱一般难熬。

此时卧室里传来吴静思均匀的呼吸声，这是唯一让赵清远感到心安的声音了。

看了看时间，十点多，离妻子吃药还有一个多小时，这是他每天都要亲自做的事情，不管杀不杀人都没有例外。

既然时间还早，那就先做好扫尾工作吧。

强打起精神，赵清远起身到了书房——说是书房，其实堆放的全都是赵清远这些年给吴静思买的各种礼物。唯一的书柜放在最靠里的墙角，赵清远把最下面那层书搬开，摸索了半天，终于从架子后面找出一个铁皮盒子。

铁皮盒子以前是用来放月饼的，有些年头了，看上去锈迹斑斑，上面一个抱着金鱼的福娃正冲赵清远乐呵呵地笑着——盒子里装满了剪报，厚厚一摞，内容也是五花八门，从社会民生到物业维权，甚至还有明星八卦，而这些新闻报道的落款全都是一个名字——记者吴静思。

细细往下翻，最早的一张简报是 1998 年的，新闻内容是关于贵省浮邱山乡一个贫困县希望小学的办学情况，下面的落款多了两个字：实习记者吴静思。

赵清远小心翼翼地取出这摞厚厚的简报，底下还压着一根白色的塑料小棍，五厘米不到，很有些年月了，已经有些发黄。

赵清远认真地把小棍拭擦干净，终于抽出了最下面的一个牛皮纸袋。

"轰！"窗外又是一声雷鸣，伴随着刺眼的闪电，纸袋上"死亡证明"四个字甚至显得有些狰狞。在这行字下，贴着一张黑白寸照，照片里的人戴着金丝眼镜，一脸严肃，下面一行标注着名字：余文杰。

赵清远看着照片，心中升腾起一股怒气，他从口袋里掏出打火机，"噗"的一声，余文杰的照片，连同着他的名字一起卷起，再卷起，很快化成了灰烬。

亲眼看着火苗由大变小，逐渐熄灭，赵清远长吁出心头那股恶气，重新把所有报纸放回了铁盒。

一转身，他猛然一怔——吴静思不知什么时候坐着轮椅到了门边。

"清远，你在干吗呀？"吴静思好奇地盯着垃圾桶，"怎么在书房烧东西？"

赵清远敷衍地答道："哦，我处理一点没用的资料。你怎么起来了？"

还好吴静思没有深究："打雷，我一个人害怕。"

"我陪你。"赵清远笑了，推着吴静思回到卧室，把她抱上床，掖好被子。

吴静思注意到赵清远本就不多的头发已经斑白一片，她怜惜道："清远，你都有白头发了。"

"老了。"赵清远挤出一丝笑容。

"我也老了。"吴静思缓缓摇头，"清远，谢谢你照顾了我十年，人有几个十年啊！"

"又说谢谢了！老了就有白头发嘛，自然现象。反正你又不会离开我，老点就老点，不怕你嫌弃。"

吴静思忽然想起了什么，小声道："清远，你说……要是余文杰还活着，是不是头发也已经白了。"

"轰"的一声，窗外又炸起了一声响雷，紧接着，大雨哗啦啦倾盆而下。

赵清远神情一滞："你怎么想起他来了？"

吴静思并没有发现赵清远的异样，用商量的语气说道："可能是身体的原因吧，我最近常常想起他……我想去看看他的墓，可以吗？"

赵清远背后一凛，下意识脱口道："不行！"

吴静思依旧没有发现丈夫的异样，恳求着："如果这次我病没好，也算……也算是跟他道个别。"

"说了不行！"赵清远不自觉提高了音量，断然拒绝。

吴静思难过地看着赵清远："不要这样，清远。我担心我的身体熬不了多久了，他都走了这么多年了，我也算是……"

"我说了不行！"赵清远狠狠咬牙，那样子把吴静思吓坏了，她惶恐地看着赵清远，似乎有些不太认识他了。

赵清远瞬间意识到了自己的失态，他努力平复情绪，轻声道："乖，你先养好病，看余文杰的事情，等天气好点儿再说。"

"清远，你别这么生气，看着吓人……"吴静思甚至有些不敢看赵清远了。

"我没生气，真没生气。"赵清远赶紧挤出笑容，坐到了床边，"我给你讲个我的故事吧，听完你就知道为什么了。"

见赵清远又恢复了往常的样子，吴静思才又安心下来，点了点头："嗯，你说……"

赵清远看着头顶昏暗的灯光，缓缓道："我呀，以前喜欢过一个姑娘。那时候我在想，她应该是我这辈子最爱的人了……"

吴静思先是吃了一惊，接着笑了笑，这还是丈夫第一次说起这种事，说不上是吃醋还是好奇，她抿着嘴问道："是在报社上班的时候吗？"

十点三十分。

车在星港晚报大楼的停车场停下，还没停稳，钟宁就一推车门，大踏步往大楼里面走去。一直泫然欲泣的老天此时终于下起了大雨，雨水夹着冷风往人脖子里钻。

"宁哥，你觉得这里会有人认识那三个被害者？"张一明气喘吁吁地跟在钟宁身后。

"我不确定。但赵清远和吴静思在车祸以前一定发生过什么。"

纸媒虽已不景气，但《星港晚报》这种官办报纸依旧活得滋润，大厅里铺着大理石地板，挂着水晶吊灯，看上去雍容华贵，但上班的人并没有几个。

上了三楼，拐进了里面的一条走廊，钟宁很快就找到了一个挂着"社长室"标牌的办公室。敲了敲门，一个女声传了出来："请进。"

钟宁推开了门了进去走。公室挺大，装修得很是气派，办公桌边坐着一个微胖的中年妇女。

她见到钟宁和张一明，一愣，站起身问道："请问你们是？"

"文社长是吧？"钟宁递了一个眼神，张一明赶紧拿出了专案组证件，"我们是警察，想跟您调查一件事情。"

"调查事情？"文社长皱起眉头。

"这人你认识吗？"钟宁打开手机上存下的赵清远的照片。

文社长才瞄了一眼，脸上立即露出了怪异的表情，点头道："这是赵编辑，不过他很早就不在这里了。"

"那他的妻子你认识吗？"

"他妻子？"文社长愣了愣，似乎不知道赵清远还结婚了，好久才道，"哦，你说的是吴老师吧？"

"对，吴静思。"

"吴老师久一点，她是1998年还是1999年就开始在我们这边实习的。"文社长想了想道，"赵清远……好像是2003年读大四的时候进来实习的，毕业以后转正了，但2005年就走了。怎么，他们有什么事情？"

"一个小案子，牵扯到了赵老师，就想顺便了解一下他。"钟宁轻松道。

"这样啊……"文社长略一沉思，说道，"两位坐下聊吧。"

张一明在桌前的一把椅子上坐下，钟宁却四处观察起来。

正对着办公桌的一面墙上挂着不少照片，看起来应该是报社每年年会时拍的合照。照片是按时间顺序排列的，钟宁很快在一张十多年前的照片上看见了赵清远，在他下排站着的正是吴静思，吴静思身边紧靠着一个男人，不出所料的话，应该是她当年的丈夫余文杰。而且，这个男人站在中心位置，似乎是报社的核心领导。

钟宁指了指赵清远，随口问道："赵老师平时工作表现怎么样？"

文社长随意点了点头，眼里却装满了不屑："还可以啊，怎么了？"

"还可以？"傻子都能看出来，文社长的意思是"不太可以"甚至是"不可以"。

钟宁故意道："我看他的个人资料上介绍，他写过好几个震动全国的选题，能力应该很强吧？"

果然，文社长轻蔑一笑道："呵呵，能力强怎么了，我跟你说吧小伙子，能力再强，人品不行，那也不是一个合格的记者。"

钟宁眯了眯眼睛："您觉得他人品不行？"

文社长冷笑了一声："人品好能被开除吗？"

钟宁心头一紧，果然，还真是有故事。张一明赶紧接话道："因为什么事情被开除的？"

"哎呀……"文社长压低了声音，"他偷女同事内裤……"

"还有这事？"钟宁和张一明对视一眼。

"照理说，这件事情我不应该讲的，以前余主任也是这么交代的，毕竟影响我们报社的声誉。但你们都找上门了，我也应该配合。"文社长看了看两人，才继续道，"我记得那是2005年上半年，我们报社安排了几个记者去山区采访一个留守儿童，打算做个专题，这其中就有赵清远。有一天，我们有个女记者的内裤被人偷了。"

"赵清远偷的？"

文社长冷哼一声："对，就是赵清远。一开始他还抵死不认，后来余主任让人从他宿舍的箱子里搜出来了，他才没办法，只能认了。"

"他偷了谁的内裤？"

"余主任的老婆，吴静思的！"

张一明一脸不可思议："那余文杰当时怎么处理的？"

"这件事情性质很恶劣，算是……算是猥亵了。"文社长继续压低声音道，"余主任大度，说毕竟同事一场，当然，最主要还是顾及对报社会有负面影响，就把这件事情压下去了，只是把赵清远开除了。这件事好像连吴老师自己都不知道。"

钟宁问道："你确定这是2005年的事情？"

"当然确定啊。"文社长叹了口气，"赵清远被开除没多久，余主任就出了车祸去世了，吴老师也瘫痪了。再后来，吴老师就莫名其妙地嫁给了赵清远。"

张一明望着钟宁，小声道："宁哥，车祸会不会不是意外？"

钟宁神色严肃，没有回答。

文社长摘掉了老花镜，又叹了一口气："你们是在调查当年那起车祸吗？余老师这么好的人，怎么就忽然出了车祸啊！"

钟宁的脸色越来越严峻："我看赵清远，不像那种会偷内裤的变态啊。"

"知人知面不知心哪。"文社长摇摇头，"当时在赵清远宿舍里的箱子搜出来的，可不只吴老师的内裤，还有牙刷、化妆品、杯子，甚至还有吴老师用过的餐巾纸呢！"

张一明愤然道："那你怎么不早点跟警察反映这个情况？"

"我反映什么？我又没有证据，只是我个人的推测。"文社长一摊手，"余主任心善，也要面子，他都没告诉吴老师，我就更不好管了。"

钟宁再次掏出手机，把几个被害人的照片放到了文社长眼前："认识吗？"

文社长又戴上老花镜，仔细看了看，摇头道："不认识。"

"三个都不认识？"钟宁心头一沉。

"不认识。"文社长继续摇头，"都没有见过。"

"你认真点看，这可是关系到命案！"

"命案？！"文社长张大了嘴巴，赶紧摇头，"真……真不认识。"

"你再仔细……"

"算了，别耽误时间。"钟宁打断了张一明，从桌上取过纸笔，"吴静思和余文杰以前住在哪里？"

文社长回答道："我记得好像是金山小区。"

钟宁把地址写上，刚起身准备走，口袋里的手机响了起来，是陈孟琳发过来的信息："目击证人已经找到了。"

第六章 ▶ 替死鬼

▶▶▶

01
▶▶

市局刑侦队审讯室内的墙壁上，圆形挂钟指向了十点四十五分。

陈孟琳收起手机，透过玻璃，看着审讯室里的拾荒客，面色凝重——从钟宁刚才发过来的消息来看，赵清远确实有很大问题，只是……依旧没有切实证据，这让她一阵心焦。

"砰砰！"审讯室里传来肖敏才敲击桌面的声音，陈孟琳收回了思绪。

拾荒客确实躲在星港大学，分局吴斌带队赶到的时候，这老头儿正在一个废弃的风雨棚里睡觉，见到警察激动得就像自己是杀人犯一样，爬上屋顶就要往下跳。

几个刑警好说歹说才把人给劝下来，这会儿到了局里，死倒是不去死了，就是饿，已经塞下了整整七个面包。

"慢点吃，没人跟你抢。"看着老头儿脖子梗得跟被掐住了喉咙的鸭子一样，张国栋赶紧让人给他倒了一杯水，等他好不容易吞下去，才问道，"你说说，你为什么要杀人？"

"杀人？！"老头儿吓得一哆嗦，手里的面包掉了一地，"领导啊，我可没杀人……"

"没杀人你跑什么？"肖敏才吓唬他。这拾荒客当然不是凶手，吓一吓他这种胆小如鼠的人，也是审讯的常用技巧。

"我……我跑，是……是因为我怕嘛。"老头儿果然老实了很多。

"怕什么？"张国栋问道。

"怕别人来杀我！"老头儿惊恐地看了一眼审讯室门口，似乎很是惊慌，"我……我昨天晚上看到有人杀人了。"

张国栋眼睛一亮："你看到了行凶过程？"

"那……那倒是没有……"老头儿摇了摇头。

"那你看到了什么，详细说说。"

"我昨晚准备睡觉了，有个车停在了河边，一直亮着灯，晃得我没法睡觉，我就起来看了看，就看到一个男的，做贼一样来来回回地走，一看就不像好人。"老头儿一脸后怕，"我今天起来就听到有人在喊发现了死人，就在我睡觉的桥洞下面一点点，我就怕了……"

张国栋皱起了眉头："你是几点看到的人？"

"我……我没有表。"老头儿为难道，"不过是我快睡觉的时候，已经很黑了，我一般是等学校关门，收了东西才去桥洞那里，应该是有点晚了。"

"时间可以对上。"肖敏才算了算，学校一般是十点半关大门，从星港大学到猴子石大桥，步行四十来分钟，算起来差不多就是案发时间段。

张国栋继续问道："你看到那人的长相，或者当时听到什么声音了吗？"

老头儿惊恐地摇头："天太黑了，长相看不清。我就听到了水的声音，不知道是那个人在尿尿还是往水里扔东西。"

张国栋的眉头越皱越深。

肖敏才问道："那你看到的是什么车？"

"是个面包车！"老头儿很肯定道。

"车牌号码记得吗？"

"天太黑了……"老头儿尴尬地摇头，忽然又想起来什么，"但是那个车后面好像贴了两条狗。"

"两条狗？"张国栋一愣，没明白这话什么意思。

"就是那种玩具狗……"老头儿比画着，"那种动画片里面的狗。"

就在此时，桌上的对讲机响了起来，接通后，就听到吴斌激动地喊道："张局，我们排查了沿路的监控，沿江路那边确实有一辆贴了狗贴纸的面包车在案发时间段路过！"

"行！"时间、目击证人、监控全部对得上，张国栋不再啰唆，狠狠一拍桌子，起身交代道，"马上让技侦部门核查车牌号码，全面排查！"

张国栋推门出了审讯室，扭头看向陈孟琳，不由得愣了愣——陈顾问的脸上没有半点喜色，反而比找到拾荒客之前更加阴郁。

"陈顾问，你是……"

陈孟琳摇了摇头："我想起钟宁说过，目击者看到的很有可能只是疑犯找的替死鬼。"

"替死鬼？"

陈孟琳点头。一个如此谨慎的罪犯，忽然如此"大意"地留下了目击者，还光明正大地出现在摄像头下，甚至还在车上贴了贴纸，是生怕不够招摇过市，警察查不到他吗？

张国栋欲言又止，他心里知道，这个疑点是成立的，但这是警方现在唯一能追查下去的线索，也只有尽快找到这辆车的主人，才能更加接近真相。

想了想，张国栋转身道："不管是不是替死鬼，根据目前的线索，也只有这一条路可查。"

说罢，他忽然又想起了什么，一挥手，叫过来一个文职，转身的时候手上便多了一个泛黄的文件袋。他把文件袋递给了陈孟琳，道："这是赵清远的档案，我让户籍科那边给你弄齐了，至于当年车祸的车检报告，因为时间太久，还需要一点时间。"

"谢了，张局。"陈孟琳赶紧接过。文件袋应该还没打开过，上面的细线沾着厚厚一层灰。她小心扯开，里面一共也就四五张纸，才抽出来看了一会儿，她的眉头就猛地一皱。

"张局！"

再抬头，张国栋已经领着肖敏才几人离开了。

"张局！"

陈孟琳来不及把档案放回袋子，抓紧，小跑着往张国栋消失的方向跑去，边跑边掏出手机拨了过去："钟宁，问题可能不是出在他们在星港晚报报社工作的时候！"

"不是在报社的时候吗？"

赵清远把卧室的灯调到了睡眠模式，拧开了床头上一个助眠的电子音箱。音箱上的时间显示，离妻子吃药还有四十分钟。

电子音箱里正巧又是那个破锣嗓子在唱：

> 不是你亲手点燃的，那就不能叫作火焰……
> 不是你亲手摸过的，那就不能叫作宝石……

赵清远继续说着自己的故事："怎么会是在报社的时候呢？那时我不就已经认识你了吗？怎么会还喜欢别人。"

吴静思嗔怪道："那你什么时候喜欢过别人，怎么从来没有跟我说过？"

赵清远有些不好意思："不敢跟你说，怕你嫌弃我。"

吴静思笑了："傻瓜，谁还没喜欢过人啊，这有什么嫌弃的。"

"你没穷过，不懂我们这种人的……"赵清远苦笑了一声，"我小时候家里穷，一家三口就靠我爸打鱼为生，我六岁那年，我爸出海的时候出事了，我妈就每天去拜妈祖，去找他，我就天天坐在家门口等着他们回来……"

吴静思难过道："他再也没有回来了，对吗？"

赵清远点头："嗯，再也没有回来了。后来我妈就带着我改嫁到了贵省的山区，但是没过一年，她又跑了……因为继父喝了酒就老打她。"

说到这里，赵清远痛苦地闭上了眼睛。他发觉自己都有些记不清母亲那张满是苦难的脸了。

良久，他才接着道："我就只能跟着没有血缘关系的二叔二婶长大。毕竟不是亲生的，又是外来户，村里的小孩没一个看得起我，还老欺负我。有一次村长家的腊肉被偷了，其实是我堂哥偷的，可他们都污蔑是我偷的，要把我吊起来打死。当时我才八岁……"

吴静思紧张得张大了嘴巴："难怪这么些年你从来没提过你的亲戚。"

赵清远的脸上忽然露出一种怪异的笑容，像是在回忆着什么美好的事情："我十三岁那年，有一次学校要交补课费，其实也没多少钱，一共十二块，但我二叔不肯给我，碰巧那天我同桌的钱丢了……"

"他们怀疑是你偷的？"

"对啊，因为整个学校我最穷。"赵清远又是无奈一笑，"班主任不相信我没偷，校长也找我谈话，同学们看我好欺负，都说是我偷的，让我还给人家，不然就要叫家长。"

"那……那怎么办？"

"还能怎么办？我也不敢回去，不然会被二叔打死，我就只能躲在镇上一个包子铺的过道里，躲了整整一个晚上……"

时隔多年，想起那个噩梦般的夜晚，赵清远依旧感觉浑身冰冷。

"清远，没事了，别怕。"吴静思抱了抱他。

"嗯，没事了。"赵清远笑了，"幸亏我碰到了一个女孩，她看我可怜，就问我怎么了，我就把事情告诉她了，她就给了我钱……整整十二块！"

赵清远抿了抿嘴，像是在抑制自己内心的情感："她还给我买了一根棒棒糖，我现在都记得，棒棒糖是'真知'牌的，好甜啊！真的好甜，我这辈子没有吃过那么甜的东西，我……我当时还哭了，我就想，要是以后我吃不到这么甜的东西了，那可怎么办呢？"

"清远，别难过了……"吴静思心头一酸。

赵清远自顾自道："后来我经常去看她，一有空就去看她，但是有一天，我发现她结婚了……"

说不上来是微微有些醋意，还是真的好奇，吴静思问道："那你不是很伤心？"

"没有，我一点也不伤心。"赵清远爽朗地笑了，眼神中看不到一点阴霾，"看到自己喜欢的人过得好，不应该开心吗？干吗要伤心呢？"

"也对。"吴静思不好意思地笑了，"那后来你还去看她吗？"

"轰"的一声，窗外又一个炸雷。

"不看了。"赵清远呵呵一笑，扭头看着吴静思道，"我把她给杀了。"

02
▶▶

"我靠，赵清远确实还有故事啊！"

十一点三十分，比亚迪在往金山小区的方向飞奔。

开车的是钟宁。张一明正盯着手机里陈孟琳发过来的档案——是一份满是疑点的档案。

钟宁没有猜错，赵清远确实会双扣蝴蝶结的绑法。档案上明确无误地显示，赵清远是舟山人，六岁时，父亲出海丧命，他跟着母亲改嫁到贵省，还随继父改了姓。1998 年他读高二时，从贵省桃江县城关镇一中辍学，2000 年才参加高考。也就是说，辍学后的一年，赵清远既没有正式工作单位，也没有接着读书，应该正是这一年发生了什么，让他决定重返学校。

再后来，赵清远的人生轨迹依旧处处不合常理——他不光只是数学好，高考总分甚至高达 641 分，完全可以上一所 985、211，可他却去了星港大学，超过了当年该校的录取分数线一百二十多分。大四实习期，赵清远任职于星港晚报报社，毕业后转正留任，在 2005 年忽然跳槽到了初创企业知客传媒。

同年 10 月 26 日，吴静思和余文杰在西子路上发生车祸。

张一明细细看完，不由得打了一个冷战："宁哥，看来这赵清远确实是偷内裤被发现开除了，这才换了工作。他可能并不是一个宠妻情种，真的是个变态，为了得到吴静思，制造意外杀她老公，不小心导致了她残疾。"

钟宁狠狠骂了一句脏话："现在的问题是，他到底会把那个替死鬼弄去哪里。"

张一明的分析，钟宁早就已经猜到了，他现在担心的是这个替死鬼的生死。如果拾荒者没看到什么重要线索，说明赵清远可能还有其他谋杀对象，时间上说不定会间隔久一点。但现在既有贴纸又有车牌，这么明摆着的线索表明，赵清远希望警察能查到车主，而作为赵清远的替死鬼，这人一定活不了，赵清远会杀了他，给警方来个死无对证。

张一明深以为然地点头，出了个馊主意道："要不干脆让我爸先批捕吧，把人抓着再说。"

"你觉得你爸会同意？"钟宁苦笑。虽然、赵清远看上去疑点重重，但没有一样算是确凿证据，让张局同意批捕的希望，还没有自己去金山小区找到证据的希望大。

"宁哥，那你觉得这里能找到证据吗？"张一明问。

"赌一赌。"

假如赵清远所有的行为都是为了吴静思，那么他有很大概率是在辍学后认识了吴静思，才重新回到学校参加高考的。一个无钱无势无文凭的乡下青年来到城里，大多都是从事体力劳动，能认识吴静思这么一个晚报记者，且能被影响重新求学，钟宁觉得最大的可能性就是吴静思所在小区的保安或者保洁之类。

但这都只是钟宁的推测，至于能不能找到证据，他心里也没底气，毕竟，这已经是十多年前的事情了。

一脚急刹，车停在了金山小区的门口，也没闲工夫再找停车位，两人迅速下车，往小区里走去。

小区门口有个保安亭，五六个保安正围着桌子打牌。

两人径直进门，张一明掏出证件，钟宁拿了赵清远的照片放到众人面前："认识这人吗？"

几个保安先是一愣，接着纷纷摇头："不……不认识。"

虽说是意料之中，保安这个岗位流动性这么大，能碰上一个十多年了依旧在职的，概率太小了。但钟宁依旧心头一紧："都不认识？"

"不认识，没见过。"几人又是一阵摇头。

张一明失望地收起证件，想跟钟宁说再去物业问问时，一个五十来岁的老保安拿着饭盒走了进来，瞄了一眼钟宁的手机屏幕，讶异道："这不是竹竿子吗？"

"你认识他？"钟宁眼睛一亮。

老保安呵呵一乐："这怎么不认识？瘦得跟猴一样的，我们以前老叫他竹竿子。"

"对对，是竹竿子！"一个刚才还摇头的胖保安似乎也记了起来，"怎么老成这样了，我都没认出来。我记得他大名是叫……赵清……"

"赵清远！"老保安接过话头，"这都多少年了哦，以前那批人，就剩下我们两个了。"

钟宁问："你们以前和他是同事？"

"对，他可是我们保安队的传奇。"老保安说起十来年前的事情，倒是记得挺清楚，"他应聘当保安的时候……我想想，那应该十几年前了吧。"

"对对。"胖保安点头道，"1999年，我记得。"

老保安感叹道："还是我面试的，这小子连普通话都不会说。农村出来的嘛，也可以理解。我看他憨厚老实，就留下了。"

"表现怎么样？"

"很好啊，脏活累活抢着干，大家都不喜欢值夜班，他就一个人负责。不过后来也不知道他哪根筋搭错了，忽然买了好多书回来，说想考大学。"胖保安呵呵笑了，"也不值夜班了，还嫌我们睡觉打呼噜影响他复习，专门问我要了个单间一个人住。"

老保安接着说："说是单间，其实就是顶楼一个杂物间。他也是能吃苦，夏天热得要死，冬天冻得要死，但他一个人愣是住了一年。"

"除了这些，还有别的关于他的事情吗？比较特殊的事情？"钟宁问。

胖保安想了想，神秘兮兮道："听说，他喜欢一个女业主。"

钟宁一个激灵："知道是谁吗？"

两个保安互看一眼，老保安道："好像是晚报的一个记者。"

钟宁眯了眯眼睛。张一明掏出三张被害者的照片："认识他们吗？"

两个保安看了一眼照片，很快就摇头了："不认识。"

"完全没印象？"

两个保安很肯定地点头："完全没印象。一次没见过。"

钟宁不死心道："带我们去那个女业主以前住的地方。"

两个保安点头，也不敢多问，领着两人往一栋离得不远的楼走去。一行人快步上了电梯，在十三楼停了下来。走到一户人家门口，两个保安又对视了一眼，老保安道："领导，好像……好像就是这一家。"

"是她吗？"钟宁拿出了吴静思的照片。

"对，对。"两人点头，眼中似乎有些害怕，"她老公好像死了，她也残疾了吧？"

话音刚落，"吱呀"一声，那户人家的门开了，一个穿着睡衣的女人手里提着一袋垃圾，奇怪地看着他们，问道："干吗的呀？"

"警察。"张一明掏出了证件。

女人上下打量了几人一眼："有什么事情吗？"

"我们为了一个案子来的。"钟宁解释着，探头瞄了里面一眼，应该是重新装修过了，地板铺的是这两年才流行的黑胡桃色，"你这房子买了多久了？"

女人并没有打算让几人进去："好多年了啊。"

"是不是找一个叫吴静思的人买的？"

女人摆了摆手，摇头道："不是啊。好像是姓赵的，叫赵清远吧，他出面处理的。业主是谁我就不记得了。这房子我可没占什么便宜，我才买下来的时候，卫生间啊，卧室啊，好多血。"

"血？"钟宁和张一明同时惊讶道。难道赵清远比想象的还要狠毒？

"对啊，反正看着脏兮兮，我装修还花了十好几万呢。哎呀！你们问这个干吗啊？"

"这几个人你认识吗？"张一明再次翻出了受害者的照片。

"不认识。还有什么事吗？没事我打麻将去了……"女人关了门，扭着屁股进了电梯。

"哎！你这人！"被害者照片还只翻了一张，人就走了，张一明刚要开口叫住她，被钟宁给拉住了。已经过去近十年了，房子也装修过了，即便以前有血迹，现在还想找出什么线索也不太可能了。至于受害者，连在这里十几年的保安都不认识，一个后来搬进来的业主就更不会认识了。

思索片刻，钟宁走到对面的那户，敲了敲门。

隔了老半天，终于有个大妈开了门，一脸不解地看着他们。

"大妈，认识以前住对面的人吗？"钟宁在手机里划拉了一张余文杰的照片给大妈看。

大妈看了一会儿，点了点头："这……这是余主任吧？"

"对，你们熟吗？"

"还可以吧。"大妈感慨道，"他是个好人啊，对我们邻居都客客气气的，对他老婆也很好，两人一直相敬如宾呢，哎，可惜啊，出了车祸，人就没了！"

钟宁换成了赵清远的照片："那这人你认识吗？"

大妈立刻像看到了瘟神一般摆了摆手："这个我就不认识了，我还煮着饭呢，就不和你们说了。"说完"砰"的一声关上了门。

又是碰了一鼻子灰，张一明郁闷得不行，苦闷道："现在看来，只能靠陈专家了，看她能不能说服我爸先把赵清远给批捕了。"

"没希望的。"钟宁摇了摇头，"还剩下唯一一个有可能找到线索的地方……"

就在此时，手机响起，依旧是陈孟琳发过来的信息："已经查到车主信息了。"

03
▶▶

十一点五十分。

市局刑侦总队会议室内，五排白炽灯一起打开，光线刺目，一众荷枪实弹的刑警神情肃杀。

张国栋脸色严峻，一个挥手，肖敏才将一张车主的照片投影到了墙上。

"……李大龙，三十一岁，星港本地人，汉族，离异，目前居住地址是 301 国道 76 号，开着一家修车铺，有过两次聚众赌博的案底，身高一米七五，体重一百四十斤左右，是本次连环杀人案的重大作案嫌疑人！"

话音一落，一众刑警下意识握了握腰间的枪。

"在此次抓捕行动开始之前，我特别提醒大家！"张国栋起身往桌上重重捶了一拳，"根据我们查到的资料，这人在二十三岁至二十六岁这三年从事过海员工作,不排除掌握一定搏斗技能的可能性,所以请大家在抓捕时务必小心,我不想看到有人员伤亡!"

"是!"一众刑警高声答道,气势如虹,响声震天。

"案情紧急,我也不啰唆了。"张国栋起身叉腰,"一队吴斌领头,二队我亲自领队,马上对李大龙实施抓捕!"

"是!"一众刑警又是一声怒吼,铿锵有力。

就在此时,陈孟琳猛地推开会议室大门,侧身挡住门口,焦急道:"张局,我觉得我们应该先去抓捕赵清远,哪怕是你先安排一个分队……"

"还是赵清远?!"张国栋脸色一黑,打断道,"钟宁找到什么证据了?"

"暂时……暂时没有……"陈孟琳咬了咬嘴唇,"但是,据我们推断,李大龙已经不在他家了。他大概率只是一个替死鬼,只有抓住赵清远,我们才能……"

"陈顾问!"张国栋再次打断,明显不耐烦了,"赵清远的档案你都看过了,他的人生轨迹是不太寻常,但是没有任何证据表明他和这起案子有关系。"

"但是他和余文杰……"

"证据!"张国栋提高了声调,"我还是那句话,一切合理合法的调查我都支持,但我希望你们能跟着证据走,而不是想当然。在你没有拿到赵清远切实的犯罪证据之前,我不可能无缘无故对他进行批捕!"

"张叔……"陈孟琳恳求,"我请求您相信我一次,相信钟宁一次。"

"陈顾问,我们是警察!"张国栋的脸上已是生气的神色,"我国《刑诉法》有明确规定,要对嫌疑人进行批捕,必须满足以下六条——正在预备犯罪、实行犯罪或者在犯罪后即时被发觉的；被害人或者在场亲眼看见的人指认他犯罪的；在身边或者住处发现有犯罪证据的；犯罪后企图自杀、逃跑或者在逃的……"

"有毁灭、伪造证据或者串供可能的；不讲真实姓名、住址，身份不明的；有流窜作案、多次作案、结伙作案重大嫌疑的。"陈孟琳接过话头，"我学过法律，张局，但是真的请你相信一次……"

"陈孟琳！"张国栋的耐心耗尽了，"先证后人，还是先人后证，我的老上司，也就是你爸，应该跟你说过无数次。你马上给我让开！"

"我……"陈孟琳哑口无言，颓然地往后退了一步。

张国栋领着一众刑警气势汹汹地走出了会议室。不一会儿，楼下的停车场传来一阵马达的轰鸣声。

"呵，规矩，证据……哪怕再死一个人，也要讲究这些吗？"

陈孟琳低头看了一眼手机，转身往走廊另一头小跑而去。

"你……真的杀了她？"

卧室里的故事还在继续，吴静思惊恐地瞪大了眼睛，满脸不可置信。

"当然啊。"赵清远笑了，逗趣似的看着妻子，指了指自己的心脏位置，"我在这里把她给杀了。"

吴静思张了张嘴："你是说，你把她忘了？"

赵清远点头："嗯，忘记了，再也不喜欢她了。"

吴静思轻轻捶了赵清远一下，嗔怪道："你刚才吓到我了，我还以为你真杀人了。"

"怎么可能？"赵清远得意地笑了起来，"我后来不还来了星港，当了保安，认识你了吗？"

吴静思也笑了："然后你就喜欢上我了。"想了想，又道，"将来我的病好了，我想去看看那个帮过你的女孩，可以吗？"

"行啊。"赵清远哈哈笑着，又指了指自己的心脏，"我跟你说这个故事，其实是想告诉你，过去的事就让它过去算了，别去想了。"

吴静思抿着嘴点点头："清远，你放心，我不会再去想那些事了。"她也指了指自己的心脏，"反正这里面，现在只住着你。"

赵清远满意地抚摸着妻子的头发："那就好。"

就在此时，床头的闹钟振动了两声。赵清远看了看时间，刚好十二点。他起身道："该吃药了。我给你去准备，吃完好好休息。"

赵清远亲了亲吴静思的额头，往厨房走去，掏出手机，拨出了一个号码。

那边很快就接了起来："哟，赵记者，您可终于联系我了。"

"等下有时间吗？"

"有啊。"

赵清远看了看表："东西我准备好了，四十分钟以后，我们老地方见。"

挂了电话，赵清远拉上窗帘，打开厨房的储物柜，拿出了小盒子，里面装满了五彩的药丸，他早就一格一格按每天的药量分得仔仔细细了。

倒好药，温水中加好蜂蜜，端上小盘子，回到卧室喂吴静思吃完。两分钟以后，他背起黑色双肩包出了门。

与此同时，一辆黑色的轿车正往洋海塘小区的方向飞驰而来。

04
▶▶

十二点整，金山小区，二栋，顶楼。

"已经出发了？"张一明看着脸色阴沉的钟宁，担心地问道，"是我爸他们出发了，还是陈顾问出发了？"

"都出发了。"钟宁盯着眼前一扇锈迹斑斑的铁门，心急如焚。

赵清远当年住的地方离余文杰家并不远，因为是个杂物间，平时没有人来，钥匙还在物业，胖保安已经去取了。

张国栋不同意先批捕赵清远，在钟宁的意料之中，所以只能让陈孟琳先去盯着赵清远。虽然很担心陈孟琳的安危，毕竟赵清远极有可能是个变态连环杀人犯，情急之下不知会做出什么事情来，可这也是没有办法的办法了。

"证据！证据！证据！"钟宁的内心咆哮着。

眼前这间房子是仅有的希望了。哪怕暂时和连环杀人案扯不上关系，只要能证明余文杰的死跟赵清远有关系，都可以暂时拘留赵清远，到时候再慢慢查，钟宁不信破不了案。

"宁哥，陈顾问会注意的，你别太着急。"张一明宽慰道。

此时，胖保安终于气喘吁吁地拿来了钥匙，打开了那扇满是铁锈的门。

一股浓烈刺鼻的霉味扑面而来，满屋子的灰尘被突如其来的访客惊得四散跳跃。

房间很小，靠墙放着一张空荡荡的高低床，墙边挡着一块破布。除此之外，整个房间空空荡荡。

"后面还有人住过吗？"张一明扒拉着双人床问。

"没有，这地方谁看得上嘛，下雨窗户都飘水进来。"胖保安摇着烂成条的窗帘布，"也就是这个竹竿子能受得了，他以前就是趴在那儿搞学习的。"

张一明来回走了两步，丈量了一下，这房间小得一撑手就能顶到两边的墙。他不解道："宁哥，你说这赵清远为什么要住这里？这跟个牢房也差不多吧？"

"呵呵，你之砒霜，他之甘露。"钟宁上前两步，拉开了窗帘。

顿时，张一明全身的汗毛都立了起来——昏暗的雨幕下，对面吴静思和余文杰以前的家尽收眼底！

"这个死变态！"张一明大骂了一声，看来赵清远这个变态在这里根本不是搞学习，而是在偷窥！

虽然早就猜到，但此刻钟宁心头依旧震惊——从这里看过去，余文杰的家，从卧室到厨房甚至洗手间都一览无余，只需要一个低倍望远镜，这对夫妻就在赵清远的眼皮底下，没有任何隐私。

可这巴掌大的房间里只有一张空床，没有任何线索，甚至连赵清远以前住过的痕迹都没有留下。

"宁哥，看来又白来了。"张一明郁闷地一屁股坐在床上，可能因为个子太大，这一屁股上去，本就摇摇欲坠的高低床"吱呀"一声，猛烈地晃荡了一下，接着"唰"的一下，挂着的那块破布摇摇晃晃了几下，落到了地上。

一瞬间，张一明像是被定住了一般，死死盯着墙面，一脸震惊。钟宁的脑袋里猛然炸响——一整面墙壁，写满了猩红色的字，不知是用红色的颜料还是用血，一笔一画组成了一个五个字的短句，反复重复，写了满满一墙！

钟宁的牙齿咬得咯咯作响："把照片发给你爸！"

"轰"的一声，窗外又是一个响雷，雨滴像是暴怒的子弹一般射向地面。

一辆……两辆……三辆……四辆……

一排警车闪着警灯，在滂沱大雨中往省道方向飞奔。

二十七公里……二十六公里……二十五公里……已经离李大龙的修车铺越来越近。

张国栋坐在第一辆车里，眼神冷峻地望着车窗外的雨幕，掏出一支烟来一口一口吸着，边上几个刑警大气都不敢出，生怕触了这位几天都没休息好的局长的霉头。

赵清远的档案就摆在张国栋的膝盖上，一路过来，短短十公里，他来来回回看了一遍又一遍，似乎想把那几张薄薄的纸看透。

"张局，只有十七公里了，很快了。"肖敏才套上了防弹衣，给张国栋也递了一件过去，"先穿上这个。"

"不用。"张国栋烦闷地一挥手，再次打开了档案袋。

肖敏才看在眼里，有些不解。虽说张局拒绝了陈顾问提出的批捕赵清远的要求，但看来他对赵清远也是有怀疑的。肖敏才问道："张局，您也觉得赵清远有问题？"

"有问题。"张国栋点头，"怎么，你也觉得我的处理方式不对？"

"我……"肖敏才犹豫了一下，摇头道，"没有。"

"呵，有就有嘛。"张国栋狠狠拍了拍档案袋，"我还是那句话，不阻止调查问讯，如果能拿出证据，可以进行下一步行动，但是光靠这个就批捕赵清远，不合规也不合法。疑点不能算证据，这你是知道的！"

"明白。"肖敏才点了点头。

"我知道你不理解，为什么明明有这么大的疑点，我还不抓人，一定要跟着眼前的证据走。"张国栋又吸了一口烟，而后从口袋里掏出来一支小小的录音笔，道，"吴亮出了那事情以后，陈山民教授找我们全组人专门上了一个星期的纪律课，就只有一个主题——程序正义。我一直把这个带在身上提醒自己。"

张国栋摩挲着虎口上的疤痕，眼中有光："我把他上课的内容录在了录音笔里，一直随身带着。我一直记得他的那句话：我们是警察，如果不跟着证据走，自己想当然地想抓谁就抓谁，那我们会比罪犯更可怕。如果不能把手中的权力关进笼子里，我们迟早会变成野兽！"

"明白！"肖敏才重重点头道。话音刚落，他的手机振动了一下，他拿起手机看了一眼，脸色骤变，递给张国栋，"张局，您看看这个！"

张国栋才瞄了一眼手机屏幕上的照片，脸色也骤然变冷。

"轰"的一声，又是一个炸雷，雨下得更大了，像拳头一般捶打着挡风玻璃，发出一阵阵密集的闷响。

照片是张一明发过来的，一张白墙——它原本应该是白的——上面用红色的不知是血还是颜料密密麻麻写满了一句话：余文杰该死！

"张局，钟宁和陈顾问都觉得……省国道那边只是一个套……"肖敏才微微犹豫，"现在……是不是应该让车队掉头，去抓捕赵清远？"

张国栋没有回话，眼神肃杀地看着车窗外，良久才道："这张照片或许能指向余文杰的死和赵清远有关，但和眼前这起案子，依旧没有直接关联。"

"这……"肖敏才无言。

"通知当地派出所，派人对赵清远进行盯梢，不要打草惊蛇。"张国栋收回了目光，"等这边处理完，我会亲自对他进行问讯，如果发现他和这起案子有任何关联，我会并案调查！"

肖敏才的手机又响了起来，是钟宁发过来的信息："李大龙根本不在修车铺里，赶紧抓捕赵清远！"

"张局……您看这……"肖敏才为难道,"那边一层一层通知下去……我的意思是,我们现在离赵清远所住的洋海塘小区并不远,不如我们先直接……"

"第一天当警察?!"张国栋提高了声调,"啪"的一下把手机扔了回去,看了看地图,只剩十四公里了,"让司机抓紧!"

"是!"

雨下得更大了……

05
▶▶

雨下得更大了。

车窗上雾蒙蒙一片,断了腿的破眼镜也雾蒙蒙一片,赵清远眼前一片模糊。他只得在路边停车,取下眼镜擦了擦,而后再次看了看后视镜,打了转向灯,驶入主干道。

从小区出来,他就一路观察,不过还好,并没有发现警察的盯梢。他看了一眼副驾驶座上的双肩包——里面放的是他这次的杀人工具,不过,不再只有绳索和扳手,还有两页薄薄的纸。

还有最后九公里,那里等着他要杀的最后一个人。只要这次成功了,自己身上所有的疑点都将会被洗刷干净,他会如同被这场雨冲刷过的城市一般,干净如新。

赵清远加大了油门,就在此时,李大龙打来了电话,声音听起来已经等得不耐烦了:"赵记者,你来了吗?"

"路上了。"赵清远笑了。这还真是一个称职的替死鬼。

"那就好,那就好,昨天晚上你说搬家,结果我跑过去你人又不在,害我白跑了一趟。"李大龙嘿嘿讨好,又还是忍不住发了牢骚,"我还以为今天你也会放我鸽子呢!"

"昨天不好意思，临时有事。"赵清远看了看时间，"今天不会，二十分钟以后我就会到。"

"那行，那行。"李大龙连连点头，又问道，"给我老婆的道歉信，你打好草稿了吧？要是好了能先给我看看吗？你也知道嘛，事情都拖了半年了。"

赵清远呵呵一笑，人要自己找死，怎么都拦不住："已经好了，我用手机发给你，你先看一遍，不行的地方我们再修改。"说着，他按了几个键，发出了信息。

"老婆，对不起。这些天我想了很多，当时真的都是我不对……"李大龙磕磕巴巴地读了起来，语气不像在读道歉信，倒像是得到了什么武林秘籍，"是我平时对你缺少关爱，才让你对别人动了情，我真的知道自己错了……我也知道，你不会再回到我的身边……哎，不对啊，赵记者……"

读到这里，李大龙有些不满了："赵记者，我老婆会回来啊，我要是知道她不回来，我还写这狗屁玩意儿干吗？"

"以退为进，懂不懂？"赵清远又是一脚油门，把早就准备好的说辞说出来，"难道你能写'我知道你一定会回来'这样的话吗？你要以退为进，你老婆看到以后，才能感觉你是真心实意地改了。"

"对对对！这叫置之死地而后生！"李大龙连连点头，"还是你们文化人有心机。"

赵清远不再啰唆："行了，你先看着，我先开车。等下我到了，你就照着抄一份，下午我就拿回去发到我们的公众号，放心，你老婆肯定可以看到。"

"好的好的！"李大龙连连点头，"等我写完，请你喝大酒。"

挂了电话，赵清远刚打算进入辅道，忽然发现身后有一辆黑色轿车好像在跟着自己。他一个激灵，握紧了方向盘，再一变道，果然，身后的轿车也跟着变了车道。

"呵，不死心吗？！"赵清远猛地一个右拐，干脆把车拐进了路边的停车位，后视镜里，那辆黑色轿车也在斜对面停了下来。

赵清远狠狠咬了咬牙，取了一把雨伞，拿上双肩包，推开车门，伸手拦了一辆出租车。上车之前，他假装不经意回头瞥了一眼，身后那辆轿车就在离自己不到三十米的地方，慢慢悠悠地驶出停车位，往这个方向开来。

"跟着吧……呵呵，就最后一个了。"

赵清远在出租车的后排坐下，冷笑一声，拿出手机拨了过去："李大龙，今天天气不好，可以来接我一下吗？"

电话那边，李大龙赶紧答应下来。

"去哪里啊？"出租车司机不耐烦地问道。

"中南汽配城。"

赵清远打开小米双肩包，伸手握了握那把长长的扳手。

就在同一时间，黑色轿车上的陈孟琳掏出手机打给了钟宁。

"往右拐，上中南路。"

天黑得像夜已来临。破比亚迪在这白夜中飞奔，钟宁一边盯着手机，一边指挥张一明方向。

手机里是陈孟琳发过来的位置共享，根据她的跟踪可以确定，诱导警方调查李大龙的修车铺，确实是凶手的另一个障眼法——赵清远已经换乘了出租车，正往中南汽配城的方向开去。

"宁哥，我爸还没同意批捕吗？"张一明紧握着方向盘，吃力地盯着眼前的挡风玻璃，雨太大了，在玻璃外淋成了一片瀑布。

钟宁没有回话，心头说不上来是愤怒还是焦急，眼睛都有些发红，看上去就像一头即将发怒的野兽。现在安排人去盯梢能有什么用？等命令一层一层传达下去，李大龙早就小命不保了！

不过，相比抓到赵清远，他更担心的是陈孟琳的安全。

就在此时，陈孟琳打来电话，钟宁赶紧接起，焦急问道："什么情况？"

"赵清远下车了……往汽配城后门去了……我还在跟着……"电话那边，陈孟琳应该跟着下了车，电话里，电流声夹杂着暴雨声，让通话有些断断续续。

"你一定要小心。"钟宁记得那里是个巨大的废车场，星港几乎所有报废的车辆都是在那里集中销毁。

"放心，我跟他保持了安全距离……"陈孟琳压低着声音，"他从 A 区进入的……现在正往 B 区走……现在已经往 B 区的出口去了，他好像对这边很熟悉，我看他一直在抬头观察，似乎是在绕着摄像头的盲区走……"

钟宁紧握着拳头，甚至比自己在盯梢都要紧张："不要冒险，务必确保自己的安全。"

"知道，放心。"陈孟琳答应道，忽然没了声音，隔了十来秒才道，"差点儿被他发现……他好像是在等人，你还有多久到？"

钟宁看了看路标，比亚迪此时已驶入了蔡锷路："五公里。"

"行，那你抓紧，随时注意我的位置。"

钟宁闻言低头看手机，发现陈孟琳已经在地图上画了好几个圆圈。

"不对！"钟宁的眉头越皱越深，赵清远似乎是故意在来来回回兜圈子，"陈孟琳，你别去了！有危险！"

喊了两声，电话里再没回应，又过了一阵，里面隐约响起汽车引擎的声音，接着再次传来陈孟琳的声音："钟宁，我看到李大龙的车了……先不跟你说了。"

滂沱大雨之下，半猫着腰的陈孟琳赫然看到，一辆破破烂烂的面包车从 D 区入口开了进来，面包车后贴着两张卡通狗贴纸，司机正是今天在照片中看到的李大龙！

陈孟琳不敢大意，赶紧掏出手机，调到了拍摄模式，连着按下了快门键。"咔呲"两声，闪光灯骤然亮起，那辆破面包车后面的车牌被她拍得一清二楚。

雨越下越大，溅落在手机上，扬起一阵水花。陈孟琳赶紧擦拭了一下手机，刚想把照片给钟宁发送过去，无意间一抬头，浑身不由得一怔——黑漆漆的雨幕下，赵清远已经不见了踪影。

"人呢？"陈孟琳赶紧往前走了两步，猫着腰左右看了看——依旧没有赵清远的身影，眼前只有五花八门的报废汽车，横七竖八地堆放成了一个"坟场"。

陈孟琳赶紧掏出手机，按下了语音键："钟宁，我好像跟丢了……"话音未落，她身后赫然响起了脚步声，刚要回头，"嘭"的一声，手中的手机猛地砸落在地上……

"轰！"天空再次响起雷鸣，雨滴成线，像是索命的绳索一般，往陈孟琳的脸上落下！

06
▶▶

飞驰！

两排警车在离省国道不到一公里的地方忽然掉头，在暴雨中转向中南汽配城的方向飞驰！

张国栋的脸色阴沉得能杀人，拿着手机的右手在微微颤抖着——手机显示的是陈孟琳发过来的照片，车尾的车牌号在闪光灯的照耀下反射出幽蓝的光，上面白色的数字十分清晰。车尾贴的卡通卡贴纸隐约在雨水中张着血红的嘴巴，看上去怪异且狰狞。

没有错，通过查证，车牌持有人确实是李大龙，更让张国栋焦心的是，就在这张照片发来以后不到两分钟时间，陈孟琳的手机关机失联。

"张局，还是打不通，不过我已经安排技侦跟踪信号了，您先别太着急！"时间一秒一秒流逝，肖敏才同样心急如焚，但也只能宽慰着自己的领导。

张国栋腮帮上的肌肉高高鼓起，他压抑着怒意安排着："通知救护车马上赶往现场，马上安排交警方面对周边各大路口设置路障，对所有车辆进行排查！……钟宁还有多久到？"

肖敏才紧张地盯着钟宁的手机定位："三公里了。"

"让他抓紧！"张国栋猛地一拍椅子，"不管怎样，陈顾问不能出现任何意外！"

飞驰！

破比亚迪在暴雨中往中南汽配城的方向飞驰。

钟宁紧握着手机。雨越下越大，张一明把雨刷开到了最大，仍旧有些看不清前方的路，不过脚下的油门依旧踩到了底。

两公里……一公里……八百米……五百米……两百米……一百米……中南汽配城的招牌，终于出现在眼前。

比亚迪急刹停住，钟宁几乎是跳下了车，发疯一般地往废车场狂奔。

这废车场真大！废车堆成的巨大坟场在暴雨中显得格外阴森恐怖。

"陈孟琳！"钟宁大喊着。

"陈顾问！"张一明跟了上来，也使劲吼着。

四周空空荡荡，没有回应，只有一声声急促的雨滴敲打金属的声音。

一排……两排……三排……四排……整个 D 区，七十六排，七十六个过道，没有陈孟琳的踪影。

"你去 A 区，我去 B 区！"钟宁指挥张一明，两人分头狂奔。

"陈孟琳！陈孟琳！"

雨越来越大，一条一条地抽打在钟宁的脑袋上、肩膀上、胸口……钟宁喊得声嘶力竭，依旧没有得到任何回应。

此时，门口响起了警笛声，四辆警车发出了四声急刹车的声音，张国栋和肖敏才跳下车来，领着十多个荷枪实弹的刑警狂奔而来，开始了搜寻。

"A 区没有！"

"B 区没有！"

一分钟，十分钟，二十分钟……

时间一分一秒流逝，张国栋的对讲机里不断传来坏消息，他把拳头攥得咯吱作响，任凭雨水敲击在自己身上，刚劲的面容上疲态尽显。

"陈孟琳！"

"陈顾问！"

"陈专家！"

各种称呼此起彼伏，在空荡荡的废车场中回荡，只是，依旧没有任何回应。

"张局……"一个刑技小跑而来，"这边摄像头不多，我们调取出来的画面里，暂时没有发现陈顾问，不过……"

"不过什么？！"张国栋怒目道。

"在 D 区入口发现了李大龙的车辆，发现……"刑警难堪道，"发现他十二点三十五分左右就离开了。"

"他妈的！"张国栋再也憋不住，暴怒地骂了一句粗口——十二点三十五分就已经离开，那也就意味着，自己收到陈孟琳那张照片的时候，疑犯早就已经不在废车场，沿途设置的路障没有任何意义！这也意味着，疑犯抢夺了陈孟琳的手机以后，故意把照片发给警方，从而干扰警方调查！那么，陈孟琳现在……

"张局！这边！"对讲机里出现了吴斌的声音，"在Ｃ区八行！陈顾问在Ｃ区！"

话音刚落，几乎是一瞬间，所有人同时往Ｃ区奔去。

陈孟琳倒在了一辆废弃的农用车旁，紧闭双眼，鼻尖气息微弱，地上一片泥泞，她周身满是污垢，原本俏丽的面容也脏得看不清本来的模样。

"陈孟琳！能听得到我说话吗？能听到我说话吗？"钟宁发狂似的跑来，挤开众人，蹲在她身边。抹去她脸上的污泥，她脸色惨白，没有回应，就像熟睡了一般，一动不动。

"孟琳！能听到吗？"张国栋也俯身，伸手撑开了陈孟琳的眼睑，依旧没有任何反应……

"救护车！赶紧叫救护车！"钟宁大吼着，几近癫狂。

救护车的声音由远及近，两个医护人员抬着担架过来，众人赶忙让开了一条路。医护人员给陈孟琳简单检查后，将她抬上了救护车，钟宁一言不发，跟着上了车，救护车呼啸着往医院的方向奔去。

所有人目送着救护车远去，良久无言，像是一座一座静默的雕塑，没有一个人敢先开口说话。

张国栋浑身紧绷，头顶的暴雨再大，也浇不灭他心头的怒火。此时，肖敏才的手机振动起来，他接听电话，脸色一沉："张局……"

"说！"

"国道路派出所上报说……李大龙死了……"

"什么？！"张国栋全身一抖。

07
▶▶

李大龙死了。

就死在自己的那辆破烂的面包车里，口吐白沫，面目狰狞，手指上缠着创可贴，指甲盖乌黑。面包车就停在他自己的汽车修理铺里。

根据法医的初步尸检，李大龙的直接死亡原因是一氧化碳中毒。死者应是生前喝了大量加了安眠药的烈性白酒，然后发动面包车，关好车门车窗并且堵上了排气管道，从而导致中毒身亡。由此可以判定是自杀。

在 CT 室外等候陈孟琳的钟宁得知消息后，心里翻江倒海——还是晚了，又死了一个无辜的人！他又立刻马不停蹄地赶到了李大龙的修车铺现场。

屋外暴雨如注，屋内灯光昏暗，七八个刑技脸色严峻地搜索着一切线索。

"张局，找到了这个……"

"张局，这里也有发现……"

"张局，目击证人确定看到的就是这辆车……"

发帖用的老款唯一牌手机，里面还有没来得及发完的视频；敲击受害者用的扳手就放在一台旧摩托车旁；满是机油的绳子放在李大龙的卧室里；当然还有那辆贴卡通狗贴纸的破面包车——证据不断被发现，就像是早就在等着警方来调查一般。

果然是替死鬼……

"张局！"钟宁愤怒地看向张国栋，"难道你到现在还觉得他是自杀？"

张国栋没有回话，一口一口抽着烟。他此刻当然知道自己被疑犯耍了！刑技已经确定陈孟琳的手机并不在她身上，从她手机里发出的那张照片，确实是疑犯故意诱导警方而发的。可这些该死的证据都出现在李大龙的家里，心里信不信又如何，证据摆在眼前。

钟宁站到了张国栋面前，盯着他重复问道："张局，难道你还不相信是赵清远干的吗？！"

"宁哥……"张一明赶紧一把扯住钟宁，"你冷静点儿。"

张国栋让张一明松手，直视钟宁："陈顾问跟你说了是赵清远袭击她的吗？"

"她还没醒，怎么说？！"钟宁冷笑，"难道她不说，就不能推断出是赵清远？当时她跟踪的就是赵清远啊！"

"我们已经在第一时间调取了那边的监控。"张国栋摇头，"只拍到了李大龙的面包车进入废车场的画面，并没有发现赵清远。"

钟宁双眼通红，大声道："但是，陈孟琳跟我说，她感觉赵清远很熟悉那边的情况，知道如何避开监控，所以他肯定是提前踩过点！"

"这都是你的推测。"

"我的推测难道没有被印证是对的吗？！"钟宁指着桌上的物证袋，越来越激动，"我说了是障眼法，你信了吗？我说了声东击西调虎离山，你信了吗？现在就凭这些玩意儿，能证明李大龙就是凶手并且畏罪自杀？那你告诉我他的动机是什么？他是疯了吗？！"

"钟宁！"张国栋提高声调压住了钟宁的愤怒，把肖敏才叫了过来，"给他看看……"

肖敏才把手中一份正在核实的资料递给了钟宁。那是一份遗书，写在一张普通的A4打印纸上：

老婆，对不起。

这些天我想了很多，当时真的都是我不对，是我平时对你缺少关爱，才让你对别人动了情，我真的知道自己错了，我也知道，你不会再回到我的身边。

我知道你不会回来了。我也知道我不应该杀他们三个，但我当时真的是被愤怒冲昏了头脑，我希望你能原谅我。

对不起，老婆。

如果你不能原谅我，我只能以死谢罪。

希望我们来生还能成为夫妻！

李大龙亲笔

落款处还留下了一个清晰的血手印，应该是大拇指按上去的。

钟宁像被电击般呆立原地。

肖敏才叹了口气道："这是我们在车内找到的，上面只发现了李大龙一个人的指纹，应该不是作假。"

"笔迹呢？"钟宁眼里冒着怒火，"笔迹也确认过了？"

"暂时还没有，但是……"肖敏才掏出了一叠票据，"这是他平时开的收据，你比较一下。"

钟宁看了几眼，满脸不可思议。李大龙的字很丑，丑得极具辨识度，稍微对比就能看出来，遗书肯定是他亲笔所写。

"杀人动机是什么？就因为老婆跟人跑了？！"

肖敏才指了指外面的一辆依维柯，道："我们刚才联系上了李大龙的一个牌友过来做了问讯。根据他提供的资料，李大龙生前曾经抓过奸，把他老婆和一个老头儿堵在酒店的浴缸里，李大龙当时很生气，抓着他老婆的头发，差点把人给淹死在里面，还是那个老头儿报的警，结果李大龙给拘留了半个月。等他出来，那老头儿已经带着他老婆跑了。所以……可能是因为这件事情，他从此就恨上老头儿了。"

肖敏才看了一眼笔录本，道："李大龙还说过要杀人的话，他的原话是'早晚要把这对奸夫淫妇淹死在浴缸里'，也符合同态复仇的特点。"

"双结扣呢？"钟宁不服气，"那个蝴蝶结，李大龙也会？！"

"会。"肖敏才指了指角落一双破旅游鞋，"根据他的档案显示，他二十出头曾被他爸送去当过两年海员，应该是在船上学会的，平时的鞋带就是这个系法……"

看着鞋子上的双扣蝴蝶结，钟宁哑口无言。设计得太完美了，赵清远你真是个天才！

"钟宁，所有的线索都显示……"

"不可能是自杀。"钟宁打断了肖敏才，扭头看向张国栋道，"张局，你真的相信，一个罪大恶极的人会幡然醒悟然后自杀谢罪？"

"我相不相信不重要，重要的是证据！"张国栋吞了一口恶气。

"证据！又是证据！"钟宁颓然退后两步，"那他为什么袭击陈孟琳？陈孟琳明明是跟着赵清远的！难道找不到证据，陈孟琳就这么白白受伤吗？"

"我肯定会去调查赵清远，但现在没有任何证据显示他和这起连环凶杀案有关！你是警察，先证后人，你应该懂！"张国栋摇头叹气，"至于袭击事件，我们等陈顾问醒了，一定会全面彻查！"

"证据证据证据！"这些天，钟宁实在已经听烦了这个词，他暴怒道，"我姐的死，证据那么明显又怎样？那几个畜生又付出了什么代价？！那六个旁观者有没有过一丝忏悔？！我有证据证明他们袖手旁观，那又怎样？！"

"钟宁！"

"宁哥……"

肖敏才和张一明都扯着钟宁的衣袖："别说了……"

"没有什么不能说的！"钟宁颤抖着拿出了手机，打开了里面的一张照片，几乎情绪失控，"看看！张局！这是我们在赵清远住过的杂物间里发现的！用血写的！他就住在吴静思和余文杰家对面！他还偷过吴静思的内裤！如果你早点让我查，就不会再死人！陈孟琳也不会受伤！"

"钟宁！"张国栋脸色铁青，"如果你能拿出证据，我立马批准你把赵清远抓捕归案！要是没有，你就别在这里跟我说这些！"

"张局！一死一伤！一死一伤！"钟宁浑身都在颤抖着，他蹲了下来，抱着脑袋不停摇头，"陈孟琳还不知道什么时候能醒！难道我们就这么看着赵清远逍遥法外？"

"宁哥，要不我们先……"张一明正要伸手去拖，钟宁忽然盯住地面，接着，猛地仰起了脑袋，看着肖敏才问道："这里的东西呢？！"

肖敏才纳闷道："什么东西？"

钟宁伸手摸了摸地面，大吼道："这里应该有个东西的！"

"你在说什么？"

钟宁起身看了看面包车后的卡通狗贴纸，扭头问道："这里……是不是放过一个笼子？"

"什么笼子？"肖敏才摇头，"进来的时候没发现过。"

"赵清远！"钟宁爆吼一声，转身冲了出去！

08
▶▶

哗！哗！哗！

雨依旧很大，整个城市被不肯散去的乌云压顶，灰蒙蒙一片。

"米兰春天"小区西大门出口右侧七百米左右，猴子石大桥往南五公里的湘江边。赵清远伸手猛地一甩，一个粉色的笼子被扔进了江中，"咕噜"冒了几个泡以后，沉入了江底。

他转身上了那辆黑色的SUV，一脚油门往公司开去，"米兰春天"四个大字在后视镜中越来越小，越来越小。

胡国秋、刘建军、李援朝、李大龙……四个人，四条命……终于，该死的人，全部死光了！

车在飞驰，赵清远长叹了一口气。终于，彻底结束了。

绳索、扳手、拍摄视频的手机、面包车、李大龙的亲笔遗书……李大龙就是连环杀人犯的证据如此充足，警方哪怕怀疑，也无法再将案子牵扯到自己身上了。

赵清远点了一支烟，狠狠吸了一口，喃喃着："思思，原谅我，我不想失去你，如果还有其他路可以选，我不会这样。"

副驾驶座位上放的，依旧是那个小米双肩包，里面装的不再是杀人工具，而是一个装满照片的厚厚的信封，上面还压着一把已经生锈的钥匙。包没有拉拉链，随着车辆的行驶，钥匙在跳跃着，像是想要挣脱那个黑色的牢笼。

这就是自己费尽心思想要拿到的东西，终于一切都到手了……接下来，只要取到那个被钥匙锁上的东西，计划就完美落幕了。

念及至此，赵清远加大了油门，黑色的SUV咆哮着，往主干道驶去。

雨太大，很多店铺都在歇业。行进了一段，一家叫"大快乐"的洗浴城门口似乎发生了什么纠纷，一个大腹便便老板模样的人正在跟几名警察解释着什么，看上去很是焦急。

赵清远重新掉头，往传媒大楼开去。一支烟的工夫，车便开到了公司楼下，他背上双肩包，上了十三楼，径直推开了总编室的门。

任平这会儿正在低头写着什么，看到赵清远，关切道："赵哥，嫂子检查结果怎么样？"

"挺好的。"赵清远笑了笑，打开了双肩包，从里面掏出了两万块钱放到桌子上，"这钱没用完，先还给你。"

"哎呀，不至于。"任平笑着一摆手，"咱们什么关系，上大学那会儿，要不是你照顾，我哪有今天。"

"一码归一码。"赵清远把钱推了过去，"多的一千算是利息。"

"哎呀！你这人……"任平一挠脑袋，"那行，你什么时候需要钱，随时开口，几万块我还是拿得出来的。"

赵清远笑了笑："以后应该都不用了。"

看这样子似乎是嫂子的病不严重，任平也放下心来："那行，那我就祝嫂子早日康复。对了，警察那边……"

"是个误会。"赵清远笑笑，不以为意道，"我都解释清楚了。"

"那就好，那就好。"任平也笑起来，他倒是不相信赵哥能干出什么违法乱纪的事情来。

"谢谢关心了。"

赵清远转身出了办公室，坐回自己的工位，在心里复盘自己的计划——从杀胡国秋开始，一步一步，包括故意露出马脚，引导警查查到中南汽配城，再找准李大龙这个替死鬼，每一步都没有任何差错。陈孟琳的出现算是一个意外，但也产生不了任何影响。

唯一的不安定因素，是那个叫钟宁的年轻警察……

不过，现在所有的证据都指向了李大龙，哪怕这小子有通天本事，也翻不过来了。

他只希望吴静思的检查结果能是好的，从今往后，他们能安心度过下半生。

"会好起来的，一切都会好起来的。"

就在此时，"嘭"的一声，公司大门突然被粗暴地撞开，赵清远还没反应过来，胸前的衣服就被人一把抓住，身下的凳子翻倒在地。

"畜生，为什么要杀这么多人？！"

是钟宁，浑身湿透的钟宁，像一只丧家犬一般的钟宁。他死死盯着赵清远，像是恨不得要把眼前这人撕碎！

赵清远定了定神："钟警官，我不明白你在说什么。"

此刻的钟宁又像是一头暴怒的雄狮，已经快要把赵清远提得双脚离地了："告诉我，你为什么要杀刘建军？！为什么要杀胡国秋？！为什么要杀李援朝？为什么要杀李大龙？！"

赵清远似笑非笑地看着钟宁："你说的是谁？我一个都不认识。"

"你……你干什么？"同事们纷纷缓过神来。

"都滚！"钟宁像是拎着一只小鸡一般，把干瘦的赵清远拖进了一间没人的办公室，把门关上。

"你逃不了的！"钟宁双眼怒视着赵清远，像是想把这人钉在墙上。

赵清远脸上并没有惧色："警官，你到底在说什么？"

"你别给我装！"钟宁拳头攥得咯咯作响，"老实交代，说不定你还有条活路！"

赵清远依旧一脸无辜："钟警官,不要血口喷人,你说的这些人,我可是一个都不认识。"

钟宁咬牙切齿,一字一顿："狗笼子!"

赵清远猛地一滞,眯了眯眼睛："什么?"

这个细微的表情变化让钟宁看出了对方有一丝慌乱,他重重道："你扔了李大龙家里一个狗笼子!"

"你在说什么?"赵清远的神色很快恢复如常,"你说的这个李大龙,我根本不认识。"

"你处理掉了自己的指纹、脚印,甚至还骗李大龙写下了遗书,但是你忘记了这个……"钟宁掏出手机,打开了一张照片——正是刚才在李大龙的修车铺拍下的照片,灰扑扑的地上,隐约可以看到一条一条的痕迹,"这个角落,本来是放了一个狗笼子的。"

"呵呵,一个狗笼子跟我有什么关系?"赵清远摊手,"说了,我根本不认识这个人。"

"让我给你捋一捋。"钟宁死死盯着赵清远,"你知道李大龙的老婆跟一个老头儿有奸情,还跟人家跑了,于是,他就成了你的完美替死鬼。你说可以利用记者身份帮他把老婆找回来,李大龙没什么文化,相信了你。接着,你借用了他拖车的绳索,故意把月山湖的树干上弄上了机油。然后,你又把他诱骗到猴子石大桥,故意让那个拾荒客看到,这样,人证有了,物证也有了,再加上监控,李大龙有口难辩……"

赵清远冷冷看着钟宁,打断道："我一句也听不懂。"

"你别着急,听我说完。"钟宁冷笑着,"但你是一个很谨慎的人,有口难辩始终还是有口,为了把戏做足,你还骗他写了遗书承认了杀人,接着在他的酒瓶中下了安眠药,趁他喝醉,把他搬进那辆破面包车里,伪装了他自杀的假象……"

"钟警官，这故事很精彩。你当警察可惜了，应该去写小说。"赵清远皱起了眉头，"但我何德何能，能骗别人写下遗书？你说的那个李大龙，哪怕比猪还笨，也不可能被人骗着承认自己杀人了吧？"

"对，为什么他会承认自己杀了三个人呢？"钟宁盯着赵清远的眼睛，一字一顿道，"因为那不是人！"

赵清远的眼皮猛地跳了两下。

"我又说对了？"钟宁笑了，"如果我猜得没错，李大龙的老婆很喜欢狗，而且品种应该是泰迪！根据这个笼子的尺寸，养一两条不需要这么大，养三条似乎刚刚好。李大龙抓奸在床以后，只能把老婆养的三条泰迪杀死泄愤！他在遗书里写的'我不应该杀了他们三个'，是不是你教他拟人手法？"

赵清远的眼皮再次不受控地猛跳了一下。

钟宁再次冷笑："我又说对了，是吧？"

赵清远摊手："钟警官，我一直搞不懂，你已经来我公司调查过了，明知我没有作案时间，也没有作案动机，为什么还要怀疑我，还编这些莫名其妙的故事说给我听？"

"因为我发现了这个……"钟宁拿出了在阁楼拍下的一整面墙的血字，"你很痴情啊！"

这一次，赵清远眼神中出现了一丝恐慌："……我说了，我没有杀人。"

"告诉我实情。"钟宁猛地顶了一把赵清远的胸口，"是不是他们三个发现了你的秘密，而那个秘密刚好和余文杰有关，所以你急着把他们都杀了？"

"余文杰"这三个字像是踩到了赵清远的命门，他忽然眼睛一瞪，暴怒道："我说了我根本不认识他们！我和余文杰也没有什么秘密！"

"行，你嘴硬可以。"钟宁的牙齿咬得咯咯作响，"你别忘了，你还有个老婆，要是她知道了这一切，知道你和余文杰的死有关，你说她会怎么看你？！"

骤然间，赵清远像是换了一个人，狂怒道："别碰我老婆！"

"呵，踩到尾巴了？"钟宁甚至有些畅快地笑了起来，"你放心，我会申请搜查令，查你家，查你的单位，查你所有工作过的地方，查你开过的车……我很快就会找到你犯案的漏洞，查清楚你的杀人动机，将你绳之以法！"

"钟宁！"赵清远的眼睛一眯，缓缓道，"我好像在报纸上看到过，你以前因为严刑逼供受过处分？"

钟宁怔了怔："你什么意思？"

赵清远凄惨一笑，猛然冲向了一边的热带鱼缸，将自己的脑袋砸了上去。

"哗！"

一声巨响，鱼缸被撞得粉碎，里面的水倾泻而出，赵清远的头顿时血流如注。他倒在地上，水慢慢浸湿了他的耳朵、头发、血水从他的耳后涌出。

"赵清远，你……"钟宁目瞪口呆。

门外响起了杀猪般的号叫声："警察打人啦！警察打死人啦！"

第七章 ▶ 不能当逃兵

▶▶▶ ▶▶

01
▶▶

如果这世上有什么比警察无故殴打记者更加劲爆的新闻,那肯定就是警察在传媒大楼无故殴打记者了。

没有抄袭,没有转载,各大媒体全部都是一手资料。

两天时间,钟宁攥着拳头凶神恶煞的模样、赵清远血流如注的惨状、知客传媒吓得面色惨白的员工们、如临大敌的保安……各种极尽夸张扭曲的角度,各种博人眼球的标题,就像瘟疫一般席卷了整个中文互联网。

各大门户网站、自媒体平台、微博热搜、短视频APP,全都是这起"警察光天化日在传媒大楼对记者进行暴力执法"的新闻。

有从钟宁从小生长环境角度分析的,结论是:这种人性格有缺陷,不适合当警察;有从家庭角度分析的,说没有结过婚的人,不够沉稳,没有社会责任感;还有从赵清远和吴静思角度分析的,最后写成了一篇可歌可泣的爱情故事,引起大家一片同情;甚至还有从性别和警察制度分析的,结论是:男警察过多,应该增加女警察的数量；最多的，还是对我国法治建设进程的担忧。总之，网友们激烈讨论的程度，甚至比"老人变坏了"还要火爆几十倍。网友们对钟宁的负面评论铺天盖地。

"啪！"

市局刑侦总队办公室内，张国栋烦闷地关掉网页，把手中的鼠标一扔，点上了一支烟，仰躺在办公椅上，脑袋一阵一阵发闷。

案子破了，破得不明不白。

疑犯死了，死得糊里糊涂。

手下打人了，打得不可理喻。

顾问被袭击了，至今还躺在医院。

乱，所有的事情都乱成了一锅粥，乱成了一团麻！

或许真的应该早点听钟宁和陈孟琳的，直接逮捕赵清远？可自己是警察啊！警察跟着证据走，跟着法律走，又有什么错呢？

张国栋不解，难道自己真的老了，跟不上这个瞬息万变的时代了？自己那一套真的过时了？

"嗡！"

桌上的电话响了，是许厅打过来的。张国栋看了一眼，心头更乱了。这已经是许厅今天的第九个电话了，要说什么他一清二楚，他没再接，这个时候，他也没心情再听许厅的唠叨。

"钟宁啊，钟宁！"张国栋叹了口气，看了看自己虎口上的伤疤，心头一阵后悔。自己应该早点跟钟宁说说这个故事的，那样或许不会走到今天这一步……

肖敏才推门进来，身后还跟着张一明。

"爸，宁哥那边……"张一明犹豫着张了张嘴，又给闭上了。

张国栋瞥了儿子一眼："怎么，来求情？"

张一明鼓起勇气，对着自己从来不敢忤逆的亲爹道："肯定是有什么误会。他那个人脾气是冲，但绝对不会把人打成那样，我请求组织详细调查，在没有切实证据之前，不要处罚钟宁。"

"现在知道详细调查了？现在知道要证据了？"张国栋怒其不争，"你先管好你自己。"

肖敏才一脸为难："张局……记者们都还在等着。"

"等个屁！我没空！"张国栋烦闷得很，怒气冲冲道，"唯恐天下不乱吗？！"

"不是……许厅那边要求我们亲自解释。"

"解释？！有什么好解释的！"张国栋声量更高了。

"他还问……"肖敏才犹豫了一下，"问你打算怎么处理钟宁。"

"怎么处理？事实还没调查清楚，我能怎么处理？"张国栋一弹烟灰，"跟着事实走，跟着证据走！在没有切实证据证明他确实殴打了赵清远之前，我不会对他做出任何处理！"

此时，门外一阵喧哗声，不知道谁起头，走廊里开始有人大喊着："有没有负责人啊！怎么还不来接受访问啊！"一众早就等得不耐烦的记者也纷纷附和了起来。

有个戴着眼镜的表现最为活跃，四处给人发名片，不厌其烦地叨叨着："诸位！我是被害人赵清远的同事！我叫吴非凡，我跟他一起工作十年了！……来来，这是我的名片，我也是记者，大家同行，有什么问题你们来问我，一个一个来，别急……赵清远是个好人啊，对待同事友善大方，为人特别仗义，我和他的关系？铁哥们儿！十年的铁哥们儿！这次他出了这种事情，我们整个公司为他打抱不平！一手资料，保证都是一手独家资料，我只收取少量费用！"

肖敏才惆怅道："张局，再不去说两句，都快乱套了。"

张国栋猛地一拍桌子，起身就往外走去。才推开门，一大群记者就像苍蝇一般围了上来。

"张局长，对于你的部下私下动刑这件事情你怎么看？"

"张局长，不能逃避问题啊，如果你们警察都这样，我们老百姓还有安全感吗？"

"张局长，你们在没有掌握任何证据的情况下，把人打得头破血流，这难道不需要向公众交代吗？"

"都安静！都安静！我们只能一个问题一个问题回答！"肖敏才、张一明和几个女警一起帮着维持秩序，奈何人太多，现场秩序一片混乱。

"行了！我就一句话！"张国栋的忍耐到了极限，怒吼一声，把一众记者吓了一跳，顿时噤声。

张国栋环视一周："所有事情都还在调查当中，我们警察有警察的规章制度，绝对不会包庇一个犯错的同事，但是，也绝对不会冤枉一个没犯错的同事！"

说罢，他甩开记者，头也不回地下了楼梯，往警局后院一栋红色小楼走去。

02
▶▶

整个禁闭室里，只有四面白墙，一把椅子，一张桌子。

两个小时，十二个小时，四十八个小时……

从赵清远的公司被警督直接带到这里已经整整四十八个小时，两千八百八十分钟……

钟宁已经记不起自己接受了多少次问讯，每一次，他都在不厌其烦地强调——是赵清远自己撞上鱼缸的。但在赵清远那颗鲜血淋漓的脑袋面前，一切解释都像是滑稽可笑的谎言。

没有人告诉他要隔离到什么时候，也没有人告诉他会被如何处理，唯一能给他的消息是陈孟琳没有性命之忧，现在还在医院救治。

钟宁苦笑着瘫坐在地，看着墙壁发呆。恍然间，他发现对面墙壁上刻着一个小小的"亮"字，似乎是用指甲盖抠出来的。

他想起赵清远在杂物间墙壁上留下的那一墙血字——到底是多变态的爱恋，才能让他忍受那种环境，只是为了偷窥吴静思几眼？又是什么原因，让他残忍杀害了四个人？即便余文杰的死是赵清远造成的，事情已经过去了十年，为什么这时候才想起来杀人？死去的那四个人，到底和这件事情有什么关系？

"证据……证据……"

钟宁从来没有觉得这个词的重量如此之重，重到让兄弟张一明差点丢了工作，让搭档陈孟琳差点丢了性命！

可笑啊！事到如今，自己不但拿不出赵清远杀死余文杰的证据，同样证明不了四个人的死和这件事有关，更加可笑的是，他甚至拿不出自己被冤枉的证据。

一种彻头彻尾的失败感笼罩了钟宁。

"吱呀"一声，门被人打开，满屋的灰尘被激了起来，在阳光下跳跃。

钟宁睁了一下眼睛，又闭上了——连续不休的查案，再加上两天的审问，实在让他精疲力竭。

"怎么，还有脾气？"张国栋坐到了钟宁跟前，掏出一支烟，点上，又掏出一根，扔了过去。

"陈孟琳怎么样了？"钟宁问。

"疑犯还没胆大到敢杀警察。"张国栋长叹了一口气，"脑震荡，已经醒了，问题不算很大。"

钟宁悬着的心放下来一半。

张国栋把手中的一个档案袋甩到桌上，开口道："这两天，我安排人重新排查了你查到的所有线索，你说的情况属实，我们对赵清远问讯的时候，他也承认了当年他当保安的时候就暗恋吴静思，但他解释说他当时年少无知，妒忌余文杰，才在墙上写了那些东西。"

"车祸呢？！"钟宁盯着张国栋道，"当年那起车祸，你去调查了吗？"

"啪！"又是一个文件袋，张国栋深吸一口烟，"这是当时的车检报告，车子没有被人动过手脚。"

钟宁打开文件，确实，车辆没有任何问题，他狠狠骂了一句："呵，赵清远这个畜生！"他想了想，又问道，"车没有动过手脚，那人呢？余文杰当年的尸检报告呢？"

"当年因为是作为交通意外处理的，吴静思又受伤昏迷，所以，在家属没有同意且交通部门认为车祸没有疑点的情况下，警方并没有对余文杰进行尸检。"

"为什么没有疑点？！明明赵清远就有嫌疑！"

"钟宁！"张国栋吸了一口烟，"车祸发生以后，就有民警去走访过余文杰和吴静思的同事、朋友，所有人都说余文杰为人正派，吴静思对丈夫敬重有加，他们夫妻关系很好很恩爱，没有人提过赵清远。"

"那是因为他们怕惹祸上身！赵清远明明就有嫌疑！"钟宁双眼通红，"张局，要不我们现在重新申请尸检！如果真是谋杀，就算是只剩下骸骨，也肯定可以查出来！"

"没机会了。"张国栋又深吸一口烟，从文件袋中抽出一份资料，缓缓道，"余文杰的坟已经被赵清远迁走，尸体火化了……"

"什么？！"钟宁暴喝一声——赵清远实在是太毒了！

"关于迁坟这件事情，他说是吴静思的意思，把余文杰安葬回老家，入土为安，逻辑上可以讲得通。"

钟宁怔怔地看着那份迁坟报告，心中涌出一阵一阵的恶寒。良久，他抬头看着张国栋道："车祸已经发生了十年，但是他是两年半前，也就是连环命案发生前半年，忽然把余文杰火化……张局，你觉得，逻辑上真的能说通?!"

"通或者不通不重要，重要的是，案发当时，他有不在场证据。"张国栋翻开了两页资料道，"我们再次排查了赵清远三次案发时间段的行踪，发现他确实三次都在医院，并没有任何作案时间。"

"陈孟琳受伤的那次呢?!"

张国栋黯然摇头道："他说，他确实去了中南汽配城，是去买汽车配件的，他根本不认识什么陈孟琳。废车场那边的监控也没有拍到他，无法证明是他袭击了陈孟琳，除非陈顾问能亲自指认他。"

钟宁哑口无言。

"还有，你怀疑他的作案动机是因为当年车祸被人威胁，这一点我们也调查过了。"张国栋再次掏出了一支烟，点上，"胡国秋、刘建军、李援朝三人，我们再三确认过，他们生活中没有任何交集，特别是李援朝，车祸那年他连驾照都没有，到现在也没有车!所以不存在三个人同时为了一个什么事情去威胁赵清远，把他逼得杀人的可能性。"

"赵清远不可能没有被人威胁。"钟宁反驳。

"威胁?车祸发生十年了，到现在才威胁?"

"或许……或许是钱。"钟宁摇着头，像是在自言自语，"或许是因为吴静思生病，他花光了所有积蓄，已经忍受不了敲诈。"

"为了钱?"张国栋摇头反问，"胡国秋本来就是国企退休的，自己又开了茶叶店，生活条件不差，甚至比赵清远还富裕；至于刘建军，他要是能威胁赵清远拿到钱，还去凉席厂当什么月薪两千多的保安？”

"那李援朝呢？”

"啪！"李援朝的资料被张国栋甩在了桌子上，"李援朝经济状况是差一点，毕竟坐过牢嘛，但假设是他威胁了赵清远，赵清远杀胡国秋和刘建军干啥？”

"这……"钟宁嘴唇翕动，不知道应该说什么。

李援朝曾经是星港艺术职业学院的老师，口碑不太好，招生时收了回扣，数额较大，六年前就被学校开除了。这人是个什么摄影协会的副主席，四年前因为组织带色情性质的私拍活动而坐过半年牢，花了十几万才保释出来，后来老婆跟他离了婚，带着女儿走了。他也一直没有正式工作，四处接点小活。与胡国秋和刘建军一样，他虽说也品行不端，但依旧和赵清远没有任何关联，更加不要说和十年前余文杰的那场车祸了。

"这个我们也查了……"张国栋把这两天查证到的线索都放在了桌上——是三个被害人的银行流水，上面显示，胡国秋的收入来源主要是退休工资和茶叶店收入，每个月差不多八千。刘建军的保安收入每个月三千不到。李援朝是最穷的，除了偶尔有个叫曾艳红的给他打个几百一千以外，就是靠偶尔带几个学生写书法赚些钱。

"这个曾艳红是李援朝处了十多年的姘头，要没有她，李援朝估计早饿死了。"看着似乎依旧不甘心的钟宁，张国栋道，"你觉得他们哪个像是有非法收入吗？”

钟宁静默无言。

"我知道你会是个好警察，但是，你先得当好一个警察！”

说着，张国栋从口袋里掏出了一支钢笔大小的录音笔，又指了指自己虎口上的伤，道："知道这是怎么来的吗？”

钟宁没有回话。

张国栋看着墙上那个"亮"字，喃喃道："他们都以为我是抓捕罪犯的时候英勇负伤，其实并不是……"

他尴尬一笑："十二年前，星港第六中学，有个女学生被奸杀。那时我还是分局支队长，陈山民教授是顾问，当时的副队长叫吴亮，跟你现在年纪一样大，也跟你一样，天生就是个好警察的料子……"

"这和我有什么关系？"

张国栋没有回答钟宁的问题，不急不慢地接着说："吴亮调查后发现，他们学校的体育老师嫌疑最大，不但没有不在场证明，甚至还在办公室发现了他写给女学生的情书。于是吴亮就认定了那个体育老师是杀人犯，每天对他盯梢调查，在我们没有批准的情况下强行入户搜查，让那个老师在妻子和女儿面前都抬不起头来……"

钟宁怔怔地听着，感觉似乎是在说自己一般，好久才开口问道："然后呢？"

张国栋惨淡一笑："然后那个体育老师因为受不了压力，跳楼自杀了。"他摇头苦涩道，"虽然最后证明，那个体育老师确实和女学生发生了婚外情，但算是两情相悦……凶手并不是他，而是妒忌他的一个男学生。"

钟宁哑然。

"当我们抓到真正的犯人时，吴亮也崩溃了。"张国栋难过地摇着头，"我们对他进行了内部调查，也就是从这间房间走出去后，他碰到了早就等着的体育老师的女儿……"

钟宁看向墙壁上用指甲盖扣出来的那个"亮"字，可能就是吴亮留下的吧。

张国栋举起了手掌，虎口上的蜈蚣猩红夺目："他女儿就是来报仇的，一刀劈下来，吴亮完全没有躲，就像是故意等死一样，要不是我帮他挡了这么一下，他在你这个年纪就已经死了……"

张国栋的喉咙咕噜了一声："后来吴亮受了处分，被开除以后，主动和老婆离婚，成了个酒鬼。你猜你上次见他是在哪里？戒毒所！这小子染上了毒瘾！"

张国栋痛心道："我手下最有可能接我班的人，成了一个人不人鬼不鬼的瘾君子！可笑吗？"

钟宁无语。他无法想象，吴亮被关在这里的那些天，受了怎样的心理煎熬。

"有些错，你可以犯，但是有些错，一次就回不了头了。"张国栋认真看着钟宁，语气缓和下来，"那起案子以后，陈山民教授给我们上了整整一个星期的课，就讲一件事情——规矩！也就是你根本看不上的程序正义！"

说着，张国栋打开了那支小小的录音笔，陈山民当年在课堂上铿锵有力的声音传了出来：

> ……当警察，就要有警察的规矩，你们是权力的掌握者，我从不担心你们破不了案，我只担心你们不守规矩！不讲程序正义造成的伤害，比你们破不了案还要严重得多……我国《刑诉法》有明确规定，如果对嫌疑人进行批捕，必须有以下六条……被害人或者在场亲眼看见的人指认他犯罪的；在身边或者住处发现有犯罪证据的；犯罪后企图自杀、逃跑或者在逃的……

"程序正义……如果这一点你做不到位，是没有资格成为一个好警察的。这也是防止屠龙的少年变成恶龙的唯一方法。"张国栋起身，打开了门，"你先回去反省一段时间，记住，这段时间，你手机保持二十四小时畅通，警督会随时联系你，只要有一次联系不上,你小子就完了!"

说完,张国栋转身往门外走去。

"张局!"钟宁站了起来,手中抓着李援朝那份资料,嘴里几乎是哀叹着,"公平吗?"

张国栋站住,高大的背影把门口堵得严严实实。

"刘建军、胡国秋、李援朝、李大龙,还有他们的至亲,对于这些人来说,公平吗?难道就眼睁睁看着他们被恶龙所伤,我们作为警察却毫无办法吗?!"

"比公平更重要的是法律!"张国栋背着手道。

"可是,当有人践踏法律的时候,我们作为执法者,难道就这样蒙混过关吗?"钟宁盯着张国栋,几乎用尽了全身的力气,"难道,人命不是比一切都重要吗?!"

张国栋依旧背着手,看不到脸上的表情。

"我知道赵清远怎么会有不在场证明了!"钟宁终于把这两天苦苦思索的事情说了出来。

张国栋扭头看着钟宁:"你有证据证明吗?"

"证据……"钟宁喃喃道,"这两天应该已经被他毁了……"

张国栋摇了摇头,没说信,也没说不信。

"一天!"钟宁抓着手中那份资料,伸出了一个手指,眼中闪着亮光,"许厅给您的时间不是还有一天吗?您也给我一天时间,我保证找到切实证据抓捕赵清远,如果找不到……我辞职!"

张国栋终于回头,缓缓道:"你有信心?"

"有!"钟宁咬牙道,"我不想当逃兵!"

"唉……"张国栋叹了口气。有阳光从屋外洒进来,天空终于放晴。停了良久,他拿出一个透明的物证袋扔给钟宁,"这是我们今天重返陈顾问被袭击的案发现场时找到的。"

"是什么?"钟宁接过看了看,里面是一颗透明的扣子,很小,

"陈孟琳和疑犯发生过打斗？"

"没有，应该是疑犯无意间掉落的，但根据我们比对，这颗纽扣和案发当天赵清远所穿的翻领文化衫的纽扣基本一致，只是……"张国栋怅然若失，"由于纽扣今天才被发现，鉴于赵清远的反侦查能力很强，陈顾问担心他已经处理掉了那件衣服，所以并没有建议我们入户调查，以免打草惊蛇。"

张国栋转过身来，认真地盯着钟宁："她相信你，也相信只有你可以让赵清远伏法。"

钟宁抬起了头，神色坚毅。

"一天。"张国栋看了看表，伸出了手指，"现在是十一点，我给你一天时间……别辜负陈顾问，也别辜负我，可以做到吗？"

"可以！"

这两个字几乎是从钟宁口中迸出来的，手上的资料被他揉成了一团。

"记住，我需要能证明赵清远是这起连环凶杀案凶手的直接证据！"张国栋大踏步走出了禁闭室。

"对了，从后门走。她……在后门等你。"

03
▶▶

星港终于放晴，气温一下蹿上了 30℃。钟宁走出市局后门的时候，日头正烈，阳光灼人。

远远地，他就看到比亚迪上坐着两个人，一个是戴着厚厚护颈的陈孟琳，另一个是望眼欲穿的张一明。

"宁哥！"看到钟宁，张一明推开车门跑了过来，上下打量着他，呵呵笑着，"哟哟，关了两天，瘦了，瘦了！"

钟宁拍了拍张一明的肩膀，看向陈孟琳。她的手上还戴着一个蓝色的标记带，应该是还没办出院手续就出来了："你……还好吧？"

陈孟琳举了举右手，宽慰道："没事，脑震荡而已，其实昨晚就没事了。但安全起见，医院硬是不让我提前出院。"

"那就好。"钟宁微笑。

上了车，张一明边发动汽车，边看了看钟宁手中的纽扣道："要我说，直接抓人算了，都有这玩意儿了，还查什么呀？"

陈孟琳笑道："就算我能证明是赵清远袭击我的，也不能证明他和连环凶杀案有关系。再说，我确实没看到是他袭击我的，不能做伪证。"

"放心，交给我吧。"钟宁开口道。

"宁哥，你真觉得一天时间够吗？"张一明犹豫着，"对了……李大龙的老婆倒是找到了，但是……"

钟宁依旧低头看着资料，脸上惨淡一笑："是不是也不愿意配合警方？"

张一明尴尬地点了点头："是啊。他老婆什么都不愿意说，甚至连自己有没有养过狗都不愿意透露，就说自己不想回忆以前的事情了。"

呵呵，又是这套说辞，视频当事人不愿意出头，疑凶的老婆不愿意做证，唯一一个拾荒客倒是找到了，也是躲得没办法了。还有星港晚报社的文主任，明明知道案子奇怪，但是多年来从未想起过找警方反映……

那么多的证据啊，都被这样悄无声息地掩盖了……

赵清远，你太了解人性了！钟宁，你好无能啊！

钟宁自嘲地笑着，阳光刺眼，照得他有些恍惚。

车在飞驰，陈孟琳开口问道："钟宁，你打算怎么查？"

钟宁道:"先去洋海塘小区。"

陈孟琳皱了皱眉头:"你还想去找赵清远?"

"放心,不是去打人,我只是想去证实我这两天的想法。"钟宁笑了笑,"在开始查之前,我想去证实一个推断。"

"什么推断?"

"赵清远为什么会有不在场证明。"

"你知道了?!"陈孟琳和张一明同时惊呼。

"那天我去赵清远的公司,其实是去诈他的。我故意威胁他会申请搜查令查他的家,查他的单位,查他所有工作过的地方,我一个一个试,他都没有反应,但当我说到要查他开过的车时……"钟宁眯了眯眼睛,"他脸色一变,终于打断了我,然后,把头撞向了鱼缸。"

"车?"

"对,问题就出在车上。"钟宁掏出一支烟点着,深吸了一口,眼前顿时烟雾缭绕,"猴子石大桥那起案子,我一直在想,为什么疑犯离江那么近,还是要把死者捆绑装袋才溺毙?当时我只想明白了一半,所以没跟你们提……"

"那原因是?"

钟宁低头看着案卷上三个死者的详细资料,道:"我一开始推断的'同态复仇'是错的。"

陈孟琳问:"然后呢?"

钟宁没有直接回答,反问道:"赵清远很小气对吧?"

"对。"两人点头,关于这一点,钟宁已经强调过很多次。

"那么小气的人,为什么舍得花二十多万买一辆 SUV?"

张一明道:"不是为了方便他那个残疾老婆看病吗?"

"算一个理由。"钟宁点头,"但是十多万的轿车不一样可以接送吗?还有……那天我们去他家入户调查,你还记得那个保安说了什么吗？"

张一明一愣，没回忆起来："说了什么？"

"他说……"钟宁深吸了一口烟，盯着李援朝的案卷，眉头越皱越深，"最近小区贼很多，垃圾桶都有人偷。"

"对对对！"张一明点头，又不解了，"然后呢？"

"然后……"钟宁顿了顿继续道，"我就在想……所有受害者都是溺毙，如果不是同态复仇，那么是不是……"

"和水有关，和车也有关……"陈孟琳猛然扭头看向了钟宁，"溺毙是为了方便他制造不在场证明？！"

"对！"想起赵清远那张看着无辜又可怜的脸，钟宁内心一阵恶寒，"水，垃圾桶，车……构成了他的完美不在场证明！"

"什么意思？"张一明依旧一头雾水。此时，比亚迪已经过了五一路，再过一个红绿灯就到洋海塘小区了。

"马上就知道了。"钟宁掐灭了烟，狠狠道，"如果真跟我想的一样，那么，两个垃圾桶说不定已经被他还回去了。赵清远撞头诬陷我，大概率也是为了争取时间抹掉车上的证据。"

话音刚落，比亚迪停在了洋海塘小区保安亭门口。

摇下车窗，钟宁冲里面一个塌鼻子的保安问道："你们小区的垃圾桶找到了吗？"

"什么？"塌鼻子保安愣了愣，刚想问什么，边上的清洁工大妈可能是误会了钟宁的身份，赶紧点头道："找到了呀，两个都找到了，领导，不用配了，那个……工资也不扣了吧？"

"不扣了！"钟宁一脸意料之中的表情看向了陈孟琳。

"他……他还真把垃圾桶还回去了？"陈孟琳愣住了。

"现在同样不可能找到任何证据了。"钟宁苦笑摇头，是啊，即便已经证明自己的推断正确又如何，什么证据都没有了。

"每一步都在他后面，被他耍得团团转！"钟宁的心头五味杂陈。

"你们到底在说什么?"张一明听得都快崩溃了,他们说的难道不是中文吗,怎么一句都听不懂?"我们现在是不是还无法拘捕赵清远?需要我在这儿盯着吗?"

陈孟琳摇摇头:"你再盯着,除了打草惊蛇没有其他意义。"

钟宁也认同,贸然打草惊蛇并不是什么好主意,更何况,赵清远要杀的人早杀光了,也没有继续盯梢的必要了。

钟宁在中控台上拿起一支笔,用力地在李援朝的案卷上圈出一个红圈:"去这里吧。"

反正也一头雾水惯了,张一明没再多问什么,一脚油门,离开了洋海塘小区,很快驶上了主干道。

04
▶▶

车很快驶入了主干道。

星港终于放晴,气温一下蹿上了30℃。开上五一路的时候,日头正烈,阳光灼人,照在赵清远被纱布裹住了三分之一的脑袋上,隐约可以看到里面渗出来的血水。

"大快乐"洗浴城门头紧闭,上面写着下午两点开门营业,现在还不到十二点,赵清远只能掉头往家的方向开去。

黑色的双肩包还是放在副驾驶上,里面的照片已经焚烧殆尽,只剩下了一把钥匙。

为了陷害钟宁,也为了给收尾工作争取时间,他把自己的脑袋撞得缝了七针。伤敌一千,自损八百,他的最后一步计划也因为反复被警方问讯而耽误了两天!

不过,幸运的是,无论从哪个方面看,他都没有留下证据。只是仍然没有完成的最后一步让他有些不安，更让他不安的是，妻子的检查结果要几个小时以后才能出来。

"嘶！"头上传来一阵剧烈的疼痛，赵清远咧了咧嘴。

"钟宁！"恍惚间，赵清远想起了那个年轻的警察，他搞不懂那个警察为什么会对自己有如此深切的恨意。或许，他也有过不堪回首的过去？

"不去想了，取到东西就可以彻底解脱了。"

念及至此，赵清远加大油门，很快就开到了小区门口。

"哟，赵记者！"保安亭边的横栏刚升起，一个塌鼻子保安跟看到明星一样看着赵清远，嘴里啧啧称奇道，"还真是你啊！头上就是被那警察给打的吧？"

"你认识我？"赵清远皱了皱眉。

保安张嘴一乐，夸张道："嘿，您现在可是出名了啊！现在全网谁不认识您呀！"

赵清远脸色一沉，看来这两天网络上对钟宁的口诛笔伐也开始反噬到自己了，刚才幸亏计划受阻，不然顶着这一脑袋纱布去取东西，肯定会被不少人认出来。

看着赵清远进门，塌鼻子保安指了指门口，神秘兮兮道："哦，对了！刚才又有几个警察来了，应该是找您道歉来的吧。"

赵清远心头猛地一滞："去了我家？"

"那没有。"保安摇头，一副了然的模样，"我看啊，是不好意思去，就七七八八问了一些什么垃圾桶的事情就走了。"

"垃圾桶？"赵清远心头又是一紧，"一共来了几个人？"

塌鼻子保安想了想，道："三个吧，两个男的一个女的。"

赵清远心头一揪，道了声谢，停好车，快步走回了家。

今天吴妈还没来上班，窗帘没有拉开，屋子里昏暗一片，只有卧室里的妻子发出粗重的呼吸声。

"那些警察还没有放过我！"赵清远瘫软在沙发上，心头在疯狂地怒吼着。他有些搞不懂，为什么钟宁没有被开除，反而还能继续调查，那个女的居然再次跟着过来……这些人都不要命了吗？！

不对……难道是李大龙的老婆提供了什么线索？赵清远快速思索着，转而又否认了这个可能性——不可能，以他做记者多年对人性的了解，那种女人，绝不会愿意为李大龙沾惹麻烦。

又或者是废车场发现了什么线索？这更加不可能，那边摄像头少得可怜，自己全部躲过了，至于脚印什么的，早就被那天的暴雨冲刷得一干二净。

"呵呵，查垃圾桶？"赵清远冷笑，随便你们来查，看看还能不能找到证据！

歇斯底里的怒意渐渐平息，赵清远的情绪终于慢慢缓和下来。他的手里捏着那把薄薄的钥匙，上面有几个镂空的阿拉伯数字：5038。无论如何，都只剩下最后一步，就可以和妻子恢复平静的生活了。

他起身进了厨房，拉上窗帘，拿勺子小心地舀了半勺蜂蜜，蜂蜜滴入温水中荡漾开来，在杯中留下一朵好看的黄花。他用抹布擦了擦洒落在台面上的蜂蜜，又打开第二层壁柜，里面一盒盒小药丸，像是一个个五彩的精灵，在等着自己召唤。

他拣出一个绿色瓶子，名字他再熟悉不过，华法林钠片，是一种静脉血栓的抗凝药物，国产的，药效还不错，五十块钱能买一百片。他拧开瓶盖，"哗啦"一声，把里面的药丸全部倒入垃圾袋中，再取过边上另一个瓶身上印着英文的药瓶，把当中的进口药利伐沙班片全部倒进华法林钠片的药瓶中，这才将蜂蜜水和小药盒搁在了托盘里。要不是吴静思嫌这进口药一百六只能买一盒，一盒里只有五片，实在太贵，他也用不着忙活这么一出了。

做完这些刚一转身，赵清远猛地一怔，手上的盘子差点摔到地上："吴妈！你！"

"对不起，对不起。"门口的吴妈一脸窘迫，赶紧解释道，"我以为你们还没回来，就自己开门进来了。"

"算了，没事。"赵清远压住怒意，摆了摆手，想要出门。

吴妈盯着垃圾桶里的药丸看了看，纳闷道："赵老师，这维生素……你倒了干吗？"

"维生素？"

"是维生素吧？"吴妈指了指药柜道，"我看你经常买的嘛，绿绿的，好几个瓶子。"

赵清远脸色一滞，他并不想告诉吴妈自己把进口药换到了国产药的药瓶子里的事，怕吴妈不小心告诉了吴静思，惹得妻子心疼钱。他俯身把垃圾袋系好："哦，是，一直没吃，过期了，我等下就去扔了。"

"我来，我来。"看这情形，估计是吴静思病情不乐观吧，吴妈拿起垃圾袋，刚要转身，忽然又站住了，指了指赵清远的脑袋道，"你的头……"

"怎么？"赵清远眉头一皱。

吴妈指了指他的耳边道："血流出来了，你要处理一下。"

赵清远扭头往抽油烟机镶边的不锈钢条上瞄了一眼，看着里面倒映出的自己，不由得脸色一暗——头上的纱布已经被血水染得通红，自己看上去就像一个被包裹了半边脑袋，还剃着阴阳头的丑陋僵尸。

在送药之前得处理一下，不能吓到妻子。

"行，我去弄弄。"赵清远放下盘子，忽然又想起什么，再次叫住吴妈，"刚才的事情，你千万别跟思思说。"

"什么事情？"吴妈没听懂。

"就是……就是药过期的事情。"赵清远指了指垃圾袋,"我怕她会心疼钱。"

"懂的,懂的。"吴妈连连点头,往门口去了,可脸上分明写着怀疑。

赵清远无声地叹了口气,往卫生间里走去,很快,里面传来哗啦的流水声。

05
▶▶

桥依旧是那座大桥,桥下的湘江水和桥上的车流一样,换了一茬又一茬,日出日落,昼夜不息。

然而,就在几天前,这里曾经发生过一起连环凶杀案,除了那个吓破胆不见踪影的拾荒客,其他一切都没有任何变化。

"宁哥,跟我说说咱来这儿是干吗的?"张一明终于憋不住了。钟宁和陈孟琳两人一路无话,也不解释一下,还真让他一头雾水。这地方前几天不来过了吗,怎么今天又跑来了?还能看出一朵花来?

"找东西。"钟宁言简意赅。

陈孟琳在资料里抽出刚才钟宁做了标记的一张照片,问道:"是找这个没有出现过的东西吗?"

钟宁点头:"对,找这个本来应该出现,但是没有出现过的东西。"

"什么东西?"张一明拿过照片——那是在案发现场拍下的一个空空荡荡的渔夫凳,宁哥的红圈就画在凳子的旁边,"什么叫应该出现但是没有出现过?"

钟宁努了努下巴,脚下步履不停:"你用脑袋想想,这里面什么应该出现，但是没有出现？"

陈孟琳似乎明白了钟宁的意图，道："你还是怀疑赵清远是因余文杰的死被人敲诈而杀人？"

钟宁点头。若非如此，赵清远为什么会在两年半以前突然给余文杰迁坟？又为什么突然杀人？现在需要证实的是这三个人到底发现了什么而去集体敲诈赵清远。

张一明感觉脑袋里的问号要冒出头皮了："可是我们已经查了他们三个的银行流水，没有啥不正常啊。"

"他们的银行流水正常，不代表他们正常。"毕竟，要避开银行交易并无难度，钟宁反问道，"赵清远工资一个月近两万。你看他那个样子，像吗？"

"那肯定不像。"张一明想都没想就摇头，"这和三个老头儿又有啥关系？"

陈孟琳接话道："你是说，他们和赵清远一样，生活的重心并不是在自己身上？"

"对。"钟宁快步搜寻着地面一切有用的信息，脑袋飞快地转动，"他们都是一把年纪的人了，这种人生活欲望本来就比较低。依照赵清远的谨慎程度，跟他们很有可能都是现金交易，他们再转手给自己在意的人，所以，钱没有走他们三个人的账很正常。"

张一明恍然大悟，可不就跟自己亲妈一样嘛！他妈生怕他派出所那点儿工资不够花，每次都是偷偷瞒着他爸塞零花钱给他呢。

陈孟琳也有点明白了。根据案卷上的信息，死者刘建军的独生女刘晶晶还在上大学，胡国秋的老婆蒋先萍一身毛病，他们确实有可能拿钱以后直接用在了她们两个人身上，但是……

"但是李援朝早就离婚了，没啥亲人啊。"张一明接话道。

钟宁没有回话，领着两人快步往河滩走去。

因为是工作日，人不多，有个戴着渔夫帽的老头儿，正认真地看着江面，一会儿时间，老头儿手上的鱼竿微微抖动，"唰"的一下拉了起来，一条寸长小鱼便落入了桶中。

"好技术！"钟宁上前两步，喝彩一声。

"呵呵，一般一般。"老头儿谦虚了一句。

"打听个事……"钟宁给老头儿递了支烟过去，"前几天死在这儿的一个人，您认识吗？"

老头儿想了想，点头道："你是说李老头儿是吧？不熟，也就一起钓过一两次鱼。"

"他很喜欢钓鱼？"

"喜欢，有事没事就来钓鱼，特别喜欢夜钓，经常一个人通宵钓鱼。"老头儿说到这儿忽然有了警觉，赶紧道，"其他事情我都不知道啊，你们也别问我。"

钟宁苦笑。不知道这是第几次碰到这种事不关己高高挂起的人了，有时候甚至会让他有种错觉，是不是这些人全是赵清远的同伙。

"大爷，那您最近在附近见过这个吗？"陈孟琳指了指大爷手中的鱼竿问道。

"没有啊，我这可是自己买的。"老头儿装上食，又把鱼竿一甩，"啪"的一下落入了水中，再也不往钟宁这边瞄了。

这倒是让张一明想明白了："宁哥，敢情你们说的是鱼竿啊？"

"聪明。"钟宁比了个大拇指。李援朝的钱既然不用在人身上，就是用在物身上了。以他现在的年纪，估计当年爱好的那种"摄影"活动也爱不动了，就剩下钓鱼了，所以这人八成在渔具上花了不少钱。

案发现场，凳子还在，鱼竿偏偏不见了，那么就有两种可能，其一，在和疑犯的打斗中掉落河中冲走了。但是以赵清远一贯的作案手法，根本不会和被害人有打斗。那么就只能是另一种可能——赵清远故意把鱼竿处理掉了，因为他在掩盖鱼竿的价值！

可是江面太广了，偌大的猴子石大桥下，又如何找到一根小小的鱼竿？

烈日当头，三人一无所获，张一明忍不住道："宁哥，要不我们先去另外两个受害者家中找找其他证据？"

钟宁怅然。让受害者家属承认自己接受过与受害者收入不符的赠予，难度太大了，还不如来猴子石大桥找鱼竿呢。毕竟，和不会说话的物证相比，会隐瞒的人证要难对付多了。

"钟宁，别着急，我们肯定还可以找到其他证据。"陈孟琳也在一旁安慰。

"实在不行，就先去刘晶晶那边吧。"张一明出了个主意，刘晶晶毕竟是个大学生，年纪尚小，可能从她身上获取线索，相对于蒋先萍要容易。

"行。"钟宁无可奈何地点了点头，抬腿往车的方向走去。

就在此时，滩头又过来一个老头儿，手中也提着一个小桶，一副钓客的打扮。看到他，刚才那老头儿惊讶地说道："呵，刘老头儿，你这鸟枪换炮了啊，发财了这是？"

说者无心，听者有意，钟宁和陈孟琳停住了脚步。

"那是。"果然，新来的老头儿一脸得意，爱不释手地摸着鱼竿。

钟宁和陈孟琳对视了一眼，钟宁问道："您这鱼竿很贵吗？"

"贵，怎么不贵，一万多一根呢。牌子的！"

陈孟琳上下打量着这老头儿，道："您自己买的？"

"呵呵，我可买不起。"老头儿呵呵一乐，指了指下游的方向，"走狗屎运，那边捡的！"说着，老头儿把鱼竿一甩，"咕噜"一声，鱼线划出一道漂亮的弧线，落入了水中。

"轰"！

这几滴水花，在钟宁心中像是引爆了一颗炸弹！

"钟宁……"陈孟琳一脸震惊，"你又对了一次。"

"但……"钟宁盯着老头儿的鱼线落水处，此时，溅起的水花已经归于平静，"……我好像又错了。"

陈孟琳一愣，跟着往江面看去，不解道："什么错了？"

"宁哥，咋还不上车？"张一明已经发动了汽车，推开另外一边的车门，喊着，"十二点啦，咱们就一天时间，得抓紧不是？"

"不用去了。"钟宁摇着头。

"咱们不是得去调查赵清远有没有被刘晶晶他们家人敲诈吗？"

"不用去了。"钟宁依旧盯着江面，嘴里喃喃着。此时，老头儿钓起了一条鱼，小鱼蹦跶着，江面水花四起，又在鱼离开水面的一瞬间归于平静，"你爸是对的。"

"什么？"张一明没听清楚。

"张局是对的，刘建军和胡国秋没有敲诈他。"

这一下连陈孟琳也惊讶了，不是才找到了李援朝敲诈赵清远的证据吗？

"上车解释！"钟宁飞快地坐上比亚迪，安排张一明道，"马上联系肖队，让他查查，我要赵清远来星港以后所有的居住记录，哪怕是旅馆酒店也不能漏！"

张一明愣神，看钟宁那样子也不好多问，点头道："行。"

陈孟琳依旧不解："那我们现在去哪里？"

"去这里！"钟宁又是一指案卷，扭头看着一脸迷惑的陈孟琳道，"你知道怎么隐藏掉一滴水吗？"

"哗……"卫生间的水声戛然而止。

小小的洗漱台上满是碎发，一根一根横尸池中，赵清远轻轻把它们聚拢，捧成一捧放入垃圾袋中，这才抬起了头，看了看镜中的自己——老了，确实是老了，那个睡在阁楼整整一年也不觉得腰板痛的自己，那个为了吴静思能单挑两个小混混的自己，那个采访时碰上发大水能一口气扛着吴静思上三楼的自己，现如今，眼角已经爬满了皱纹，干瘦的身躯了无生气。

"真的老了……"赵清远怅然若失，他倒是不担心自己老，可是，如果自己老了，妻子怎么办呢？他可是还要扛着妻子往下走几十年啊……

"得抓紧啊，赵清远。"

看了看时间，已经十二点半了，赵清远终于打开了门。

吴妈应该是扔完垃圾就顺便去买菜了，此时并不在屋内，赵清远没有折回厨房，而是轻手轻脚推开了卧室的门。

吴静思正在酣睡，赵清远小心地走到衣柜边，帽子就在第一层的柜子里。"吱呀"一声打开柜门，他刚刚取过帽子，还没来得及戴上，床上的吴静思猛然"啊"的一声，惊恐地瞪大了眼睛。

赵清远赶紧抚着妻子额头安慰她："不怕不怕。"

"清远，我……我又梦到有人要杀我……还把我关到笼子里……"吴静思惊魂未定地喘着粗气，好久才平息下来，再一抬头，又是一惊——此时，那个文质彬彬的赵清远剃成了光头，一道猩红的伤口爬虫一般跨在太阳穴边。

"清远，你，你……"吴静思一句话也说不出来。

赵清远赶紧戴上帽子，解释道："天气太热了，干脆剃光了。"就在帽子盖上头皮的一瞬，伤口被扯到，剧烈的疼痛让他下意识

"嘶"了一声。

"是不是很痛?"吴静思伸手摸了摸赵清远帽檐边露出来的伤疤,满脸忧伤,"你先别戴帽子,不透气伤口怎么会长得好……哎,怎么不小心呢,这么大的人了,还摔跤。"

"不小心嘛。"关于伤口,赵清远解释说是不小心摔的,还好妻子出不了门,也不怎么上网,所以暂时还不知道发生了什么。

"那你吃药了吗?你可别舍不得花钱,不然我……"

"放心吧,我专门找了市一医院的主任医生给我缝了针,也开了药,我都按时吃了呢。"赵清远宽慰道,"我还得健健康康才能照顾你不是?"

吴静思依旧忧心忡忡看着他,道:"这两天你是不是有什么事情啊?我看你这两天经常出门,好像都是很着急的样子。"

"没有,哪有什么事情。"赵清远赶紧摆手,"有几个选题着急出来,我去公司开个会,没跟你说明白,对不起。"

吴静思不信:"可是,那天有警察来家里,还有你的伤……真的没有发生什么事情吗?"

"真的没有,你想到哪里去了。"赵清远摸着脑袋笑着,"真的是我自己撞的。只要你不离开我,我还能有什么事情。"

"傻瓜,我怎么会离开你。"吴静思放下心来,"等我病好了,还要给你生宝宝呢!哎呀,你看看……赶紧去换衣服……"

赵清远一低头,这才发现头上的血顺着脖子把衣领都染红了一片。

衣柜还没来得及关上,里面是一排一模一样的翻领文化衫。赵清远起身,找了一件挂在最右边的,刚打算换上,忽然浑身一怔,接着回头看了一眼吴静思,又看了一眼那一排整齐的文化衫,脑袋里"嗡"了一声,整个人呆立当场。

"清远,你怎么了?清远……"

赵清远回过神来，细细看了一遍那一排一模一样的衣服，扭头问道："最近两天，我不在的时候，你整理衣柜了吗？"

吴静思摇了摇头："没有啊，怎么啦？"

"那衣服……"

"衣服是吴妈洗的呀。"吴静思笑着，"平时不也都是吴妈洗吗？对了，她还说，你以后换下来的衣服别扔客厅了，直接扔洗衣机就行。"

赵清远的脑袋又是一声轰鸣。

"清远，你别老是那么小气了，说了让你给自己买几件好点的衣服……"吴静思拿过赵清远手中那件衣服，"你看看，扣子都掉了，你帮我把针线包拿来，我帮你缝缝。清远……清远……"

"没事。"赵清远心不在焉地摇了摇头，"等下我自己缝吧。我……我先帮你去拿药。"

"没事，我来吧，其他的我又帮不了你，这些都交给我。"吴静思挣扎着起身，身上的毛毯滑落，不过这一次，赵清远只是瞄了一眼，并没有帮她重新盖上。

"不用，我自己来。"他冷冷回了一句，转身出了卧室。

耳边的伤口渗出的血水又一次滴落在了刚换好的衣服上，他毫不在意，转身打开了旁边书房的门。

洗衣机运转的声音从卫生间里传来，令人心烦不已。

07
▶▶

米兰春天小区 A3 栋 402 号房门，被一个当地派出所的小民警打开来。

这里是李援朝出狱后住了四年的地方。

钟宁和陈孟琳走进屋内，身后跟着一头雾水的张一明。

三室一厅的房子，很明显可以看出是个单身男人的住处，除了简单的桌椅板凳床铺以外，几乎没有其他东西，衣服袜子扔了一地，卧室大床上的被子似乎也很久没有洗过了，散发出一股难闻的酸臭味。

艺术家气息倒是有，就在过道上，还挂着一幅巨大的画，色彩斑斓的，像是某位印象派画家的仿制作品。

"前两天都封锁了，昨天封条才扯掉的。"

片警跟三人解释着，李援朝遇害后，有刑警来做了物证收集，当然，同样没有发现任何线索。

"你确定李援朝死后，这里都没再进来过人？"

"肯定没有。"片警摇头，这地方可是打了封条的，还有几个人通宵守着，不可能还有外人来过。

"他前妻呢？"陈孟琳问道。

片警继续摇头道："他前妻早八百年前就不和他联系了，我们打电话通知她李援朝的死讯，她说告诉她干吗，他们又不熟……哦，对了，倒是有个叫曾艳红的女人来过一次，四十好几，应该是李援朝的情人吧，说李援朝开走了她的车，专门来取的，张局说案子还没查完，什么都不让动，我们就拒绝了。我们就在他床下面发现了这些……"

片警拿出物证袋，从里面掏出了一沓照片——都是些所谓的私拍照片，里面的女人穿着性感，造型色情。甚至还有不少在商场和厕所的偷拍照片，下流不堪。

"宁哥，你不是说赵清远并没有被李援朝他们敲诈吗？"张一明看了看照片，又看了看手中那根没收来的鱼竿，刚才在猴子石大桥下才烫平的问号又冒了出来——物证都找到了，怎么结论还相反了呢？为什么还来查李援朝的住所呢？

钟宁纠正道："我没说李援朝没有敲诈他。我是说，刘建军和胡国秋没有敲诈他。"

他细细观察着这个屋子里的一切，除了被警方搜查出来的照片，床头柜上还放着两部单反相机，款式不新，应该是李援朝早年买的。

张一明终于明白过来："你的意思是，只有李援朝一个人勒索了他？"

"对。"钟宁点头，眼神越来越亮，"整个案件其实和刘建军、胡国秋没有任何关系。"

"什么?!"张一明的嘴巴大大张开，下巴都要脱臼了，"那……那他为什么要杀了这两人？"

陈孟琳回过神来："他是在隐藏一滴水?!"

钟宁点头。鱼钩落入水中溅起水花，但马上就会归于平静，把三个老头儿的视频放入无数视频中，就能隐藏他的真实目标。

从头到尾，赵清远要杀的人，其实只有一个李援朝！但如果只杀李援朝，警方势必会盯着他去调查，这样很容易就会查到赵清远头上，暴露他的动机。但如果先用"老头儿变坏"的视频干扰警方的视线，接着杀害两个完全不相干的人，再以各种故意制造的线索误导警方，这样一来，赵清远真正要杀的第三个人的动机，就神不知鬼不觉地隐匿其中了。

"我靠！"张一明盯着手中那个物证袋里的扣子，"这……这人咋想出来的？居然这样来掩盖他的杀人动机？"

"太聪明。"陈孟琳忍不住冷笑一声。

"呵呵，聪明的变态。"钟宁苦笑。隐藏掉一滴水，最好的方法，不就是把它放进江河湖海中吗？

一题解开，一题又现，陈孟琳问道："那么，赵清远到底因为什么被李援朝敲诈？这和余文杰的死又有什么关系？"

"嗡"的一声，钟宁的手机响了，肖敏才发过来信息。钟宁低头看了一眼，又是一声苦笑："没有任何关系。"

是的，张局在禁闭室里的时候又说对了，从表面来看，李援朝威胁赵清远，和余文杰的车祸没有任何关系。

"可是他明明给余文杰迁坟了！"

"为了保险吧。"钟宁领着两人进了厨房，"哗"的一下，他把半遮着的窗帘拉开，就在此时，对面楼的房间也拉开了窗帘……

08
▶▶

"唰"的一声拉上窗帘，书房很快漆黑一片。

在阁楼杂物间住的那一年，让赵清远已经很适应这种环境了。他并没有开灯，就借着窗帘透进来的微弱的光亮，摸索着再次把书柜上的书搬开。

依旧是那个铁皮盒子，不过这次他并没有打开，而是直接放到了一旁。他看了看门口，这才俯身下去，抱出了两个码得整整齐齐的箱子。

打开第一个箱子——里面是一些口红、纸巾、女士内裤。赵清远小心地捧起一条内裤抱在了胸口，接着又放在鼻尖狠狠一嗅，脸上露出一种瘾君子看见毒品一般的快感。

就是因为这些东西，他才会被星港晚报报社开除，可是这么多年，他依旧保存得好好的，舍不得扔掉。

良久，似乎已经得到了极大的满足，赵清远终于放下了女士内裤，又打开了第二个箱子——里面是一件叠得整整齐齐的棉衣，装在抽了空气的真空袋里，已经洗得发白了。

他撕开真空袋，缓缓打开棉衣——里面摆满了白色小棍。那是棒棒糖棍，七个一捆，一捆代表着自己又熬过了一个星期。一共是三百一十七根。

就是靠着这些甜味，他熬过了在金山小区阁楼杂物间里的那三百多个日夜，也是靠着这些甜蜜的余味，整整十年，他独自吞下了照顾吴静思的所有苦楚。

赵清远怔怔地想着——已经吃了那么多苦，已经杀了那么多人，难道还不够吗？还是无法和妻子安稳地生活下去吗？

赵清远脸上的肌肉都在颤抖着，他木头一般坐着，想着，恨着……许久，他终于咬了咬牙，站了起来，拿起了当中一捆棒棒糖棍，起身出了房间。

客厅门依旧关着，只有卫生间里的灯亮着，洗衣机发出嘀嘀的声音，提示衣服已经洗好了。刚"嘀"了两声，声音就断了。

赵清远瞄了一眼，转身进了厨房。

药和蜂蜜水都还摆在灶台上。

检查结果今天就要出来了。他曾经发过誓，等这一切都结束，他一定好好对她，给她真正安稳的幸福。但如今事已至此，他只有一不做二不休了！

赵清远不再有任何犹豫，重新打开橱柜——就在那些彩色药盒的一侧，有一个印着醒目的"市一医院"红十字标识的崭新塑料袋，袋子里整整齐齐码着四个白色药瓶。这是医院开给他的凝血药。

"呵呵，可能这是天意吧。"

赵清远冷笑一声，将药瓶中换好的进口药倒出两颗，再将凝血药中的药倒出两颗，接着又从另外一个盒中拿出两颗安眠药，一起端进了卧室。

吴静思半躺在床上等着赵清远进来。她发现了赵清远的不正常，担忧地问："清远，伤口怎么又出血了？要不要去医院检查一下？"

"不用。"赵清远把药递了过去，"来，乖，先吃药。"

"清远……"吴静思没有接药，脸上更加担忧了，"这两天是不是发生了什么事情？有事你跟我说呀，我们一起承担。"

"哪有什么事情。"赵清远再次把药递了过去，"听话，吃药，好好养病我才会安心。"

"可是……"吴静思似乎不信。

"来，我们先吃药，吃完药就好了。"

药已经送到了嘴边，吴静思不好再拒绝，刚伸手接过，赵清远忽然问道："你还记得我们第一次见面是在哪里吗？"

"记得啊，你当保安的时候嘛。"吴静思看着丈夫冷淡的神情，愈发不安。

赵清远淡淡一笑："来，吃药。"

伴随着喉咙嚅动，几颗药丸很快进入了吴静思的胃里。不一会儿，她感觉眼皮越来越沉，很快便沉沉睡去。

"思思……吴静思……"叫了两声，吴静思全然没了反应。

赵清远的脸色陡然一变，他再次起身，拉开衣柜，扒拉开那一排一模一样的文化衫，从衣柜里扯出了一件上面印着一只猫图案的橘色短袖 T 恤。

"啪！"没有丝毫顾忌，他将衣服摔到吴静思的身上，因为愤怒已经满脸涨得通红。

"十年了。"赵清远坐在床头，俯身，像狡诈的鹰隼盯上了兔子一般，慢慢低头，把那张干瘦的脸凑到了吴静思的鼻息之间。

"我照顾了你十年了……"赵清远面目狰狞，像是有人掐着喉咙一般，一个字一个字地挤出话来，"你还忘不了他吗？！"

吴静思像是死去了一样，没有任何反应。

房间门口有脚步声轻轻传来，几不可闻。

第八章 ▸ 疯子的结局

▶▶▶▶

01
▶▶

"报应啊！真的是报应！"

米兰春天 A3 栋 402 号房内，张一明瞪眼看着对面的窗户，嘴里一声一声感叹着，说不出是震惊还是讶异。

"房子是用吴静思的名字购买的，他们是四年前搬走的！"肖敏才站在对面房子的窗边大喊着，脸上的兴奋之色溢于言表。

钟宁让肖敏才去查赵清远所有的居住记录，结果发现，赵清远四年前在米兰春天买过一套房子，不过，当时登记的户主名字是吴静思。四年前，他们忽然卖了房子搬走，换到了如今的洋海塘小区。

陈孟琳同样激动，一切都对上了，赵清远的动机呼之欲出——李援朝这个偷拍狂发现了赵清远不可告人的秘密，勒索他，赵清远因此杀了李援朝！

这么近的楼间距离，手机都能拍摄清楚，更别说用专业设备且热爱偷拍事业的李援朝了。如果真是这样，那么刘建军和胡国秋就是两个倒霉鬼。

张一明感叹着："赵清远做保安的时候在小阁楼偷窥吴静思和余文杰，后来他自己也被人偷拍，还给讹上了，可不就是报应吗？"

"钟宁，接下来你打算怎么办？"陈孟琳神色严峻。动机似乎确定了，但依旧没有任何证据。

"人都已经死了，还能去哪里找证据啊？"张一明一脸无奈。

钟宁一言不发地看着李援朝的案卷——张一明说得没错，李援朝已经死了，李大龙成为完美的替死鬼，现在即便知道赵清远的动机和作案手法，但要给他定罪，还需要直接证据。

"对了，你说，李援朝拍下了什么？"张一明问。

陈孟琳默然。无论是什么，肯定是和吴静思余文杰有关。但到底是什么，却无从得知。

钟宁抬头问道："你们这边有没有发现读卡器之类的东西？"

片警指了指床头道："相机倒是有几个，但没有读卡器。"

"那就行了！"钟宁站了起来。

"行了？什么行了？"张一明纳闷了，读卡器都被人取走了，这不说明证据也没了吗？怎么反倒还行了？

钟宁握了握拳头道："案发以后没人来过这间屋子，所以读卡器很有可能是李援朝自己藏起来了。"

"狡兔三窟！"陈孟琳也跟着分析道，"李援朝既然能勒索赵清远四年，也不是个省油的灯，原始文件肯定被他藏好了。但问题是，我们应该去哪里找呢？"

"对啊，这范围可太大了！"张一明无奈了，这可不像找鱼竿，能去猴子石大桥下碰运气。这么一张小小的存储卡，李援朝随便一放，怕是把整个星港翻过来也找不到。

"曾艳红……曾艳红！"钟宁眼中冒着精光。

"什么？"陈孟琳一愣。

"曾艳红是谁？"张一明不解道。

钟宁把手中的案卷递给两人："东西在曾艳红的车里！"说着，他已经往屋外走去，"抓紧，不然吴静思可能会有危险！"

"什么意思？"张一明和赶来的肖敏才同时问道。

钟宁站住，扭头看了一眼床上的那些照片，面色发白："如果我猜得不错，赵清远不是数十年如一日在照顾一个残疾人，他是……"

走廊里有一股冷风吹来，陈孟琳浑身一颤，接话道："他是为了照顾一个人，十来年活生生一直让她保持着残疾的身体状态！"

02
▶▶

吴静思安静地躺在床上，脸色平静，似乎对眼前发生的一切毫不知情。就在离她不到一米的地方，赵清远贪婪地盯着她，像是饥饿的豺狼盯着一块肉。

窗外阳光猛烈，但被厚厚的窗帘阻挡，只在屋内留下了忽明忽暗的斑点，看上去像是长在人身上的牛皮癣，顽固且阴暗。

"我对你怎么样，难道你自己心里不清楚吗？"赵清远喃喃着，"车子写你的名字，房子写你的名字，逢年过节，没有一次忘记给你买礼物，你为什么还要留着余文杰送你的衣服呢？人得知足，对吗？"

吴静思依旧双目紧闭，呼吸粗重，一言不发。

像是在跟床上的吴静思对话，又像是在自言自语，赵清远忽然呵呵笑了起来，取下了断脚的眼镜："我妈说过，人要是不知足,什么都得不到,我连眼镜都舍不得换,但是你……似乎并不满足啊!"

说着,赵清远从床头柜抽屉里取出一把剪刀,"嘶"的一声,一剪刀下去,那件T恤被剪成了两半。还不解恨,赵清远盯着这件破烂的衣服呆了半晌,忽然两臂一撑。

"呲……呲……呲……"

一声声布料撕裂的声音从卧室传出,那件橘色的T恤很快成了一条一条烂布头,赵清远笑了,笑得忘乎所以,像是在做一件此生最开心的事情,就连外面的门被人打开了都浑然不觉。

"你心痛吗?!余文杰送给你的东西被我撕烂了,你心痛吗?!"赵清远还在笑着,从口袋里掏出那捆白色塑料棒,抽出一根,"害怕吗?还要我惩罚你吗?我也不想惩罚你的,每一次我也很心痛!我编借口的时候也很难过,你知道吗?!"

赵清远咬牙切齿地骂着:"虽然你的下半身没有知觉,但我还是很心痛,你知道吗?!"

他像是耗费了巨大的体力,歇了好久,才喃喃道:"可是你还要点儿脸吗?我对你这么好,你还留着那件破衣服干吗呢!"越来越气愤,他的声音越来越不受控制,几乎是咆哮着骂道,"你还要脸吗?你这个臭……"

猛地,骂声戛然而止,那两个字……还是没有骂出口。

"算了,算了。"骂累了,赵清远颓然坐下,盯着手中那一把白色小棒看了好久,"只要我对你好,你肯定会回心转意的。我不跟你生气,谁叫你是我老婆。"

说罢,赵清远俯身,在吴静思脸上狠狠咬了一口。

吴静思依旧没有任何反应。

"你等着,我去把东西取回来。"看了看时间,赵清远又呵呵笑了,"等我把东西取回来,这世界上就没有人能把你夺走了。"

他深深地闻了闻吴静思的手掌，刚一起身，又发现了什么，脸上瞬间再次涨得通红——就在刚才放那件橘色短袖 T 恤的位置，一条翠绿色的碎花裙子滑落到了地上。

"你！"赵清远扭头看着吴静思，像是受到了巨大的侮辱一般，哆嗦着捡起了那条裙子，"这个你也还留着吗？！是他在你们的结婚纪念日送给你的，所以你舍不得扔吗？！"

赵清远再次坐了下来，看向了吴静思的下半身，毛毯还没有盖上。他面无表情地卷起了吴静思的睡裙，露出了大片的皮肤——吴静思的大腿内侧，满是大大小小的瘤子，圆圆点点，密密麻麻……

赵清远掏出打火机，选出一根塑料小棒点燃，俯身过去……

门口的吴妈透着门缝，看到赵清远像鬼魅一般附着在吴静思的下半身上，手上的塑料小棍在燃烧着，熔化着，一滴一滴滴落到吴静思的大腿上，发出"呲呲"的烤肉一般的响声……

床上的吴静思一动不动，没有任何反应。

"唔……"吴妈用两只手拼命捂着嘴，双腿发软，用尽了全身力气才哆嗦着躲回了卫生间。

"嗒嗒嗒……"

屋外很快又响起了一阵脚步声，接着，"嘣"的一声，大门被关上，门口传出了汽车发动的声音。

再一低头，吴妈发现自己双腿之间已经湿漉漉一片……

03

前两天暴雨来袭，米兰春天小区的地下停车场排水系统并不好，到今天中午依旧有不少积水，湿漉漉一片。

李援朝的车,不,应该说是曾艳红的车,就停在一片洼地当中,四个轮胎被水没过了三分之一。

"宁哥,中控台没有……"

"后排也没有……"

"副驾驶储物柜也没有发现……"

灯光昏暗,四个人加上那个片警找了半个小时,把车上能翻的地方都翻遍了,别说是存储卡,就连半张照片都没有找到。

车门是被硬生生撬开的,不过已经取得了张局的同意,东西也确实应该被李援朝藏在车内,因为不管是案发现场还是在刚才的房间里,都没有发现车钥匙。如果找不到储存卡,那么就只能是被赵清远取走了。

前排驾驶位上的张一明猫着腰钻了出来,累得满头大汗:"宁哥,会不会我们又来晚了?"

肖敏才同样一无所获,思忖着道:"我看也有这个可能,毕竟已经过去了两天。"

"应该不会。"陈孟琳摇了摇头,"那天案发以后,他被局里连续问讯了好几次,这两天他没有时间来取,再说……他应该也没这个胆子,肯定会等事情平息以后再动手。"

钟宁没有回话,打开了后备厢,扬起一阵灰尘。他心里其实也没底。如果在李大龙死的当天,赵清远就折回来取走了钥匙,时间上也来得及。毕竟,这么重要的东西,赵清远甚至为此杀了四个人,很难放心让它待在地下停车场。

打开手机上的手电筒来回照着后备厢,钟宁心头越来越沉——里面空空如也,别说存储卡了,就连头发丝都没有一根。

钟宁扯起箱垫往外扔出去,再把手机的光照回来——依旧空空荡荡一片,不过……

"宁哥,这是什么?"张一明凑了过来,指着一个书本大小的痕迹，纳闷道，"是不是以前这里放过一本书？"

"不是！"钟宁狠狠咬牙——可能是因为放置时间太久，那里有一个一本书大小的长方形压痕，看上去确实像是以前放过一本书。

"应该是照片！"陈孟琳细细看着，"是用纸袋装好的照片。"

"对，是照片。"钟宁心头一片灰暗——东西确实是被李援朝放在了车里，不过……来晚了，证据已经被赵清远取走了。

"赵清远……"钟宁心头甚至对他有些佩服了，这个人面面俱到，事无巨细，几乎把整个计划做成了一件精美的艺术品……

"再精密也会有破绽。"钟宁不死心，但依旧一无所获。

就在此时，肖敏才喊了一声："钟宁，这边！"

钟宁转身，见肖敏才正盯着自己刚才从后备厢扯出来的箱垫——应该是经年累月的放置，上面压印出来一个小小的痕迹，看上去像一片钥匙的形状。

"5038？"陈孟琳眯着眼睛看了看——钥匙片上还有一串数字，压印倒是非常清晰，"这是什么？"

"5038……"钟宁推断，这应该是某个小区或者某个酒店的门牌号，用50开头，星港也没有几栋超过五十层的建筑。

"肖队。"钟宁赶紧着道："你去查查，星港市超过五十层的酒店或者公寓，有没有李援朝的居住……"

"不用查了！"一旁的张一明瞪着眼睛喊道。"为什么？"几人同时回头。

"这个……这个我也有啊！"说着，张一明赶紧从口袋里摸出一串自己的钥匙，果然，上面有一把一模一样的，"我是这里的VIP啊！"

"什么VIP？"

"'大快乐'啊！"张一明咧嘴一笑，一脸得意，"这是'大快乐'的储物柜钥匙！李援朝把东西放在'大快乐'的储物柜了！"

这话让钟宁刚刚还兴奋不已的心情顿时一凉，那种鱼龙混杂的地方，甚至不需要伪装，随便混进去就可以取到，根本不会有人注意到。

"看来……又晚了。"陈孟琳和肖敏才也跟着摇头。

"没晚没晚！"张一明的脑袋摇得跟拨浪鼓似的，"放心，这次没晚！"

"又为什么？"几人同时问道。

"前段时间扫黄打非呢，被查封了！"张一明看了看表，脸色一阵尴尬，"不过……好像今天已经开始营业了！"

04
▶▶

"大快乐"足浴城已经营业了，下午两点开始营业的。

黑色的 SUV 飞驰着，已经快要看到霓虹招牌了，赵清远的胸腔因为愤怒还在剧烈起伏着。

"取到东西，就没人可以把我们分开了！"

赵清远不停念叨着，良久，心情终于平复下来。他停好车，戴上帽子，压了压帽檐，远远观察着对面的足浴城——地方很大，一共有五层，门口有一排迎宾小姐在热情招呼着客人。安保情况倒是很好，门口装了一排枪式摄像头。

不过无所谓，今天只是去取个东西而已。赵清远长吁了一口气，开门下车，刚走了一步，顿了顿，还是反身从车上取了一把报社常用的裁纸美工刀，放在了口袋里。

"欢迎光临！"

穿过门口一排穿着旗袍的姑娘，赵清远迅速上了五楼，从钥匙扣上的"大快乐5038"判断，他要的东西应该是在五楼的三十八号储物柜。

一千多平方米的大厅里，拢共只有十来个穿着浴袍的男女正围在电视机前看综艺节目。

赵清远闪身穿过走廊，径直到了储物间，抬头瞄了瞄，两旁都有摄像头。他下意识压了压帽檐，一排一排找寻找着5038，不过很奇怪，一面墙过去，并没有这个号码的柜子。

"你好，先生，是需要洗浴吗？"一个穿着工作服的男人客气地向赵清远打着招呼。

"哦……"赵清远扬了扬手中的钥匙，"有个朋友放了点东西在这里，我来拿一下。"

"5038？"服务生看了看，指着大厅的另外一头道，"那是员工区的储物柜，在那边。"

"谢了。"赵清远转身往另外一头走去。

穿过一座镀金的玉石假山，右边的结构差不多，也是四面墙的柜子，赵清远一排排找过去，很快就发现了"5038"，上面还贴着一排小字——领班：曾艳红。

他拿着钥匙轻轻一扭，"啪"的一声，柜子打开了。

"嗯？"赵清远愣了愣。柜子里东西很多，光女士内衣就有好几套。他伸手翻找了一会儿，眼睛一亮——就在柜子最里层，有一个白色的信封，打开来，里面果真有一张存储卡。

赵清远把信封放进外套内层的口袋里。刚一转身，一个女人惊呼起来："你……你干吗的呀？！"

赵清远猛地一怔。一个浓妆艳抹的女人正一脸惊恐地看着他，四十多岁的年纪，烫着一头不合时宜的卷发。他尴尬一笑："不好意思，我走错地方了。"

"走错地方了？"女人上下打量了赵清远一番，低头看了看还没来得及关上的柜门，忽然大叫道："你是来偷东西吧！那是我的柜子！"

赵清远的脑袋飞快地转动着，故意问道："这里面的东西是你的？"

女人威胁道："刚才别人跟我说有人偷东西我还不信。你等着，我立刻喊保安来抓你！"说着，她拿出手机就要拨出去。

"不不，别误会。"赵清远摆着手，挤出一丝笑脸，"你认识李援朝是吧？"

女人果然放下手机，点了点头："认识啊。"

赵清远的手伸进口袋，握住了那把美工刀："是他叫我过来的。他有个东西要交给你，那个……这里不方便……"他指了指走廊尽头的过道，"我们去那边？"

"什么东西啊？"女人嘀咕着，还是跟着赵清远走到了楼道口，"他不是前两天出事了吗？"

"对，就是因为出事了，我才来找你的。"赵清远笑了笑，忽然看到露台上放着一个巨大的水晶烟灰缸。他假装不经意地摸了上去，用另外一只手指了指女人身后，"那边那个人，你也认识吗？"

"谁啊？！"

女人刚要回头，赵清远趁机拿起烟灰缸猛地砸了下去，"嘣"的一声闷响，女人应声倒地。赵清远把女人拖入门后，正打算从楼道逃脱，楼梯间传来一阵"嗒嗒"的脚步声。

他往下瞄了一眼，看到楼梯间走上来几个人，正是那个女警和那个死咬着他不放的警察钟宁。

赵清远心头一沉，咒骂了一句，再往电梯方向一看，楼层显示到了四楼。他握了握手中的存储卡，转身往大厅走去，只留下储物柜没来得及关上的门还大敞着。

05

▶▶

"晚了，又来晚了！"

整个大厅里灯光全开，那座假黄金玉石堆砌成的风水景观台在灯光的照射下五彩斑斓，熠熠生辉。

张一明看着储物柜的门，一脸懊恼。原本他还想着好好表现一番，展示一下自己强健的搏斗体格呢，结果还是来晚一步，东西被赵清远取走了。

钟宁默不作声地看着，这次他们只晚了半步——储物柜的门都没来得及关，说明赵清远刚走不久，而且很有可能是因为发现了他们才走得匆忙。钟宁在楼道和电梯间两条路都安排了人，赵清远应该还在这一层。

"钟宁！这里晕了一个！"楼道间传来陈孟琳的声音。钟宁走去楼梯间，一眼就看见晕倒的女人胸口的工作牌，她正是李援朝的妍头曾艳红。

人似乎伤得并不重，轻轻拍了几下脸，她就睁开了眼睛，嘴里"哎哟"叫唤着。

"赶紧打120，留一个人照看。张一明，赶紧通知你爸。"钟宁思索片刻，抬起了头，指挥着另外三人道："你们去卫生间！"

说罢，他大踏步往相反的方向跑去。

"宁哥干吗去了？"

"民警同志，你留下照看伤者。"没时间解答张一明的疑惑，陈孟琳很快找到了卫生间的方向，领着两人往那边走去。

男左女右。

此时，赵清远就站在卫生间的门口，他再次压低了帽檐，径直推开了左边的门。

"大快乐"装修得很豪华，卫生间里贴着精美的马赛克瓷砖，让他有些恍神。赵清远稍微等了等，两个抽烟的男宾客离开后，他才一路推门，寻找着坑位。一连推了两个门，里面都有人，直到第三间，"咕噜"一声冲水声后，一个穿着浴袍的胖子从里面走了出来。赵清远赶紧侧身进去，锁好门，把手里的储存卡扔进了马桶——逃不掉没有关系，只要毁掉这个，警方依旧拿他毫无办法，最多因为他打晕曾艳红治他一个伤人罪。

赵清远狠狠按下抽水开关。

马桶"咕"地干号了一声，娟细的水流沿着桶壁流出，存储卡在当中回旋两圈，有气无力地消失在眼前。

赵清远长吁一口气，刚打算开门走人，再一低头，心里"咯噔"一声——因为刚被人冲过一次，水箱回水不多，水压不够，储存卡在里面转了两圈后，又重新飘到了水面。

赵清远心头咒骂一句，掐着时间等了十几秒，又是猛地一按，这一次，马桶居然滴水未出，毫无反应。

"哎呀，我靠！怎么停水了？"

"就是，洗浴城没水，这不搞笑吗？"

隔间里传来两声牢骚，看来运气不佳，赵清远心一横，只好把储存卡捞了回来。

"不行，警察已经上楼，处理不掉也不能留在自己身上。"他打开马桶后面的水箱盖，刚把储存卡扔进去，还没来得及合上盖子，忽然从背后传来了"砰砰"的敲门声。

"你是掉进去了吗？怎么还不出来？"

是个男人的声音，赵清远合上盖子，很快打开了门，冲男人道："不好意思，肚子不太舒服。"说罢，扭头往门口走去。

"哎！站住！"男人一把扯住赵清远的衣服，"你没冲厕所！"

"我冲了。"赵清远咬了咬牙，想甩开男人的拉扯。

"冲了你跑什么跑?!"男人个子不高,但一臂文身,看上去很彪悍。他死死拽住赵清远,"我都没听到水声,你冲个屁啊!"

门外已经响起了急促的脚步声,赵清远狠狠咬着后牙槽:"你松开我。"

"我松开个屁!你水都不冲就想跑,有没有一点公德心。"男人很是气愤,紧紧抓住赵清远,就是不松手。没办法,赵清远只好转身走回隔间,再次按下了马桶的抽水开关。

"咕噜"一声,依旧没有水。

"好了!"

"好什么好!"男人瞄了一眼,"水都没有冲下来。"

"停水了,我有什么办法?你放开我!"

"你这人……"

门口的脚步声越来越近,赵清远狂怒至极,从口袋里掏出美工刀,对着男人刺去。

"砰!"一声枪响,震耳欲聋。

赵清远愕然侧头看向自己的右肩——肩膀上不知怎么多了个红点,鲜红的血瞬间浸透了衣服……

"赵清远,现在怀疑你与一起涉及四条人命的连环凶杀案有关,正式对你进行拘捕!"是肖敏才铿锵有力的警告声,"现在要求你马上放下手中的刀具,趴在地上,双手抱头!"

赵清远如坠冰窖,一个踉跄,单膝跪地,面如死灰。

06
▶▶

枪声惊动了整个"大快乐"。

除了个别四散逃窜的顾客,更多的是一群不怕死的看客,纷纷涌向五楼卫生间门口，脸上尽是兴奋之色，好像在看一场免费的电影。

赵清远半跪着，像是被定住了一般一动不动，边上那个满身文身的男人吓得一屁股坐在地上哆嗦着，怎么也站不起来。

"赵清远！"肖敏才双手举枪怒斥，"放下刀具，马上投降！"

赵清远冷笑，心头涌不起一丝波澜。努力了那么久，看来还是要死在最后这一道关卡上了。

"我再警告一次，双手抱头！"肖敏才又是一声怒喝，"扔掉手中的刀！"

赵清远终于缓缓抬起了头，在几个刑警身后，他看到那张熟悉的面孔："钟宁……又是你！"

"对，又是我。"钟宁点头，"想不到我们这次见面，是在这种场合。"

"你怎么知道我在这里？"赵清远死死盯着钟宁。

钟宁笑了笑："我在曾艳红的车里发现了李援朝放钥匙的地方，估计放挺久了，印痕又深又清晰。"他指了指张一明，"我这位兄弟认出来，是'大快乐'的钥匙。"

赵清远右肩中枪，不过依旧死死抓着那把美工刀，咬牙指了指地板："你怎么会知道我躲在这里？"

"哦……因为我知道你没走远啊。"钟宁盯着赵清远，心中情绪复杂，"既然没走远，那肯定是急着来处理东西。什么地方最适合干净彻底地处理你的东西呢？只有卫生间的下水道了吧？"

"呵呵。"赵清远一声冷笑，"你来晚了。"

"那不一定。"钟宁瞄了一眼他身后的隔间，"刚才我不小心把水闸关了，根据'大快乐'这个卫生间的人流量，如果我运气好，你很有可能没等到回水灌满水箱，所以……你不一定能得偿所愿。"

赵清远的脸色阴晴不定。

"当然，如果是你运气好，东西真被冲走了，你也得相信，警方掘地三尺也会把它找出来。"钟宁盯着赵清远的眼睛，"不过看你的表情，应该是我赢了。"

赵清远惨淡一笑，缓缓往地下蹲去："行，我输得心服口服。我趴下，你们别开枪！"

说着，他微微往身旁那个瘫软的男人身后移了半米，就在准备趴在地上的一瞬间，他猛然间换成左手持刀，一个跃步把刀比在了男人的脖子上！

"都别过来！不然我杀了他！"赵清远忍着肩膀的剧痛，一手掐住男人的脖子，一手比着刀，半蹲在男人身后，躲了墙角。刀锋划破了男人的皮肤，留下一道血印。

"赵清远，你别冲动！"肖敏才焦急大喊。陈孟琳是顾问，没有配枪，而钟宁和张一明又因为犯了纪律，装备被没收，现场就只剩下肖敏才还带着装备。

赵清远对喊话充耳不闻，他狠狠瞪着钟宁的方向："你为什么要针对我？！"

"我没有针对任何人。"钟宁摇头，"你犯了法，杀了人，我就要抓你。"

"我没有犯法！我也没有杀人！"赵清远咆哮着，"我有不在场证明！我当时在医院，你们已经查过了！"

"还在狡辩，有意思吗？"钟宁使了个眼色，示意身后的张一明赶紧联系局里，他自己则说着话，分散着赵清远的注意力。张一明心领神会，退到一边。

钟宁接着说："你的车，没有后座吧？"

赵清远如被电击，浑身一抖。

"你很聪明，为了杀人，你从小区里偷了两个垃圾桶，把其中一个灌满了月山湖和凉席厂废水池的水。接着,你挑好时间,把人砸晕绑好放到编织袋里,放进另外一个垃圾桶中。然后,你开着装着被害人的车,带你妻子到医院做理疗。对于你这种常年给妻子做康复按摩的人来说,砸后脑勺什么部位会致人晕厥但不会死亡,你应该是很熟悉的。"

赵清远一言不发。

钟宁继续道:"你把两个桶一高一低放着,低的那个装晕了的被害人,高的那个开始慢慢往下面漏水。你也知道警方判定死者溺亡,是检查肺泡和血液中的微生物,你只要控制好水流的速度,就可以精确安排好被害人的死亡时间,从而制造你的不在场证明。然后,你再找个时间把溺死在垃圾桶里的被害人扔进水池里、湖里、江里,如此一来,警方怎么也不会想到死者是死在你的车里。"

说到一半,钟宁故意停了停:"还有一个塑化剂的问题,你高考化学也几乎满分,我想,用什么东西隔开了水和垃圾桶,从而隔离了垃圾桶中富含的塑化剂,这一点也难不倒你吧。"

赵清远的脸色阴晴不定,盯着钟宁,默不作声。

"李援朝被害的那晚,我哥们儿跟了你一晚上,但你其实只要在吴静思做检查时离开他的视线半个小时,就能把早已溺死在垃圾桶中的被害人扔进江里。而警方是不会怀疑整晚都在医院的你,能在夜里一点多杀死被害人的。"

钟宁苦笑了一声:"那个拾荒客应该是你精挑细选的目击者吧?你观察过他的生活规律,知道第二天早上,当你去抛尸的时候,他还没起床,所以你根本不担心被他看到。也正因为你了解他的作息,所以你专门在前一天晚上让李大龙去了一趟江边,你是让他去扔了一个装满东西的编织袋?还是只让他去附近上了个厕所?总之,如你所愿,李大龙'正巧'就被还没入睡的拾荒客看见，继而顺理成章地以为李大龙是抛尸者，你也就有了一个完美的替死鬼。"

"哈哈哈！你的故事很精彩。"赵清远狂笑起来，"但，我为什么要杀他们？我是疯子吗？！"

"你是不是疯子我不知道。你原本确实不应该杀那么多人。"钟宁摇头，"因为其实你真正要杀的，只有李援朝。"

赵清远又是一怔。

钟宁盯着赵清远，缓缓道："这里藏了什么东西对你来说这么重要？你能自己告诉我吗？"

赵清远微微抽动着嘴角。

"看来你并不打算坦白。"钟宁冷哼一声，"李援朝拍下的，是你给吴静思换药的照片还是视频？"

赵清远浑身一抖，嘴角剧烈地抽搐起来。

"我想问问你，你换掉吴静思的药多久了？"钟宁伸出了四个指头："你是四年前换的房子，所以你被李援朝最少威胁了四年！"

赵清远肩上的鲜血已经把他的半边身体染得通红。

"行，你不反驳我就继续了……"钟宁仍旧盯着赵清远的眼睛，"我不知道李援朝是怎么发现你不对劲的，也只能做个假设……毕竟他有偷拍的癖好，某天晚上，他拍到了你调换药物的照片，一开始他没想那么多，但后来，他可能发现你呵斥了保姆不能动药，又或者发现你神色慌张……总之，他察觉到你的不对劲，便开始勒索你……"

"呵呵，那个可恶的保姆！"听到这里，赵清远终于按捺不住愤怒，头上的帽子歪了，露出了一道猩红的伤口，"就是她喜欢乱说，说我从来不让她配药，从来不让她做饭，李援朝从她那张臭嘴里套了不少话！"

猜对了。

钟宁轻蔑一笑，道："开始你也没想杀人吧？可李援朝就是个吸血鬼，是个无底洞，所以当吴静思可能患上癌症，需要大笔治疗费用的时候，你只能选择杀人。但如果只杀李援朝，你很快就会暴露，所以，你把一滴水放进大海里。"

赵清远狂妄地笑了："哈哈哈，你自以为很了解我吗？！"

钟宁继续说着："你决定用一起连环凶杀案来掩盖你真正的杀人动机，为此，你特意写好了关于老年人的文章，又故意引诱你的同事吴非凡来抄袭你的创意。你预测到了这个选题一定会在互联网上引起舆论关注，能转移警方的视线。再然后，你挑选了你的替死鬼李大龙，甚至骗他写好了遗书。接下来的事情，就不用我说了吧。"

因为失血过多，赵清远面色苍白："这些都是你的猜测，你根本没有任何证据！"

钟宁一字一顿道："如果我没猜错，你家里应该还有吴静思吃的药，验一验就知道了。"

"吴静思"这三个字似乎对赵清远有某种魔力，他脸色骤变："你……别提思思！"

"哦，也不用去验药。"钟宁笑着指了指那个储物柜，"只要拿到马桶里面的东西，说不定就能找到惊喜，我说得对吗？"

赵清远面如死灰。

"赵清远，你现在还顽抗，没有任何意义。"陈孟琳沉声道。

"五条人命，余文杰、刘建军、胡国秋、李大龙、李援朝……"钟宁指了指已经吓得脸色惨白的人质，"你现在还想背上第六条吗？"

"五条？五条！"赵清远忽然又大笑起来，"这都是余文杰的错！要是当时他一个人坐车，这些事情根本不会发生！死的只会是他！"

狂笑中，赵清远手中的刀再次划进了男人的皮肤，留下又一道血印。

"赵清远，你别乱来！"钟宁怒吼着，"想想吴静思！要是她知道这一切……"

"别提她！"赵清远停下了手中的动作，喃喃着，"对，我是给她喂药了！但我爱她！我做的这一切，都是为了她！"

"爱她？就因为你爱她，所以要捆绑她一辈子？让她一辈子做一个残疾人？！"钟宁摇头冷笑着，"你这叫爱吗？"

"这不叫爱吗？！"赵清远眼里喷着怒火，"这十年，我把她照顾得无微不至，衣食无忧，我让她成为这个世界上最幸福的女人，这不叫爱吗？"

陈孟琳听不下去了，愤怒控诉道："她原本早就可以走路的！是你换了她的药，让她一直瘫痪在床！你还假惺惺带她做理疗，她不知道真相，心里对你感激不尽。你这是爱吗？！"

"那我呢！我这十多年，有过一天好日子吗？我哪一天不是围着她转？哪一天没有把她捧在手心！"

"你是个疯子！"钟宁恍然摇头，他对眼前这个偏执狂已经无话可说。

此时，楼下警笛声大作，震耳欲聋。

"赵清远，放下武器，放了人质，投降吧。"陈孟琳冷冷道。

"投降？"赵清远茫然地退了两步，忽然又一次把锋利的刀尖对准了人质的喉咙，嘶吼着，"我要见我老婆！对……我要见思思！"

此时，洋海塘小区内，吴静思缓缓睁开眼睛，感觉头痛欲裂。

"清远，清远……"喊了两声，没有人答应。

"吴妈……吴妈……"依旧没有任何回应。

吴静思低头看了一眼,原本总是盖在下半身的毛毯滑落到了床下,自己原本穿着的睡裙也换成了一条睡裤。

再一扭头,她惊讶地张大了嘴巴,眼中满是恐惧——就在床边,放着两件已经被剪得稀烂的衣服。

吴静思赶紧弯腰从床下摸出轮椅打开,一只脚一只脚地把自己双腿搬了上去。

"清远……清远……"

客厅没人,卫生间没人,厨房也没人……她推开书房的门,看到书柜上放置着一个铁皮盒子,下面还整齐地码放着两个小箱子。

她不由得好奇,伸手想去取铁皮盒子,只是坐在轮椅上,实在够不着,"哗啦"一声,三个盒子滚落一地。

剪报……内衣……洗得发白的棉袄……还有……

一件一件拾起来,吴静思心头的疑惑越来越重。窗外有风吹来,吴静思看到棉衣中包裹的一把一把白色的塑料小棍,像是想起了什么,忽然浑身一颤!

就在此时,响起了一阵急促的敲门声……

07
▶▶

五楼大厅灯火通明,"大快乐"的警戒线外围满了看客,楼下也都是探出来的脑袋,一个个盯着五楼的方向,议论纷纷。广场上,消防车、救护车、警车的警笛声此起彼伏。

二十分钟以后,两个刑警抬着轮椅上的吴静思来到了现场。这是钟宁第一次见到这个女人,跟婚纱照上相比要老很多,苍白的脸上没有一丝血色，身体因为恐惧在不停颤抖着，仿佛来一阵风就能把她吹走。

看到赵清远，她抖动得更厉害了，哆嗦着问道："清远，这……这是怎么了？"

"思思！"赵清远猛然间像是被闪电击中一般，咧嘴笑了起来，"思思，你来啦！你终于来啦！"

"清远，你在干什么呀？！"吴静思从轮椅上滚落到地上，眼泪决堤，"清远……你放开他！"

两个女警抱住吴静思，不让她再往赵清远的方向爬。

"思思，坐好，你给我坐好！"赵清远大吼一声，刀尖在人质的脖子上游离。

"清远！这到底是怎么了？"吴静思哀号着，"有事情你跟我说，我们商量啊……为什么要这样？"

"思思，你还记得我们第一次见面吗？"赵清远浑身颤抖着，"你还记得吗？"

"我记得！我记得！"吴静思哭着点头，"我记得！"

"不！你不记得了！"赵清远狂笑起来，刀尖再次在人质的脖子上留下血痕。

"你别激动，赵清远，有事情你慢慢说！"钟宁赶紧宽慰着，眼睛看向了陈孟琳。陈孟琳冲他伸出两根手指，意思是，狙击手还需要两分钟。

"我第一次见你，不是我当保安的时候，是我十四岁的时候！"赵清远几乎吼了出来，他脖颈上青筋暴露，语无伦次地吼着，"我六岁的时候，有一天妈妈说去镇上买点肉给我做好吃的，让我安安心心在家里等，我就等啊，等啊，等啊……"

赵清远的眼泪流了出来，像是个濒临崩溃的精神病患者："我每天晚上都在二叔家的池塘边等，等我妈回来给我做好吃的，等了一个星期，我二叔告诉我，我妈不会回来了，后来我就跟二叔二婶过了。爸死了，妈跑了，我被他们欺负，我一直咬着牙告诉自己，长大了一定要找到我妈，问她为什么不要我。"

此时，张国栋安排的狙击手已经就位，开始找着各自的射击点。

赵清远狂吼着："后来，我终于遇到了你，就是那一年在学校，所有人都说那十二块钱是我偷的，只有你信我，只有你相信我！是你救了我！那是我第一次感受到被关心的滋味！"

"我记得啊！清远，我真的都记起来了！"吴静思颤抖着双手捧出了那根已经泛黄的棒棒糖棍，还有那件洗得发白的棉袄，"我真的记得了，是我给了你十二块钱！是我给你买了棒棒糖，你跟我说，这辈子从来没有吃过这么甜的东西！"

赵清远笑了，很快又摇头："不，你不记得了！我还告诉过你棒棒糖的故事，可你什么都不记得了！"

"清远，你先把人放了，我们回家！"

"我回不了家了！我回不了我们的家了！"赵清远的脸痛苦地扭曲着，"你不知道，棒棒糖好甜啊！我还问你，姐姐，这世界上为什么会有这么甜的东西……"

"清远，别说了……"

赵清远抹了一把眼泪，狠狠地说着："从那时候起，我就决定，我以后一定要保护你。后来我长大了，找到了你住的小区当保安。一开始我只是想好好保护你，可我每天都看到你和余文杰在一起，我渐渐产生了嫉妒的情绪，我恨不得杀了他！所以……所以我就在他的水杯里放了安眠药……但是，对不起啊，思思，我真的没想到，那天你会和他一起去上班……"

听到这里，吴静思哀号一声，声音凄厉："清远！你在说什么？！"

赵清远似乎陷入了癫狂："后来出了车祸，余文杰死了我好高兴，可是你瘫痪了我又好难过，我真的难过。为了弥补我的过失，我一直照顾你，拼了命对你好，想补偿你，但是……但是后来你真的可以走路了，我又担心你好了就会离开我。所以，我只能给你喂药，让你一辈子在轮椅上，永远起不来！这样你就永远离不开我了！思思，真的对不起，我没想到会引起肺癌的，真的对不起，你原谅我好不好？"

"清远……"吴静思号啕大哭，"你到底在说什么啊？！"

"我已经为你杀了五个人了！你还要我怎么样？为什么这些人还不肯放过我们！"赵清远的情绪近乎失控。

四周的狙击手已将枪口对准了他。

"清远，都是误会，你跟警察说，都是误会！"

"是我杀的，对不起……思思，你还记得我们结婚时住过的小区吗？你一定还记得，你喜欢那里，我们还要在那里买房子，你别离开我好不好？"

"清远，我不会离开你，你放开他！"

赵清远忽然止住哭声，冲吴静思摆手，说道："你过来，我们一起走，我们一起走！"

"不能去。"钟宁一个眼色，两个女警拦住了吴静思。

"让她过来！"赵清远狂怒着，手中的刀更用力地抵上了人质的脖子，"不然我杀了他！"人质已经浑身发软，快站不住了。

"你是不是不愿意过来？"赵清远看着吴静思，眼中满是绝望。

"清远，你听我说，我们好好跟警察解释……"

"别说了！"赵清远浑身一抖，打断了吴静思的话，眼中已不见一丝爱意。他冷冷看着吴静思，嘴里喃喃道："婊子。"

"什……什么？"

"婊子。"赵清远看着吴静思，重复道。

吴静思张了张嘴，呆若木鸡。

08
►►

"你这个婊子。"

赵清远又重复一句，语气像是在跟吴静思絮叨家常，可说出的话却又明明是最恶毒的语言，"你真的是个婊子，我一直以为，我妈跑了是我没做好，是我不懂事，所以，这些年我一直在改，我一直对你好，一直对你好！想不到，你也跟我妈一样，那么多年了，还忘不了余文杰，还留着他送给你的东西，还是要离开我。"

吴静思怔怔听着，眼泪无声地往下流着。

"怎么不说话了，心虚吗？"赵清远满脸讥讽，"我小时候，要不是你给我买棒棒糖，我会感激你想要报答你吗？！我当保安的时候，要不是你送我棉衣，我会爱上你吗？！你心机真的好重啊！"

"清远，我没有……"

"没有什么？！"赵清远提高了声调，"我没有送过你东西吗？你为什么还要留着余文杰的东西？！你这个臭婊子！要不是为了你，我不会这么早来，不会被这些警察撞上！"

"清远，别说了，求求你别说了！"吴静思痛苦地哀求着，想挣脱女警，爬向赵清远身边，"我知道你没有杀人，你不是这样的人。"

赵清远冷冷看着吴静思，像是看着一个完全不认识的人："现在我要死了！我要死了！你还是不愿意陪我吗？！十年了，我什么都为你做了！你还要我怎么样？！陪我去死你都不愿意吗？！"

赵清远再次狂躁起来，他把人质挡在身前，狠狠地对吴静思咒骂着："臭婊子，现在知道求我，你这个贱货！当年不应该只把你弄残，应该让你陪着余文杰去死！"

陈孟琳冲赵清远喊道："赵清远，你冷静点！你这样只会让事情更加无法收拾。"

"我冷静一点！"赵清远咬牙切齿地看着钟宁的方向，"都是你，对，就是你！是你害得我们不能在一起的！"

"清远，你放开他呀……"吴静思依然在哀号着。

"听你老婆话！"陈孟琳道，"放下手中的刀，你这样只会连累她！"

赵清远摇头："连累她？这种臭不要脸的贱货，我恨不得杀死她！……对，我要杀了你这个贱货！这样我们就再也不会分开了！"

赵清远猛然松开了人质，向吴静思扑了过去："我们以后再也不分开了！"

"嘣！"

一声枪响，赵清远应声倒地，左肩往外冒着血。

"清远！"吴静思一声厉号。

赵清远挣扎着起身，这一次，他没有冲向吴静思，而是用尽全身力气，像个癫狂的丧尸一般朝钟宁冲了过来。

"嘣！"

又是一枪，赵清远一个踉跄，单膝跪在地上，依旧抬着头，死死盯着钟宁，举着刀，还要挣扎着站起来。

"嘣！"

第三枪。

赵清远的另一条腿也跪了下来。

"咚！"

不是枪声，是赵清远的脑袋砸向地板的声音——他的腰像是忽然折断了，脑袋"咚"的一声重重磕在了地上，似乎要把水泥地砸出一个坑来。他整个人像极了一只蜷缩的大闸蟹，趴在钟宁面前，那副用胶布粘着腿的眼镜被甩到了一旁，帽子从头上滑落，血顺着他的脑袋、脖颈、手臂流下来，在地上形成了一个小小的血湖。

"清远！"吴静思的尖叫声撕心裂肺。

钟宁回头看了一眼，身后的陈孟琳同样神情复杂。

此时，洗浴城的电视里突然响起一个男人的歌声，如泣如诉，极狂极燥：

> 绣花绣得累了吗？牛羊也下山咯。
> 我们烧自己的房子和身体，生起火来。
> 解开你的红肚带，撒一床雪花白。
> 普天下所有的水，都在你眼里荡开……
>
> 我最亲爱的妹哟，我最亲爱的姐呀。
> 我最可怜的皇后，我屋旁的小白菜。
> 日子快到头了，果子也熟透了。
> 我们最后一次收割对方，从此仇深似海！
>
> 你去你的未来，我去我的未来。
> 我们只能在彼此的梦境里，虚幻地徘徊……

第九章 ▶ 全都错了

▶▶▶

01
▶▶

案子就像台风，说来就来，从不给人缓冲的空间。走的时候，也是同样。

赵清远被击毙后，存储卡被顺利找到，里面果然是李援朝偷拍的赵清远调换吴静思的药物的照片，一共一百六十多张。

陈孟琳的鉴定中心对吴静思家中剩余的药进行了详细检测。那些所谓预防静脉血栓的抗凝药物，其实全部都是氨甲环酸片，这是一种药效完全相反的增加凝血功能的药物，如果长期过量服用，会形成血栓，加重偏瘫，如果剂量太大，甚至会引起颅内出血，有血栓形成倾向的患者更要慎用。

除了氨甲环酸片以外，剩下的都是安眠药和强力止痛药。

吴静思正是因为常年被赵清远一日三餐灌这些名目繁多副作用很大的药物，导致她本来早就可以站立的身体，一直都好不了，而且还引发了严重的心肺疾病。

同时，赵清远家的保姆也向警方反映，赵清远从来不让她配药，甚至都不能给放药的橱柜打扫卫生。在警方的再三追问下，保姆亲口承认，看到过赵清远对吴静思进行虐待，从而导致了她双腿内侧全是烫伤留下的瘤子，这和吴静思的体检结果基本吻合。

赵清远的车也被仔细检查过，和钟宁预料的一样，为了方便作案，赵清远不但拆除了后座，为了隔音，甚至加装了加厚的茶色玻璃，就连车窗玻璃也全部换成了隔音的，里面别说关一个五六十的老头儿了，即便是一个身强力壮的小伙子，怕是叫破喉咙都很难有人能听到。

另外，经查证，李援朝一直用曾艳红的卡，账户上短则一个月，长则三个月，总会有一笔固定的汇款。就在李援朝死的前一天，赵清远还在公司附近的银行取了十万块钱，用来引诱李援朝奔赴死亡之约。

不但如此，警方还在曾艳红的卡中发现了大量来源不明的财产，根据核实，应该是当年李援朝在学校贪污的公款，这次也一并给没收了。

至于李大龙，警方终于说服他老婆出面做证，证实李大龙确实杀了她养的三条泰迪犬，她因此觉得李大龙太变态，才和别的男人远走他乡。

02 ▶▶

一周后，洋海塘小区。

派出所的比亚迪停在保安亭门口，钟宁点上一支烟，给张一明也扔了一根过去，不过，他似乎没有下车的勇气。

车窗外，阳光晃眼，可这地方依旧让钟宁感觉到阵阵凉意。

张一明理解不了钟宁复杂的情绪，神经大条地问道："宁哥，破了案你怎么一点儿都不高兴？庆功会也不去，跑这儿来干吗？"

"说不上来。"钟宁摇了摇头，有些怅然若失，"总感觉一切太顺利了。"

"顺利？！"张一明叫了起来，"我差点儿丢了工作，陈顾问差点殉职，咋的，您还觉得没挑战性啊？"

"不是这意思。"钟宁依旧只是摇头。

"呵，要我说啊，原生家庭这个东西还真是影响人一辈子。"张一明想起了赵清远那张干涸的脸，"你说这个赵清远小时候要是生活美满，性格就不会那么极端，更不会做出那么丧心病狂的事情了，到死都要拉着自己的老婆，你说这人怎么想的？"

钟宁无心继续这个话题，一个星期了，他对赵清远变态的占有欲都还十分硌硬，懒得再去想，他推门下车。

"哟，这不是神探吗？！"塌鼻子保安认出了他们，举着手里的报纸，冲钟宁大喊着，"神探！铁血钟神探！"

这一喊，正吃饭的几个保安也纷纷把头伸了出来，跟看猴一样盯着两人，还时不时比对着报纸上钟宁的头像，嘴里啧啧感叹着。

钟宁苦笑。这才几天，他在媒体笔下就从"暴力执法，原生家庭有问题，棒打鸳鸯，阻碍我国法治建设进程，不配当警察的男人"变成了"掐指一算就能屡破奇案的铁血神探"。

"哎呀呀，上次真是对不起啊！"一个拿着饭盒的高个子保安走了出来，一把抓住钟宁的手使劲摇着，"误会，都是误会，上次不是有人报警，我还真是不会为难两位，多担待，多担待。"

钟宁认出这人正是自己那晚违规搜查的时候，第一个发现他的保安。

"算了，职责所在。"钟宁摆了摆手，往里面走去。

小区依旧是那个小区，房子也依旧是那些房子，什么都没有变，没有人在意这世上少了一个叫赵清远的人，更没有人会在意，就在 106 号房内，还有个残疾的女人正遭受着生不如死的煎熬。

"呵，大名人了呀，宁哥。"张一明嘿嘿贱笑着，"这都是网红待遇了吧？"

"少说两句吧。"钟宁叹了口气，只感觉一阵心力交瘁。

两人慢慢走着，来到了赵清远家门口。此时，夕阳西下，给墙壁上的爬山虎镀上了一层金边，看起来像极童话中的房子。

到了门口，钟宁站住了脚，似乎没了勇气。

赵清远死后，吴静思不愿意住院，也不愿意接受心理辅导，就待在家里，不愿意出门。钟宁觉得早晚应该来面对吴静思，哪怕被她打骂一顿也好，否则，钟宁心中总有个坎儿过不去。

毕竟……真相太过残忍。

突然，门被人撞开，两个女警嘴里喊着"快快"，用一个简易担架抬着一个鲜血淋漓的人跑了出来。

钟宁一怔——担架上躺着的正是吴静思，此时她双目紧闭，右手的手腕上被简易地包扎过，但依旧有血不断渗出来。

"这是怎么了？"钟宁问道。

"自杀！"女警急得都快哭了，"这两天一直在对她进行心理疏导，今天她看着也挺好的，还说要休息，让我们不要影响她，谁知道她还是想不开，我就上个厕所的工夫，她就自杀了！"

钟宁哑然，想了想，还是觉得暂时不再去刺激吴静思比较好。他往屋里看去，血迹从卧室洒到客厅，又从客厅洒到走廊，猩红夺目。

"哟，神探！"屋里还有个黑瘦警察正在清理物证，看到钟宁，打了个招呼。

钟宁认出这人是那天没收了自己警官证的那个黑瘦警察。

"上次误会了,对不住。"黑瘦警察道了声歉,"这案子破得漂亮,为我们警察长脸了,我看啊,三等功是跑不了了。"

钟宁没有接话,只是默默看着这间屋子。墙上的婚纱照里,吴静思和赵清远正笑意盈盈地看着他,就像他上一次来的时候一样。但挂钟"嘀嗒"响着,又在提醒他,那已是昨日。

"对了,你的证件还在我们所里呢,什么时候去拿?"

"等下就去。"钟宁心下惆怅。

"这是跑步机吗?"张一明对墙角那台机器来了兴趣。

钟宁瞥了一眼:"理疗机。"

张一明一按开关,那机器下面的牵引带发出"嗡嗡"声,开始缓缓移动起来,和跑步机差不多。

"8726……这是个啥?"

"你管它是什么,对了,别污染了物证。"钟宁回答道。

他瞄见黑瘦警察正整理着的两个箱子——其中一个里面是几条内裤、两支口红、餐巾纸什么的,另外一个箱子里装着一件款式老旧的棉衣,上面放着一捆捆白色塑料棒。

"这些就是当年赵清远偷的吴静思的东西,我说神探……"看钟宁有点兴趣,黑瘦警察呵呵道,"这人也够变态的啊,吴静思擦过嘴的餐巾纸都收藏着。"

"那个是什么?"

"哦……这是当年吴静思送的棉衣吧。"黑瘦警察解释道,"这个是棒棒糖的棍子,那个保姆说,赵清远就是把这玩意儿点燃了去烫吴静思的腿……"

"真是变态!"张一明凑了上来,戴了双手套,捏起一条内裤看了看,"这喜欢收集女人内裤的男人啊,心理就没一个正常的……别说,这内裤还挺贵的,三百多……"

钟宁瞥了一眼，内裤一共有七条，中间一条应该是新的，还挂着吊牌，价格是 368 元，真是挺贵的。钟宁转身进了卧室，随手打开衣柜的门，里面是一排整整齐齐的翻领文化衫，下面还有一堆破破烂烂的布条。

"这是？"

黑瘦警察解释道："哦，这是当年余文杰送给吴静思的礼物，被赵清远发现，撕坏了。呵，这男人够小心眼儿的。"

"原生家庭……"钟宁苦笑。

"宁哥，我搞明白了！"客厅里，张一明停止了研究内裤，又对那个理疗机来了兴趣，"这东西跟跑步机一个原理，上面是显示步数。看看，这数字会动的！"

"什么？"钟宁走过去看了看，忽然一怔。还真跟跑步机一样，上面会显示步数……

钟宁问那个黑瘦警察道："你们每天晚上都巡逻吗？"

"当然啊。"黑瘦警察一脸纳闷，"吃的就是这碗饭不是？"

"那天到了这边吗？"

"什么？"黑瘦警察没听明白。

"抓到我们的那天……"钟宁从口袋里掏出了手机，瞄了一眼，"你们到这个小区巡逻了吗？"

黑瘦警察想了想，摇头道："那我就不太记得了，我得回去查查记录。你忽然问这个干吗？"

没有回话，钟宁再次进了卧室，扒拉出那一堆碎布条，脑袋里又是一声炸雷。

"张一明！"钟宁拿起那两堆碎布条，指了指两个箱子，"拿上东西。"

"去哪里啊？"张一明才一回头，发现钟宁已经到了门口，"宁哥，干吗去呀？"

"派出所！"

门外阳光刺眼，钟宁的后背却已经汗毛倒竖，满是冷汗。

03
▶▶

洋海塘派出所会议室。

两个箱子里的东西全部被钟宁倒出来，一样一样摆放在办公桌上。

七条内裤、两支口红、两张餐巾纸、一件棉衣，还有一堆棒棒糖棍，两堆烂布条，甚至连赵清远那十几件一模一样的文化衫也全部搬了过来。

文化衫一件一件摊开，钟宁的脸色越来越沉，边上的警察一头雾水，却不敢开口问。

"宁哥！"张一明满头大汗地进了门，拧开一瓶水喝了好几口，才道，"七分半！"

"七分半……"钟宁在心里计算了一下，问道，"第几次了？"

"来回跑了三次了！"张一明欲哭无泪，"真的不可能在七分钟之内！"

"行，辛苦了。"钟宁伸手道，"口红拿来了吗？"

"给。"张一明把口红递过去。这是他刚才按照钟宁的意思，去比亚迪里取来的，是之前为了研究双扣蝴蝶结时买的那一支。

钟宁拧开口红的盖子，和桌上那两支一起一线排开，来来回回比较着。

"宁哥，这是在干吗？"

"神探，我看不懂啊。"

边上两人"两头雾水"。

钟宁又是一指那对破布条："去拼成衣服。"

"什么？"张一明一呆，这都烂成什么样了，还拼好干吗？余文杰难道还托梦要回去啊？再一看钟宁的脸色，好家伙，都黑成锅底了。张一明不敢再问，老老实实把碎布条一条一条重新拼起来。

钟宁打开电脑，在浏览器里打开了一个品牌名为"欧时力"的服装官方网站，仔细看了一阵，脸色又是一暗。接着，他似乎又对赵清远那一堆一模一样的文化衫来了兴趣，仔仔细细数完，又跑到了电脑边上。

"神探，你这是干吗……"黑瘦警察一脸蒙圈，他发现钟宁拿着鼠标的右手在微微颤抖。

"报警记录打印出来了吗？"钟宁问道。

"我去催一下。"黑瘦警察发觉事态严重，转身出了会议室。

"宁哥，最多这样了。"实在被剪得太烂了，张一明好不容易才拼出一个轮廓。他抬起头，发现钟宁打开的页面里有一件一模一样的衣服，纳闷道，"你这是打算买个同款？"

钟宁怔怔地盯着网页，嘴唇翕动，半天才挤出来两个字："错了……"

"什么错了？"

"案子错了。"

"啥？又错了？"张一明眼睛一瞪，"赵清远不是凶手？"

"是凶手。"钟宁怔怔地看着电脑，像是被定住了一般。

"那错什么了？"

"哪里都错了……"终于，钟宁重新看向了那一堆物证，"从头到尾都错了！"

此时，黑瘦警察推门进来，把手中那张薄薄的清单递了过去，道："神探，这是当天的报警记录。"

钟宁瞄了一眼，打开手机相册，似乎在找什么照片。

"宁哥，你别吓我啊，到底什么错……"

话音未落，钟宁猛然站了起来，把身下的椅子弄得一声巨响。他双手颤抖着给张国栋发了一条信息过去："张局，你以前住什么小区？"

"嗡"的一声振动，张国栋很快就回复了消息，钟宁看完回复，全身一震，一屁股坐到了凳子上，汗水从他的每一个毛孔冒了出来……

窗外阳光明媚，钟宁寒意彻骨……

"错了，所有一切，全部都错了！"

04
▶▶

市局刑侦总队办公室内，赵清远死前那段视频，张国栋看了一遍又一遍。他时而快进时而慢放，时而放大时而缩小，眉头皱得越来越深。

终于，最后一遍看完，关上视频，张国栋点了根烟。

人心隔肚皮啊！谁能想到，一个朝夕相处的人，一个无微不至的人，居然为了占有，而把挚爱一辈子锁死在轮椅上！饶是张国栋这种三十多年的老刑警也觉得匪夷所思。

更让他没有想到的是，这个案子的真凶和动机，居然埋得如此之深，深得稍不小心，就会被一个个障眼法和一个个替死鬼掩盖得无痕迹。

"差一点就着了道儿啊。"张国栋感觉后背有些发凉。

就在此时，穿着警服的钟宁和张一明推门进来。

"可以，官复原职了。"张国栋收起思绪，起身冲两人笑了，

"都给我好好干，千万不要再整什么幺蛾子出来了。"

"张局，谢了。"

"爸，感谢！"张一明乐呵呵的。赵清远被击毙以后，陈孟琳将药物化验结果发来的第二天，他和钟宁就被升入了刑警队，还是省厅专门批示的，说是要允许年轻警察犯错，只要知错能改，不能不给机会。

"你们自己挣来的，谢我干吗？"张国栋在两人肩头各拍了拍，"这警服穿着挺帅的，脱掉了怪可惜。对了……"他想起一件事情，问钟宁道，"你说还有的，查到了吗？"

钟宁点点头，递过去一个文件袋。张国栋翻看了几页，眼睛一眯，若有所思："可靠吗？"

"绝对可靠。"钟宁正色道，"我和肖队亲自查证的。"

张国栋的脸色越来越沉，半晌才道："你打算怎么处理？"

"不好处理。"钟宁苦笑一声，摊手道，"赵清远都这样了，指望他能认罪明显不可能。不过……"

"不过什么？"

"我和肖队商量着，隐去了一点信息。"钟宁指了指上面一份报告，"这个暂时还没有人知道。"

"所以，你是觉得应该再试试另外的方法？"

"试试什么？神神秘秘的。"张一明凑过脑袋，好奇地看着两人。

"暂时跟你没关系。"张国栋收起了文件袋，转身掏出根烟点上，深吸了一口，对着墙壁良久不言。

就在此时，陈孟琳敲门进来了。案子结束，今天她是来帮着办理最后的手续。

张国栋回神，伸出了手："陈顾问，这次辛苦你了。都说虎父无犬子，你是巾帼不让须眉啊！"

"都是钟宁的功劳。"陈孟琳笑了笑,"以后要是我正式进局里工作,张局可要对我手下留情啊。"

张国栋爽朗道:"你要是进来,那是直属省厅刑技部门,级别上说不定比我还高呢,我手下留情什么!"

钟宁看着陈孟琳,笑了笑问道:"你没事了吧?"

"皮外伤。"陈孟琳不以为意。

"那就好。什么时候正式入职?"

陈孟琳嘿嘿一笑:"快了,保险公司的辞职报告已经打上去了。等这边手续办完,我打算去马尔代夫度个假,休息半个月,回来就正式成为你的同事了。"

张一明羡慕道:"真嫉妒你们这些有钱人。"

"呵呵,那我请你一起去啊。"

"我还是算了。"张一明努努嘴,"我看你心里是想请宁哥去,不好意思开口吧!"

"你!"陈孟琳脸上顿时一片绯红。

"哟,人齐了?"肖敏才推门进来,不过他脸上没什么喜悦之色。他看了看张国栋,又看了看钟宁几人,为难道:"张局,有个事情……"

"你说就是了。"张国栋一摊手,"都是自己人。"

"关于赵清远的……"

这名字一出来,众人不由得都收敛了笑容。

"省厅的意思是帮他转院治疗,先弄到湘雅,看看能不能早点醒过来,毕竟要是不醒,审判不太好……"

"什么?!"张一明十分吃惊,"赵清远还没死?"

"不会吧?"陈孟琳也瞪圆了眼睛,最后那一枪可是打在脑袋上啊。

"呵呵,烂人命大啊。"肖敏才苦笑道,"一枪从右眼穿过,从右侧颅骨穿过，大脑损伤不严重，没死，只是，植物人应该是跑不掉了。"

"呵呵，也是报应。"张一明冷笑。

肖敏才又是长叹一声："哎，该死的没死，不该死的死了。"

"怎么了？"钟宁一愣，心头涌起乌云，"谁死了？"

"他老婆……"肖敏才道，"吴静思自杀了。"

"这！"

本来轻松的气氛，一下子落到了谷底。

"我们还安排了两个女警去做心理辅导，吴静思看着还挺正常的，结果一个不注意就割脉了，送到医院没抢救过来。"

"这个畜生自己快死了，还要搭上一条命。"

想起吴静思那张因为常年病痛而没有一丝血色的脸，张一明狠狠咬了咬后牙槽，拳头都快攥出水来了。

"该转湘雅就转湘雅吧。"张国栋安排道，"在没有经过法院正式审判之前，他永远只是嫌疑人，我们警察办案，证据和程序正义是第一位的。"

"我懂了。"肖敏才领命出去了。

"我也走了，准备准备，去旅游咯。"陈孟琳挥了挥手，看向钟宁，"我送送你们？"

钟宁没有回话，盯着窗外思考着什么。

张一明碰了碰钟宁的肩膀："走吧，坐陈顾问的宝马回所里。"

钟宁回过神来，摇头道："你们先走，我还要去办点儿事。"

"那行，你可别妒忌！"张一明和陈孟琳一起出了办公室。

窗外，夜幕降临，灯火阑珊。

等脚步声消失在走廊尽头，张国栋看向钟宁："怎么了？有什么想法？"

"我想向您申请……"钟宁看着张国栋，一字一顿道："去杀了赵清远。"

张国栋滞了滞，深吸了一口烟，许久才道："想好了吗？"

"嗯。"钟宁点头，半晌，低头道，"对不起，张局。"

"没什么对不起的。"张国栋看向了黑漆漆的窗外，重重地拍了拍钟宁的肩膀，"去做你想做的吧。"

05
▶▶

夜幕降临。凌晨一点，市一医院门口。

钟宁下了出租车，在路边点上了一支烟，仰头看着三十多层高的住院部大楼。两天前，赵清远从重症监护室搬到了十一楼的监护室内，明天上午九点左右，就会往湘雅那边转移治疗。

湘雅作为全国排名前三的大型综合医院，无论是医疗技术还是设备档次，甚至连监控设备都要比市一医院好上不止一个档次。

"杀人放火金腰带，修桥补路无尸骸。"

钟宁想起了那个罹患肝癌却拿不出医药费的陈山民。他有些搞不懂，都是人，为什么差别会这么大？

"嘀嘀！"一辆出租车响着喇叭斜刺里杀过来，差点撞到钟宁，他收回思绪，看了看时间，已经凌晨一点半了。

行了，今晚应该是自己最后的机会了。

掐灭了烟，钟宁绕到市一医院的后门，他踩过点了，整个医院只有后门的保安亭边没有安装摄像头。

运气不错，保安这会儿在打瞌睡。钟宁戴上鸭舌帽，低头快速走了进去，沿着围墙潜入了住院部的侧门。

电梯是不能坐的, 不过好在连着卫生间的窗台并不高, 他双手攀着窗户一个鱼跃, 像猫一般敏捷地蹿进了一楼卫生间, 然后侧身进入楼梯间, 悄无声息地上了十三楼。

赵清远的病房就在出了楼道的第一间, 透过楼梯间的门缝, 钟宁看到有两个刑警正百无聊赖地坐在病房门口。他折返楼下, 找到楼道间的火警报警器, "哐"的一声一拳重重砸了下去。

一瞬间, 整栋楼响起了一阵刺耳的警报声, 守在门口的刑警赶紧起身, 顺着楼道跑下去查看情况。

钟宁很快从门后闪出, 侧身走进病房, 悄然掩上了门。

房间没有开灯, 窗外的路灯照进来, 可以清晰地看到病床上的病人头上缠着绷带, 边上的心率检测仪不时发出"嘀嘀"的声音。

没再多耽搁, 钟宁伸手掐住了输液管。对于床上的病人来说, 只需要让输液管内进去适量的空气, 就足够致命。

而且……警方查无可查。

"就到这里了。"钟宁松开了手……

"嘀!"检测仪发出一阵刺耳的警报声, 那条本来曲折的生命线直直延伸下来……

06
▶▶

三天后, 星港国际机场。

时值初夏, 机场大厅内到处可见身穿热裤、性感撩人的辣妹。

陈孟琳把小外套脱下来, 里面穿着一条碎花吊带短裙, 再加上头上那顶硕大的遮阳帽和脸上那副黑超墨镜, 任谁都忍不住多看她两眼。

有殷勤的男士在登机口主动帮她提着随身的旅行袋，一路送上飞往马尔代夫的飞机，在她落座头等舱后，才依依不舍地往经济舱去了。

窗外阳光明媚，要去的地方更加万里无云，这让陈孟琳心情舒畅。她向空姐要了一杯橙汁，小口抿着。不知是橙汁太酸，还是想起了什么，她的脸色暗淡下来。她拉开了包包的拉链，从包里拿出了一本相册。

打开相册，就是一张一家三口的合照，父亲抱着小女孩，母亲靠在父亲的肩膀上，一家人其乐融融。再往下翻，依旧是一家三口的合照，有的在游乐场，有的在公园，有的在学校……

陈孟琳抚摸着照片上父母的脸："爸，妈，你们还好吗？"

接下来的照片里，母亲已经消失了，只剩下一对父女，两人脸上的笑容少了许多。

"我走了，以后会抽空来看你的。"陈孟琳轻轻把相册贴到脸上，终于再也忍不住，泪水夺眶而出。

好不容易收拾好情绪，再往下翻——父亲也消失了，女孩儿身边换成了一个穿着警服的警察，小女孩依旧笑着，但笑得勉强。

"爸……"陈孟琳的嘴角微微抖动了一下，"对不起。"她合上相册，闭上双眼，紧紧抱在了胸前。许久，她才睁开眼睛，擦掉眼泪，重新戴上墨镜，遮住了通红的眼睛。

快要起飞了，可飞机上依旧没多少人。陈孟琳奇怪地询问空姐："请问会晚点吗？"

"我们正在等待一位贵宾，马上就会起飞……"空姐职业一笑，"请您少安毋躁。"

"贵宾？"陈孟琳秀眉一皱，往后面经济舱看了一眼，心头涌出一丝不安,再抬手叫空姐,已经没有人再过来了。

不安感更强了,前排忽然响起了一个男人的声音:"孟小姐。"

陈孟琳一呆。

"孟小姐,"男人站了起来,转身冲她一笑,"是不是不习惯别人这么叫你?"

"钟……钟宁?!"陈孟琳愣住了。钟宁穿着花衬衣,像极了要去热带岛屿度假的游客。她很快恢复如常,笑道,"怎么在这里碰到你?没听说你也要去旅游啊。"

钟宁也笑了:"都是缘分,你用三个名字登记了出入境资料,还是被我遇上了。"

陈孟琳脸色一变:"什……什么意思?"

"没什么意思。"钟宁一摊手,"我也是头一次知道,你的亲生父亲是姓孟吧?"

"你……"陈孟琳的脸色阴沉下来,不过很快再次露出了笑脸,"对啊,我亲生父亲是姓孟,被我养父收养了以后才加了他的姓,对了,这是我自己要求的。"

钟宁有些佩服陈孟琳的心理素质了:"你不是说要和我成为同事了吗,于是我关心了一下你的个人情况,却发现你名下所有产业都变卖了……"

"哦……那是因为要进入体制内嘛,当公务员,财产方面当然要注意。"陈孟琳呵呵笑着,"不然,被那些无良媒体爆出来,别人还以为我贪污受贿呢!"

"这样哦!"钟宁一脸恍然大悟的模样,盯着陈孟琳,"但是,你变卖财产的时间为什么是在第一起凶杀案发生之前不久?而且,你好像买好了从马尔代夫转机去美国的机票,是不是因为……中美没有引渡条例?"

陈孟琳终于出现了一丝慌乱："你……你还查到了什么？"

"差不多就这些了。"钟宁指了指陈孟琳手中的相册道，"能给我看看吗？"

陈孟琳本能地往后一缩。

"行，舍不得我就不看了。"钟宁笑了笑，"那我给你讲个故事吧。"

第十章 ▶ 不会说话的爱情

▷▷▷▷▷

01
▶▶

再也没有人上飞机，原本已经上来的几个乘客，也在空姐的安排下离开了。

钟宁坐到陈孟琳对面，开口讲起了故事："十多年前，有个小女孩，她的学习成绩很好，常常考全校第一。她有个快乐的家庭，父母都很疼爱她。"

钟宁一面说着，一面细细看着陈孟琳的脸，可惜，墨镜遮住了她的眼睛，看不出她是什么表情。

"后来，小女孩的妈妈生了重病，需要花很多钱治疗。小女孩的爸爸靠着一辆农用三轮车，起早贪黑给人送水产，苦苦支撑着这个家。"

陈孟琳的脸上闪过一丝痛苦的表情。

"可是，老天总是喜欢给苦难的人开玩笑……有一天，小女孩和往常一样，一大早就帮着爸爸给人送海鲜，送到酒店以后，就可以拿到一笔钱，去支付妈妈的医药费。在路过西子路的时候，那辆农用三轮车和一辆起亚轿车发生了剐蹭……不，还没有碰上，但爸爸本能地要保护在车上的小女孩，驾驶不稳，车翻了，四箱海鲜洒落一地……"

陈孟琳的嘴唇微微颤抖着："你说的这些和我有什么关系？"

钟宁从随身的包里抽出一张报纸——是 2005 年 10 月 26 日的《法制日报》，在第二版的右下角有一个"豆腐块"被他用红色的笔圈了出来，正是关于吴静思与余文杰那场车祸的报道。

"当时我只注意到了车祸，忽略了这个……"钟宁指着上面一行话，苦笑道，"……因为司机疲劳驾驶，在躲避一辆送水产的农用三轮车时，引发自身车辆失控……你不认识三轮车上的那个小女孩吗？"

陈孟琳没有回话。

"那我就继续说了。小女孩没事，但爸爸的脚受伤了。虽然伤得不重，但是凭他一个人，没办法让翻倒的车辆重新开上路，准时将海产送到，及时拿到报酬，给妻子续上救命的药……"

泪水从陈孟琳的眼眶滑落，逃出了墨镜的遮挡，暴露在了钟宁眼前。

钟宁认真地看着陈孟琳："我想，小女孩看到爸爸满腿是血，应该很着急地向路人求救，希望能有个好心人帮帮她。于是，她拼命拦车，拼命哀求，但是，没有一辆车愿意停下来……"

"你错了！"陈孟琳终于开口了，"有四辆车停下来了！"

"是吗？"钟宁微微眯眼，这倒是他没有想到的。

"如果当时没有车停下来，今天所有的事情都不会发生！"陈孟琳惨淡一笑，"胡国秋、刘建军、李援朝、李大龙！对了，李援朝当时坐的是他的情人曾艳红的车。他们停下来了，我以为他们是来帮我和爸爸的，结果，他们停下车以后，把海鲜搬上了自己的车，一人一箱。"

眼泪不停地从陈孟琳的眼角滚落，不过她脸上依旧笑着：
"我跪在路边，我一直跪在路边，求他们，给他们磕头，却只能眼睁睁看着他们搬着海产上车，开走，他们就像瞎了一样，根本看不到受伤的爸爸和苦苦哀求的我！"

陈孟琳收起笑脸，盯着钟宁道："你知道吗，当时我妈妈已经病得起不来床了……你知道四箱海鲜值多少钱吗？一共一千三百四十块钱……这个数字，就像那四个人的车牌一样，我能记住一辈子。爸爸没有挣到妈妈的药钱，还欠下了这么大一笔钱，妈妈没有续上药，精神又备受打击，两个月后就去世了。接着是爸爸……他觉得对不起妈妈，在家里上吊自杀了。"

陈孟琳摘下墨镜，低垂着眼："爸爸的尸体是我发现的……"

钟宁一阵唏嘘："于是你就决定了要报仇？"

"不，一开始我并没有想着报仇。"陈孟琳摇头。

02
▶▶

"我拼命跟着养父学习知识，我希望可以找到证据，为爸爸妈妈讨回公道，我希望那些人能付出代价。但是……"

钟宁苦笑："但你发现你根本没办法让他们付出代价。"

"对，没有一丝办法，没有一点所谓的证据，他们甚至没有遭受过一丝道德谴责！"陈孟琳冷冷地笑了，"我只能用我自己的方法。我利用保险公司首席顾问的身份，根据刻在记忆里的车牌号，查找到当年的始作俑者，也就是那辆起亚轿车……"

"结果你发现车主已经死于车祸，但他的妻子还在世。"

"对，余文杰死了，但吴静思活着，而且后来还再婚了！"陈孟琳又是一声冷笑，"我跟你一样，开始怀疑赵清远。我在他们对面租下了一间房子，也就是李援朝的家……"

"所以并不是李援朝住过那里，而是你？"

"不，一开始是我住过，但是当我的计划成形以后，我就把房子买了下来，并且以极低的价格卖给了李援朝。"陈孟琳轻蔑一笑，"他当时从牢里出来不久，和老婆离婚了，急需房子，那种人，有便宜就会贪，想都没想就买了下来。"

"车呢？"

"车和我没有关系。"陈孟琳笑了笑，"他在学校贪污公款，一直放在曾艳红的户头里，车是他自己的钱买的，只是他担心被查出来，所以不敢写到自己名下。"

钟宁摇了摇头："所以，其实是你发现了赵清远给吴静思换药的事情？"

陈孟琳点头："这并不难发现。赵清远总是呵斥保姆不要帮他配药，我观察了不到半年就确定他有秘密。然后，我去了余文杰的墓地，提取了他的尸体组织进行化验。和你想的一样，钟宁，那里面确实含有大量安眠药的成分！"

"于是，你的复仇名单里多了一个人。"

"对，既然赵清远是这一切的始作俑者，那么，这一切也应该由他来承担。于是，我开始威胁赵清远，让他帮我杀人。"

钟宁皱起眉头："赵清远没有反抗吗？"

"反抗？他对吴静思有那种变态的爱，生怕失去她，敢冒险反抗吗？硬要说反抗的话，他知道我化验过尸体组织以后，就把余文杰的尸体拿去火化了。"陈孟琳不屑地笑了，"不过，我已经有尸检报告了，所以是不是火化，我无所谓……"

她的脸上露出了一种报复的快感："我还记得我把那些他换药的照片扔到他面前的时候，他差点给我跪下了。他说只要我保密，他答应我的任何条件。不过，我没想到他那么聪明。"

钟宁点头赞同。

陈孟琳嗤笑着："也是你们警方无能，居然那么久都没有查到任何线索，赵清远不成为嫌疑人，我的计划怎么完美执行？"

钟宁苦笑："于是你只能亲自下场加快进度。"

"对，我主动申请进入专案组，然后顺理成章找到了那些视频。那天在凉席厂见过你以后，我就连夜去了月山湖……"

"所以机油是你后来故意加上去的？"

陈孟琳没有否认："为了让你查到赵清远身上，我故意加了一些筹码，可你的能力超出了我的预料。不过，也要怪赵清远不小心，居然被你看到了礼盒上的双扣蝴蝶结。"

"所以，是你通知赵清远换掉蝴蝶结的？后来那个穿着花衬衣的老头儿的视频，也是你去中南汽配城附近故意发布的？"

陈孟琳依旧没有否认："其实换不换蝴蝶结，发不发那个视频，你都会继续怀疑赵清远，但毕竟人还只死了两个，我还是得帮他尽量争取一点时间。如果你没这么厉害的话，我本可以不做这些多余的事情。"

钟宁笑了："你那天故意给我灌输了那些警察要跟着证据走的理念，而且义正词严地拒绝了我申请搜查令的要求。"

"可惜你这个人很执拗……"陈孟琳似笑非笑地看着钟宁，"连搜查令都没有就敢闯进他家去调查。"

"于是你就只能一边拖着我，故意告诉我赵清远不在车祸现场，没有任何嫌疑，一边又威胁赵清远，让他加快速度……"

"就像我养父说的，你很聪明，但是我没想到你那么大胆。"陈孟琳欣赏地看着钟宁，"那一次确实让我措手不及。"

"你一直在等赵清远杀死李援朝，直到警方找到拾荒客以后，你知道可以让我加快进度了，于是你再一次抛出了新的证据。"钟宁再次苦笑。如今看来，破案的进度条一直被她掌控着。

"是。"陈孟琳也同样一笑，"原本我以为那天在会议室里你就能从结婚时间上看出赵清远有问题，但我没有想到，你居然从来没有谈过恋爱……所以……"

"所以你只能跟我说了那个'杀妻骗保案'，再一次提醒我。"钟宁苦涩道，"于是，我就真的去查了……"

"嗯，而且该查到的，你确实也都查到了。"

钟宁不解道："你完全没必要上演赵清远袭击你的那一出。"

"本来那一出根本不用演，如果演得不好，会增加你们对我的怀疑。"陈孟琳呵呵一笑，突然又愤怒起来，"是赵清远，我再三提醒他加快，但是那个变态怕他老婆不吃药就会离开他，偏要等十二点亲自给吴静思喂完药才去杀李大龙，所以在此之前，我故意拼命跟张国栋要求逮捕赵清远。"

"因为你知道张局不会同意的。"钟宁了然。

"他那个老古董，难道你觉得他会同意？"陈孟琳反问。

"所以你就只能让赵清远把李大龙约到废车场，假装被他袭击，还故意发了李大龙的面包车的照片，好让张局把本来已经快到李大龙修车铺的人手转移出来。"

陈孟琳没有否认："虽然很险，但如果我不演那么一出，不让赵清远转移地点再动手，赵清远很有可能那天就被张国栋在李大龙的修车铺抓个现行。"

钟宁茫然地摇头："所以张局跟着证据走，其实并没错。"

陈孟琳长叹了一口气："李大龙死了，我也终于安心了。"

钟宁有些后悔，他此刻终于明白，张局坚持的"老一套"并没有错，反而是自己弄巧成拙，被人牵着鼻子走而不自知。

"接着，你失信了，你原本答应赵清远只要杀了那四个人就会放过他，但他没想到他才是你最后的目标。"

"我怎么可能放过他？"陈孟琳狠狠咬了咬牙，"如果当年不是他为了得到吴静思去给余文杰下药，这一切根本不会发生。"

钟宁盯着陈孟琳的眼睛，道："你不光要他的命，还要在吴静思面前拆穿他的真面目。"

"对，在他最在意的人面前拆穿这个变态的真面目，比杀了他更令他痛苦。"陈孟琳笑了，笑得很开心，"所以，在你被关禁闭的时候，我故意去现场留下了纽扣，再次让张国栋锁定了赵清远，并且要求由你来调查。"

钟宁哑然失笑："那天在猴子石大桥下，你故意让人找到了那根你早就买好的鱼竿，假装被我发现，再把当年你拍下照片的存储卡放到洗浴城，嫁祸给李援朝，然后把这把火烧到赵清远的身上。"

陈孟琳点头："赵清远用《老人变坏了》这个帖子，把所有事情都推到了李大龙的身上，那我当然也要以牙还牙，用李援朝喜欢摄影的爱好，再把火引回赵清远身上。"

"你用以威胁赵清远的其实并不是什么照片，而是余文杰的那份验尸报告吧？甚至……"钟宁怔了怔，"甚是……连'大快乐'被查封，都是你算好时间以后，匿名举报的？"

"是我举报的。"陈孟琳没有否认，"不过，我原本以为'大快乐'即便没有涉黄，只要有个消防不合格，也最少会被封十五天，这样我就有充足的时间布局，引你们所有人入瓮一起看赵清远这场好戏。我也没想到那里第七天就被解封了。不过还好你的破案速度不慢，刚好被你赶上了。"

"你很厉害。"钟宁发自内心地夸赞，"我想知道，你让我找到5038的钥匙，引导着我带人过去，你是不是在想，赵清远死之前，能顺便把曾艳红也杀了？"

"不。"陈孟琳这次否认了，"我没有打算杀她。"

"哦？"

"当时虽然是她开的车,但一定要下车拿水产的是李援朝,她当时还骂李援朝没出息,所以……我只是想让赵清远吓吓她而已。"陈孟琳的眼中依旧充满恨意,"不过,李援朝贪污的公款都放在她的卡上,我定期给她打一些钱,让你们以为是赵清远给李援朝的,警察把那些赃款一并查没,也不过分吧?"

"呵呵,你倒是恩怨分明。"钟宁接着问道,"你引诱赵清远去'大快乐',又让警方也发现这个线索,你不怕他反水吗?"

陈孟琳轻蔑一笑:"我根本就没打算给他余文杰的验尸报告,他永远都不敢反咬我,除非……"

"除非吴静思死了。"钟宁接过话头。

陈孟琳没有回话。

03
▶▶

两个人就这么面对面看着对方,说不上来是欣赏还是敌意,又或者,是一种莫可名状的哀伤。

许久,陈孟琳坐了下来,好奇地问道:"你是什么时候开始怀疑我的?"

"很早。"

"很早?"陈孟琳一愣,"从赵清远换了礼盒包装开始?"

"对。我很确定我没有看错蝴蝶结的绑法,可在他家里却发现他更换了包装,那么只有一个可能性,就是有知情人通知了他,那么最有嫌疑的人就是你。"钟宁随即又摇头,"但那天你的那番义正词严的演讲,对我洗脑很成功,让我对你的怀疑转瞬即逝。"

"那……什么时候你再次对我产生怀疑的?"陈孟琳想了想,

道，"我告诉你赵清远的婚姻有问题的那天？"

"不。"钟宁一笑，摆了摆手，"虽然那天我很奇怪，为什么张一明跟了赵清远一个通宵，他还是成功杀死了李援朝，且没有发现任何疑点。但我一直是从作案动机上去考虑，从来没想过还有帮凶。后来你跟我说了骗保案，再次让我对你深信不疑。"

"那你是……"

钟宁抬头，盯着陈孟琳："一直到赵清远自杀，我去他家里看望吴静思的时候，才断定你有问题。"

"理由呢？"

钟宁没有回话，抽出一份薄薄的报警记录，放到了桌子上。

"这是？"

"洋海塘派出所在我和张一明入户调查那晚的报警记录。"

也就一页纸，上面一共七八个电话，钟宁指了指其中一个，道："我开始以为是保安先发现我们，然后再报警的，于是我让张一明来来回回跑了几次，但派出所离洋海塘小区的距离即便跑得再快也要七八分钟，警察根本不可能在我还没下窗户的时候就赶过来。他们那天也并没有在洋海塘小区附近巡逻，那就只剩下一个可能了……"

说着，钟宁打开了手机里的一张照片——是当晚他在窗户上拍下的赵清远家的墙壁，婚纱照旁边，挂着一个钟表。他把照片放大，接着点了点那个报警记录，陈孟琳顿时脸色一沉。

"照片上的时间是晚上十一点十五分。派出所接到报警的时间，居然是十一点过三分。"说到这里，钟宁笑了起来，"也就是说，我还没有进入洋海塘小区，就已经有人未卜先知，提前报了警。除了张一明知道那晚我的行踪……"钟宁再次抬起了头，"就只剩下你了。"

陈孟琳脸色一凛，长叹了一口气，半晌没有说话。

良久，她终于再次开口："我佩服你的观察力，我承认是我让赵清远报的警，那天你一走，我就通知他小心，我担心你再查出什么对他不利，会影响到接下来的杀人计划，不过……你不可能突然就想到要去查报警记录，一定是有什么东西提醒了你。"

"聪明。"钟宁比了个大拇指，"不过，你先看看这个视频。"

说着，他打开了手机里的一个视频，是赵清远被击毙之前监控拍下的片段——

　　陈孟琳冲赵清远喊道："赵清远，你冷静点！你这样只会让事情更加无法收拾。"

　　"我冷静一点！"赵清远咬牙切齿地看着钟宁的方向，"都是你，对，就是你！是你害得我们不能在一起的！"

　　"清远，你放开他呀……"吴静思依然在哀号着。

　　"听你老婆话！"陈孟琳道，"放下手中的刀，你这样只会连累她！"

　　赵清远摇头："连累她？这种臭不要脸的贱货，我恨不得杀死她！……对，我要杀了你这个贱货！这样我们就再也不会分开了！"

　　…………

"就是这里。"钟宁按下了暂停键。

陈孟琳不解："我让他听老婆的话，有什么不对？"

"我一直以为，赵清远那句'是你害得我们不能在一起的'是对我说的，但我看视频回放的时候才发现，这句话，他是对着我身后的你说的，他一直看着你，而不是我。"

顿了顿，钟宁继续道："知道真相以后，再听你的这句不要连累老婆，真是令人毛骨悚然。你不是在劝他，是在威胁他。"

"就这？"陈孟琳失望地摇头，"很牵强啊。"

"那这个呢？"钟宁把视频的进度条拖到最后，画面里，赵清远已经倒地，血流了一地，那副破烂的眼镜也被甩到了一边。

"这能说明什么？"

"当时我其实回头看了你一眼，但是你脸色变得太快，我也没敢相信。"钟宁放大定格的画面，直到整个画面都是赵清远的那副眼镜，"你自己看看吧……"

陈孟琳整个人一怔——赵清远的眼镜里，映出了她转瞬即逝的笑脸！

陈孟琳颓然认输："你的观察力果然惊人……"

04
▶▶

"焐不热吗？"钟宁忽然开口问道。

"什么？"陈孟琳一愣。

"这两天，我把全部疑点集中到你身上以后，我想起来张局曾经说过，他以前也每天经过西子湖，于是我就去查了另外一个人的上班路线，发现他几十年如一日，每天六点多要路过西子路去上班……而且，他还和张局是同事……"

说着，钟宁从口袋里掏出了一张照片，递到了陈孟琳面前："他是第五个下车的人，他帮你爸爸弄好了车，后来还收养了你，供你读书，让你安稳长大成人，甚至为了照顾你的心理，为了你能健康成长，他跟所有人都说你的亲生父亲是他的战友。"钟宁看着陈孟琳的眼睛，"他焐不热你吗？！"

陈孟琳猛地一滞，把头偏向一边，不敢看照片上的陈山民，终于，眼泪还是止不住地流了下来。

"我不知道是不是应该夸你一句？"钟宁收起照片，"至少你一直在等，等他退休，等他患病，甚至花了几百万为他换肝，我想，你也一定在祈求，他能活久一点，能多陪陪你吧。"

陈孟琳无声地流着泪。

"他希望你能当警察，我想，也是希望你头上多个金箍，能套住你心里的仇恨吧。"

"别说了！"陈孟琳打断，"我知道我对不起他！但是，十年了，每一个夜晚，我都会梦到我跪在地上求那四个人，梦到我爸吊死在我面前，梦到我妈病死前哀痛地惨叫！你有什么资格劝我放弃复仇？你受过这十年的折磨吗？！刘建军他们那些人难道不该死吗？！赵清远不应该去死吗？不是我救了吴静思吗？是她自己无法面对真相选择了自杀！"

钟宁摇了摇头："不，你并没有拯救吴静思。"

"什么意思？"

钟宁加重了语气："你有没有想过，赵清远那么聪明的人，为什么轻易就答应了帮你杀人？为什么他都要和吴静思一起死了也没有揭穿你？！还有最重要的一点，他那么爱吴静思，如果真是他想害死余文杰，你觉得他真的会让吴静思也在那辆车上吗？！"

陈孟琳的脸上第一次出现了茫然的表情："那他为什么……"

"我再跟你讲个故事……"钟宁看向窗外，此时，太阳高照，阳光毫不吝啬地洒遍了整个机场，"三十多年前，一个出生在舟山的六岁男孩跟着母亲改嫁到贵省山区，可惜遇人不淑……"

"我不想听赵清远的事情！"陈孟琳打断他。

"那行，我挑重点给你说……"顿了顿，钟宁继续道，"高二那年，赵清远辍学来到星港，找几年前给过他世界上第一块糖的女孩。女孩当时已经嫁人了，而且早不记得以前帮过男孩的事。男孩就在他们小区做了保安，想保护女孩。"

"不幸的是，女孩嫁的人，也就是余文杰，是个……"钟宁咬牙道，"是个变态！"

"什么？"陈孟琳一脸疑惑。

钟宁继续说着："男孩住在女孩家对面的阁楼杂物间，他发现余文杰常常虐待女孩。这个少年找不到解决的方法，只能在墙壁上发泄似的一遍一遍写下'余文杰该死'。"

陈孟琳扭头看向钟宁："可是赵清远家的保姆看到了赵清远虐待吴静思！"

"赵清远的公司做户外拓展时统一制作的翻领文化衫他全拿回家了，他公司一共三十七个人，十五个男的，不过……我在他衣柜里发现了十六件一模一样的文化衫。"

陈孟琳一怔。

"那件掉了纽扣的衣服，是你从窗户扔进去的吧？"钟宁摇了摇头，"吴妈直接拿去洗了，然后挂回衣柜里。吴妈当然不会注意到掉了一颗扣子，但赵清远那么小气的人，眼镜坏了都拿胶布缠着，有多少件文化衫他一清二楚，而且如果衣服掉了扣子，他也会自己补好，所以当时他马上就发现了不对劲。"

陈孟琳冷笑着摇头："但是你不可能发现这个疑点。"

"对，这是后来我才去查证的。"钟宁拿出一沓文件，从里面翻出一张照片，上面正是赵清远家的理疗机。他点了点上面的数字，问道，"8726，你知道是什么意思吗？"

"什么……什么意思？"

"这东西跟跑步机一个原理，会计数的。"钟宁惨淡一笑，"这个数字代表赵清远在家里扶着吴静思走了8726步！"

陈孟琳双唇翕动，眼神中闪现出不可置信。

"市一医院的刘振奇医生说，吴静思走五十米需要一个多小时，8726 步……我不知道赵清远花了多少时间在家里陪着妻子练习。你说，他真的不想吴静思好起来？他真是一个囚禁妻子的变态吗？"

"但吴妈亲眼看到了赵清远撕了衣服，而且……"

钟宁失望地摇头："你还没懂吗？赵清远知道他帮你杀完人，你还是不会放过他，所以故意做出的这些假象。"

"不……不可能！"

钟宁又翻出一张照片，是"欧时力"女装官网上的照片。

"这就是那天赵清远撕碎的两件所谓的余文杰送给吴静思的衣服……"钟宁点了点网站上的日期，"2014 年欧时力春夏款！"

陈孟琳张大了嘴巴，一句话也说不出来。

"余文杰死了十年，他能买到去年的款式送给吴静思吗？！"钟宁反问。

05
▶▶

"那……赵清远拿东西烫吴静思呢！难道也是故意做给吴妈看的吗？！"

"呵，我问了任平和吴妈，确定赵清远平时从来不吃棒棒糖，那些棒棒糖的棍子应该是他在阁楼住的那一年留下的，毕竟……"想起那个鸽子笼一样的阁楼，钟宁难过地摇头，"毕竟那些日子太苦了，所以他需要这些甜味吧……"

钟宁死死盯着陈孟琳："我数过，一共有三百多根，如果他真是变态，喜欢拿这个烫吴静思，十年时间，早就烧完了！"

陈孟琳喃喃着："可是吴静思腿上的那些伤是真的！"

"没有新伤！"钟宁又拿出另一张照片——是赵清远尸检的照片，左手手掌上清晰可见一片烫伤疤，"他没舍得滴到吴静思身上，所以，全部用自己的手掌接住了！"

"不对！吴静思大腿上真的有伤！"陈孟琳难以置信地摇头，"我曾经跟踪赵清远带她去医院做检查，亲眼见过不止一次，她腿上是有伤的！"

钟宁叹了口气，指指一份资料："还记得这份车祸伤情报告？看看吧，别被仇恨蒙蔽了双眼。"

> 副驾驶吴静思，入水时经车门甩出车外，左大腿内侧瘀伤，右小腿外侧挫伤，右前胸以及左右后背均有多处淤血及烫伤疤，面积为1~7平方厘米不等；左眼视网膜脱落，右耳鼓膜出血症状，并伴有视力下降，听力受损；耻骨十二节处，粉碎性骨折……

钟宁一字一句念完，抬头看向脸色惨白的陈孟琳："上面其实写得很明白了，她身上多处淤血和烫伤疤，这些总不能都是赵清远用棒棒糖棍子烫的吧？"

陈孟琳木然地看着，心头像是有台绞肉机，搅碎了多年来支撑她复仇的力量，让她一阵一阵疼。

"你再仔细看看，当时吴静思是被甩出车外，后背撞击到车门上导致瘫痪……"钟宁痛苦地摇了摇头，"当时我和你一样，被对赵清远的愤怒蒙蔽了双眼，根本没有注意到这么明显的问题——吴静思全身都是伤，挫伤、骨折还可以说是车祸导致的，那么烫伤呢？你是专家，你告诉我，掉入水中的车会导致人烫伤吗？"

陈孟琳六神无主地看着伤情报告，脑中空荡一片。

"吴静思在出车祸前，就已经被余文杰打成这样了，知道吗？！"

陈孟琳瘫倒在椅子上："那赵清远为什么不早点……"

"已经很早了！"钟宁觉得心头一酸，"住在阁楼里的少年要保护女孩，于是，他决定重返校园，读书学习，他发誓，要跟那个变态一样，成为报社领导。虽然他数学成绩极好，分数足以去上清北，但他依旧选择了星港大学的中文系。最后，他如愿进入了星港晚报报社，和女孩成为同事。可余文杰很快发现了异样，他利用手中的职权，故意污蔑男孩，开除了他。"

听到这里，陈孟琳终于回过神来："你是说……那是构陷？"

"看看这些。"钟宁翻出几张在洋海塘派出所拍下的赵清远"偷"的东西。

"这两支口红从来没有被使用过，是全新的。"点了点照片，钟宁道，"而这条内裤，甚至连标价牌都没有被取掉……你觉得，一个变态，会偷人家没有用过的东西吗？"

陈孟琳难以置信地低声道："真正的变态……是余文杰……"

"是！是他把口红和内裤塞进了赵清远的行李箱。"钟宁攥紧了拳头，"关于这一点，我已经问过当年和赵清远一个宿舍的同事，他听说赵清远和余文杰都死了，才肯说出真相。可十年前谁也不肯说出来他们夫妻之间有问题，从而让那个本来疑点重重的车祸，被定性成了意外事故……"

又是短暂的沉默，钟宁说回了赵清远："虽然被开除了，但男孩没有放弃，找了一份工作，依旧偷偷守护着女孩。直到有一天，可能余文杰又发现了男孩，又或者他根本不需要什么原因，又把女孩毒打了一顿。女孩终于受不了了，她准备了大量安眠药，打算骗余文杰吃下以后再自杀。"

说到这里，钟宁停了下来，拿出了一支录音笔："这是吴静思当面跟我说的，你听听吧。"

　　……我说我要离婚，我求他放过我，可是他不同意，说要让我不得好死。我怕，我真的怕，我只能用这个办法了……我把安眠药融在果汁里骗他喝了，但他忽然又发疯一样打我，说我偷人，扯着我的头发，从十二楼一直拉到了停车场，说要去找赵清远算账。车开到半路，安眠药的药效发作，于是……

　　"啪。"录音戛然而止。

　　"不可能！不可能！"陈孟琳摇头，不肯相信，"余文杰一定是他害死的！不然他为什么会同意帮我杀人？！"

　　钟宁缓缓道："因为赵清远是在保护吴静思，他不想让吴静思背上谋杀的罪名。"

　　陈孟琳颓然地摇头："不可能……不可能的……"

　　"余文杰家对面那个老太婆，我后来又去找了她。"

　　说着，钟宁再次按下了录音笔，一个老妇的声音传出来：

　　哎呀，上次？上次我不说是因为害怕嘛，毕竟我又不知道你们是不是真警察……我确实是怕那个姓赵的……余文杰和吴静思关系好不好？我不知道。反正我经常听见吴静思哭，有时哭得很大声，家里噼里啪啦摔东西，我们邻居听了都害怕……打人？我估计吴静思经常被打。什么？我上次说余文杰对老婆很好？我那么说了吗？反正我也搞不清楚他们三个人啥关系，我是真不想惹麻烦，你们别问我了行不？万一姓赵的要报复我，你们保护不保护我？

"啪。"录音再次停止。

"余文杰那房子卖了以后,后来的屋主虽然铺了新的木地板,但底子没动,我为了验证吴静思的说法,把她家木地板撬了……"钟宁又掏出了一沓照片,有卫生间的,有卧室的,有厨房的,到处都是荧光色的斑点,在黑暗中发着光,"DNA比对,全部都是吴静思的。"

"不对!你说得不对!"陈孟琳怒吼着,"吴静思需要的药是利伐沙班片,我化验过,赵清远给她喂下的是氨甲环酸!两种药的疗效相反!我还拍下过他换药的照片!"

"是。赵清远是不止一次给吴静思换过药。"

钟宁从资料中抽出两张薄纸,递了过去,道:"这是刘振奇医生的问讯记录,你自己看看吧。这两年,刘振奇一直嘱咐赵清远不要给吴静思吃过多安眠药和止痛片,以免产生依赖性。所以赵清远用维生素片一点点替换了这两种药物,他从来不让保姆配药,也是怕别人不够细致搞错了。我们在他家附近药店也查到了他一直购买维生素片的记录。"

陈孟琳像被电击一般,摇头道:"不可能,我拍下过他不止一次鬼鬼祟祟关着门换药,生怕有人看到,如果真是这样,有什么不能见人的!他又怕谁看……"

"怕他老婆看到!"钟宁指着问讯记录,失望道,"陈孟琳,你看仔细一点,别一次又一次被仇恨蒙蔽了双眼!"

陈孟琳愕然低头仔细看了看,难以置信地喃喃道:"赵清远开了两种药?利伐沙班片和华法林钠片?为什么?这……这两种药功效差不多,赵清远为什么要医生开重复的药?"

"价格!"钟宁唏嘘道,"虽然药效差不多,但利伐沙班片是进口药物,比华法林钠片贵上六七十倍,吴静思舍不得花钱,不肯吃进口药,所以赵清远只好每次都开上一瓶便宜药,再偷偷地把贵的换进去，以减轻吴静思的心理压力。"

陈孟琳不停摇头："可我分明检测过的，是氨甲环酸……"

"那是市一医院的医生给他开的！"

"什么？"

"赵清远在鱼缸上撞破了脑袋，市一医院的医生给他缝针，开了凝血药物氨甲环酸片。我们数过颗数，除去他自己按照剂量吃过几次，就只在那天给吴静思喂下过两颗。"钟宁解释着，"他知道你不会放过他，所以干脆就顺了你的意，坐实了自己换药的事实，把自己彻底伪装成一个变态，也是为了保护吴静思。"

"不可能，不可能是这样的！"陈孟琳几近癫狂。

钟宁看着她，心中五味杂陈："其实我和你一样，不相信会有人能为了挚爱做到这种程度。但我们排查了所有能买到氨甲环酸片的药店，没有人对这个眼镜上缠着胶布的男人有印象。"

"他们怕事，怕惹祸上身，所以不敢说！"

"但监控不会说谎。所有药店近一个月都没有拍到过赵清远。所以……"沉默半晌，钟宁才缓缓道，"除了死的那天确实给吴静思换过安眠药，这么多年，他并没有伤害过吴静思。"

陈孟琳像是被人抽去了魂，嘴里喃喃说着什么，听不清。

"你知道赵清远为什么临死前还在跟吴静思提米兰春天小区吗？"

陈孟琳茫然地回过神："为……为什么？"

钟宁想起了赵清远那张干瘦的脸："他节衣缩食，存了一笔钱，又给吴静思在米兰春天买了一套房子，写的是她一个人的名字。我想，他是希望吴静思好好活下去……"

陈孟琳愕然，好久才回过神来："但是他真的骂吴静思婊子，打算和她一起死……"

"他担心吴静思说出真相！"钟宁失望地摇头，看来，陈孟琳已经在仇恨的深渊里不愿醒来了，"他想让吴静思知道，他不打算回头，也无路可回了！"

陈孟琳张了张嘴，哑口无言。

"你再看看这个吧……"说着，钟宁打开了手机里的一段视频，是赵清远被击毙的那一段——画面中，赵清远用力地朝着陈孟琳的方向，把脑袋重重地砸下去，像是想把地面砸出一个坑来。

"你没发现吗，他一直面向你。"钟宁把视频放到陈孟琳眼前，"他临死前，在对着你下跪，他在求你放过吴静思……你没发现吗？！"

陈孟琳猛然一抖，全身战栗起来。

06
▶▶

机舱里一片安静，钟宁一言不发地看着陈孟琳。

明媚的阳光透过小小的椭圆形窗户照射进来，在地上留下一面好看的"镜子"。

许久，陈孟琳终于回过神来，她冷冷盯着钟宁："就算赵清远不是个变态，那四个人就不该去死吗？！还有你姐姐当年的惨剧，你难道不恨那六个旁观者吗？"

"恨，当然恨。"钟宁点头。

"你也承认了！"陈孟琳呵呵笑了，"我和你的区别是，你只敢在心里想，而我去做了，而且，我成功了。"

"不，你没有成功。"钟宁摇了摇头，"即便今天你走了，你内心就能安定了吗？你对得起陈山民教授吗？你不会想起蒋爱萍和刘丽丽吗？你不担心她们将来也陷入报仇的深渊吗？"

"哈哈哈！"陈孟琳狂笑起来，"那你说，靠什么能惩罚这些人？靠报应？！"

"我回答不了你这个问题。"钟宁摇头，"但肯定不是靠仇恨。你说得不对，我和你的不同在于，你认为这个世界只会越来越差，而我一直坚信，它会越来越好。"

陈孟琳无言。

钟宁叹了口气："自首吧，你现在跟我下去，张局他们就不会上来了。"

"呵呵，自首？"陈孟琳笑了，"钟宁，这一切都是你的推理，但是你说是我指使赵清远杀人的，你的证据呢？就算你刚才给我录音了，你也知道，在法庭上，录音不足以成为证据。况且这里就你一个人，不符合问讯时必须有两人在场的规定。"

"真要这样吗？"钟宁摇了摇头，默然叹息。陈孟琳的内心千疮百孔，陈山民用了十几年也没有修补好。

"赵清远已经死了，吴静思也死了，你手里根本就没有任何证据能证明这一切是我指使的。"陈孟琳看了看表，收拾好了情绪，"飞机很快就要起飞了，我想你应该买了机票吧。"

"我没买票。"钟宁摇了摇头，"但是我有这个。"

手机里又是一段视频，是陈孟琳之前没有见过的视频。

画面是在市一医院拍下的，视频中，一个戴着口罩的女人先是潜入了卫生间，然后顺着楼道上了十三层，再打开了警报器，接着，潜入了右边第一间病房。

灯光转暗，成了夜视环境。女人在床头利索地处理着什么，过了几秒，病人床头的监控器忽然"嘀"的一声，显示被监控者的生命特征已消失。女人很快离开了病房。

"啪！"病房的灯亮了，躺在床上被包住了大半个脑袋的人生龙活虎地坐了起来，还冲着镜头比了一个"耶"，居然是张一明。

陈孟琳脸色惨白："你们给我下套了，其实赵清远早就死了？"

"是的。"钟宁点了点头，"如张局所言，警察办案需要证据嘛，所以……要让你露出狐狸尾巴，我只能赌一把。"

陈孟琳也笑了，笑得惨淡："你联合了张一明、肖敏才，甚至还有张国栋，故意告诉我赵清远还没有死，但吴静思已经死了。"

"赵清远不死，你肯定不会死心。"钟宁点头，继续道，"我还去市一医院摸了一遍路线，你果然和我用的方法一模一样。"

"呵呵，难怪我爸老夸你。"陈孟琳这一次笑得发自内心。

"自首吧。如果你现在自己走下去，我相信，看在陈山民教授的份儿上……"

"我不会自首的！"提到养父，陈孟琳猛然变脸，迅速从包里掏出了一颗药丸捏在手中，"这个原本是在必要的时候留给赵清远的，但现在要留给我自己了！"

钟宁着急道："别这样，你爸不会希望看到这样的结果！"

"别提我爸！"陈孟琳狠狠摇着头，"我知道我对不起他，我也根本不奢求他的原谅！"

钟宁苦涩道："你自首吧，他会原谅你的。"

"为了报仇，我亲手让我爸这辈子坚守的东西成了笑话，你觉得他会原谅我？"陈孟琳冷笑着，"你出去吧，我想一个人安静地走。"

"别一错再错了。"钟宁盯着陈孟琳的眼睛，重重地重复着，"我说了，你自首，他会原谅你。"

钟宁的笃定，让陈孟琳眼中闪过一丝茫然："你……凭什么这么说？"

"你心中的仇恨蒙蔽了你的感知，你一直都不了解你爸。"钟宁按下了手中的录音笔，"听听这个……"

机舱内,响起了陈山民铿锵有力的声音:

> ……来上我的课,就要讲究课堂的规矩。当警察,就要有警察的规矩。你们是权力的掌握者……

"关掉!我不想听到他的声音!"陈孟琳捂住耳朵嘶吼着。

"我给你五分钟时间听完!你好好想想。"钟宁慢慢退了两步,把录音笔放到陈孟琳身后的座位上,"其实你在他心中,远比他所坚守的原则更加重要。如果他对你同样重要,请不要让他再次失望。"

言罢,钟宁转身下了飞机。

陈山民的声音,依旧刚劲:

> ……我从不担心你们破不了案,我只担心你们不守规矩!不讲程序正义造成的伤害,比你们破不了案还要严重得多……

此时,停机坪里已经停了好几辆警车,因为疑犯身份特殊,所以省厅亲自下了指令,抓捕过程中不能出现任何意外。荷枪实弹的武警围在飞机周围,甚至都显得有些小题大做了。

"钟宁,怎么样?"见钟宁下了飞机,张国栋和肖敏才迎了上来。

"她自己会下来的。"钟宁摆了摆手,精疲力竭。

"宁哥,你这么肯定?"张一明递了一瓶水过去,小声问道,"你给她施了什么魔法?"

钟宁没有说话,上了警车,瘫坐了下来。

时间一分一秒过去,张国栋眉头一挑,看了看表:"钟宁,还有一分钟，她不下来的话，我们只能上去抓人了。"

"她会下来的。"

"理由呢？"

钟宁怅然若失："毕竟……那是陈山民教授此生唯一一次不遵守规矩。"

张国栋一愣，紧握着枪的手缓缓地放了下来。

就在此时，陈孟琳满脸泪水缓缓走下了舷梯，颤抖着举起了双手，满脸泪水。她的右手依旧紧紧抓着那支录音笔。

陈山民的声音从录音笔里传出来：

> ……还有最后三条：被害人在身边或者住处发现有犯罪证据的；犯罪后企图自杀、逃跑或者在逃的……
>
> 孟琳，你怎么回来了？学校考试结束了？……哎呀，瘦了，黑了，也高了！来，爸爸好好看看……
>
> 什么课堂规矩？你们取笑我是不是？我闺女回来啦！天大地大，我闺女最大！还讲什么规矩啊……对对对，今天暂时不讲规矩，我闺女就是最大的规矩，下课，下课……
>
> 走走……和爸一起买菜去……

"啪！"声音戛然而止。

钟宁抬起头。天空有白色的大鸟飞过，拍打着翅膀，发出一阵悲鸣……

四个月后。

松山公墓。

已入深秋，公墓里的松柏依旧郁郁葱葱，有风吹过，发出沙沙的声响，像故人们在同尘世的亲人诉说着什么。

钟宁把一捧白色的花摆在墓碑前，深深鞠躬。

"来，前辈，喝点酒。"张一明不知道从哪里弄来了一瓶茅台，围着陈山民的墓碑，细细倒上了三圈。

钟宁擦了擦墓碑上的照片，沉声道："陈叔，我们扯平了，我姐的事情我不怪你了，你女儿的事情也别怪我。"点上根烟，钟宁想起来，这老头儿似乎并不抽烟，又给掐灭，"或许你说得对，比所谓公平和正义更重要的是法律。"

没有人回话，松柏的枝叶发出沙沙声。

"行了，我走了。"钟宁挥了挥手，刚想转身，忽然又站住了，"哦，对了，我进刑警队了。有机会再来看你。"

两人向墓碑再次鞠躬，这才转身离开。

"你个烧包，来扫墓还要穿着制服。"看着张一明这一身制服穿得一丝不苟，连风纪扣都舍不得解开，钟宁也是无奈。

"总局刑警队呢，哪里舍得脱。"张一明乐呵呵道，"我这次总算是让我爸刮目相看了。"

"你主要是演技好，演个病危患者多出色。"嘴里这么说，钟宁内心确实也为张一明感到高兴。

"哥们儿现在家庭地位明显提高了。"

有一搭没一搭地聊着，两人很快就到了公墓大门。正准备上车，张一明忽然站住了，冲大门右边的方向努了努下巴，道："宁哥，你看。"

循声望去，不远处，一个穿着白色连衣裙的女人正在一座新坟前擦拭着墓碑。

钟宁快步走了过去，俯身帮着她清理。

"钟警官？"女人微微一愣，很快回过神来，冲他挤出了一丝笑脸，"不用了，我自己来就好了。"

"没事。"钟宁利索地帮着收拾墓碑上的枯叶，"吴静思，以后生活上有什么困难，跟我说。"

"没什么困难的。"墓碑收拾整洁了，吴静思这才把放在拐杖旁的一束花……不，是一束棒棒糖捧在了手里，"以前都是清远送东西给我，现在我也可以送给他了。"

棒棒糖花花绿绿的很好看，只是没有包装。

良久，钟宁才问道："你的身体怎么样了？"

"谢谢关心。应该是清远保佑了我吧，我没得癌症，是真菌性肺炎。我每天都在坚持康复治疗，现在基本不用轮椅了。"

钟宁看了一眼墓碑上的赵清远，戴着黑框眼镜，干瘦，钟宁只觉得喉咙堵了堵："你……你们好好聊，我不打扰了。"

"钟警官，其实你第一次去我家的时候，我就开始担心了，可是清远一直瞒着不说，一直在保护我。"

钟宁没有回话，站住脚，等着她说下去。

吴静思有些哽咽了："这些天我一直在想，清远骂我婊子的时候，他……他有多难受啊……"

钟宁依旧不语——是啊，谁又能想到，这世上最深重的爱，居然是用最恶毒的词表达出来的。

"其实这一切，本来可以不发生的。"

停了好久，吴静思再次开口，"如果我被余文杰毒打的时候，能有一个邻居为我报警；或者我报警以后，能有一个邻居或者同事为我做证；如果……如果他那天拖着我去停车场的时候，那些看到的人能有一个出手制止，帮一帮我……"吴静思苦涩一笑，"如果清远小时候同村的小孩能不欺负他，叔叔婶婶能不侮辱他，如果除了我以外还能有另外一个人愿意帮他，这个悲剧可能就不会发生……"

钟宁依旧沉默着。

墓地的风大了一些，松树发出沙沙的响声。

吴静思的笑意中既有悲伤又仿佛多了一丝期待："等我的身体再好一些，我准备领养一个孩子。"

钟宁张了张嘴，却没有说话。

"清远一直都想要个孩子，他总是哄我等身体好了就能怀上，其实我知道以我的身体状况几乎不可能。现在我想为他养育一个孩子，你说，他会开心吧？"

"会的，肯定会的。"

吴静思摸着丈夫的照片："我会教孩子做一个温暖善良的人。如果这个世界是冷漠的，那就一点点用温暖来改变它吧。"

钟宁不再说话，转身离开。

"宁哥，你看……"张一明再次拉住了钟宁，回头望去——

吴静思手中捏着两条粉色的丝带，灵巧地提起，缠绕，那捧彩色棒棒糖上顿时有了一个漂亮的双扣蝴蝶结。

吴静思把棒棒糖花束放到了墓碑上。

有风吹来，蝴蝶结长长的尾巴被风吹起，在她的身上摩挲着，就像是两条瘦瘦的手臂在努力地想要拥抱她……

天气预报比朋友圈的养生文还不靠谱。

已经连续预警了三天的台风还见不到半点影子，下午五点，依旧有稀稀疏疏的阳光不依不饶地从那辆破比亚迪警车的挡风玻璃穿透下来，晒得钟宁一阵困意。

合上手中的《犯罪学论述》，他看向了右边的沃尔玛生活广场——不断有顾客进出超市，看来生意不错，还有打扮成奶牛模样的促销员正卖力地喊着揽客口号。再往远处，十来个早早吃完晚饭的大妈已经摆好了音响设备，跃跃欲试打算大展身姿。

头顶的大屏幕来回滚动着关于"见义勇为，良好市民"的新闻采访，被采访者是一个光头文身汉，被女主持人盯得不好意思地挠着脑袋，一脸娇羞地解释着：

> ……不是，不是，我那天其实就是看他没冲厕所，觉得这人没素质，所以一把扯住了他。我没想到他是个连环杀人犯啊！现在政府奖励我十万块钱，多了，我真觉得有点多了……不过话又说回来，不冲厕所是不对的，特别是公共厕所，多没素质！对吧？美女。话再说回来，我这确实也算是见义勇为了……

"宁哥，这人运气好啊，十万块呢！"坐在副驾驶座上的张一明一脸羡慕地看完了新闻采访，忽然又不解道，"你说你到底是咋想的？兜兜转转一大圈，又决定回派出所了？"

连环凶杀案告破，张国栋张大局长亲自邀请钟宁进入刑侦总队，但钟宁去报了个到，第二天居然又回了派出所，依旧坚守在这辆破比亚迪。这让张一明想破脑袋都没想明白缘由。

"呵，你是自己要跟我回派出所的啊。怎么，后悔了？"

"谁让你是我偶像嘛。"张一明呵呵一笑，"可你不老觉得派出所那些狗屁倒灶鸡毛蒜皮的小事儿没意思吗？"

"狗屁倒灶？鸡毛蒜皮？"钟宁看着大屏幕上的光头男，"这世界上，没有任何一个案子是狗屁倒灶鸡毛蒜皮的，就像没有一件好事是小事一样。"

张一明似乎也若有所悟，感触颇深地长叹了一口气道："我吧，以前总是不理解，为什么说法律比公平正义重要，现在我知道了，就说赵清远和陈孟琳吧，你说他们是好人还是坏人？太复杂了，还是法律准绳靠谱一点儿。"

钟宁又想起了赵清远那张清瘦的脸，想起了吴静思残疾的身躯，想起了陈孟琳笑的时候露出的那颗虎牙。

或许，如今的结果，对这三个人来说都算是一种解脱吧……

"宁哥！有情况！"张一明忽然警觉地喊了一声。

对街广场的人行道上，一辆电动车"哗"的一声摔了，后面篮子里装着的苹果全都滚到了路中间。两旁的司机很快停下了车，边上一群路过的小学生也停止了嬉闹。

张一明眉头一皱："要不要去看下？"

"行。"

两人刚把车门推开，路边为首的两辆车的司机已经下了车，合力帮忙把电动车扶了起来。那群小孩飞奔着四处捡起苹果送回了电动车后的篮子里，还有几个路人在关切询问电动车司机的伤势。

街上很快恢复了平静，太阳劈头盖脸地照了下来，钟宁呆呆地看了好一会儿，终于回过神来，喃喃道："一代总会比一代强的。"

张一明也乐了："对，一代总会比一代强。"

他又想起一件事情来，纳闷道："对了，宁哥，上次那个穿白色帆布鞋的妹子，你是怎么看出来她是二婚生孩子的，你还没告诉我呢！"

"那还不简单……"钟宁笑了笑，如果自己当初能早点见到吴静思，说不定也早就从她身上判断出来，她和赵清远是二婚了。

"哪里简单了，你说说呗！"

"其实嘛……"

才开口，钟宁口袋里的手机振动了起来，接起来听了一句，他眉头一皱。

"稠的稀的？"张一明警觉地问。

"干饭！"

一脚油门，比亚迪冒着黑烟，驶出了广场。

此时，大屏幕上，西装革履的男主持人正播报着新闻：

> 我国《民法》总则草案三审稿，提请全国人大常委会审议……草案提出改修"好人法"条款，不再区分是否构成"重大过失"，只要见义勇为，一律不担责。